Tatort Schönbrunn

Edith Kneifl (Hg.)

Tatort Schönbrunn

13 Kriminalgeschichten
aus Wien

Falter Verlag

Die Handlung der folgenden Kurzgeschichten ist frei erfunden. Jede Ähnlichkeit mit lebenden oder verstorbenen Personen ist rein zufällig.

ISBN 978-3-85439-515-7
© 2014 Falter Verlagsgesellschaft m.b.H.
1011 Wien, Marc-Aurel-Straße 9
Tel. +43/1/536 60-0, Fax +43/1/536 60-935
E-Mail/Verlag: bv@falter.at
E-Mail/Bestellungen: service@falter.at
Web: faltershop.at

Herausgeberin: Edith Kneifl

Autorinnen und Autoren: Raoul Biltgen, Anni Bürkl, Andreas Gruber, Jacqueline Gillespie, Edwin Haberfellner, Petra Hartlieb, Edith Kneifl, Beatrix Kramlovsky, Nora Miedler, Günter Neuwirth, Clementine Skorpil, Peter Wehle, Franz Zeller

Mit einem einleitenden Text von Inge Podbrecky

Lektorat: Helmut Gutbrunner

Umschlagdesign: Dirk Merbach

Grafik und Layout: Marion Großschädl, Barbara Blaha

Illustration Vorsatz: pingvin_house/shutterstock

Produktion: Susanne Schwameis

Gedruckt in Österreich

Inhalt

Vorwort

Draußen im Schönbrunnerpark
Sitzt ein alter Herr
Sorgenschwer
Gibt in aller Hergottsfrüh'
Schon für unser Wohl sich Müh'

»Anno 14« von Fritz Grünbaum (Text) und Ralph Bernatzky (Musik)

Kennen Sie Schönbrunn? Natürlich kennen Sie dieses Wahrzeichen von Wien. Aber waren Sie schon einmal im Schloss selbst? Haben Sie die Prunkräume der Habsburger je betreten? Oder gehören Sie zu jenen, die zwar Versailles, Sanssouci, die Eremitage, den Winterpalast der russischen Zaren und so manch andere hochherrschaftliche Residenz besichtigt haben, aber Schönbrunn lieber den Touristen aus aller Welt überlassen?

Mit der Anthologie »Tatort Schönbrunn« möchte ich Sie jedenfalls auf einen Spaziergang der besonderen Art durch das Machtzentrum der ehemaligen Donaumonarchie einladen: auf einen mörderischen. Das Erscheinungsjahr 2014 ist mit Bedacht gewählt. Begann doch vor genau hundert Jahren mit dem Ersten Weltkrieg der Untergang der österreichisch-ungarischen Monarchie, der uns Österreichern bis heute zu schaffen macht.

7

Sein heutiges Aussehen verdankt das ehemalige Jagd-schlösschen im kaiserlichen Lust- und Tiergarten vor den Toren Wiens vor allem Maria Theresia. Die gebär-freudige Kaiserin brauchte dringend Platz für ihre zahl-reichen Sprösslinge und den damit wachsenden Hofstaat. In enormem Tempo ließ sie daher das kleine »Jagd- und Lustschloss« erweitern und komfortabler einrichten. Ver-ständlicherweise wollte sie die Fertigstellung noch erle-ben. Repräsentationsbauten des Barock dienten eben in erster Linie der Verherrlichung der Monarchen.

Ich lud zwölf renommierte österreichische Kriminal-schriftstellerinnen und -schriftsteller ein, sich fernab von Habsburger-Nostalgie und Sisi-Romantik der Machtzent-rale des »Hauses Österreich« als Tatort zu bedienen.

Auffallen wird Ihnen vielleicht, dass die meisten Kol-leginnen und Kollegen den wunderschönen Park oder den weltberühmten Tiergarten als Schauplatz für ihre Krimi-nalgeschichten wählten. Vielleicht fanden sie diese Orte inspirierender als den Barockpalast? Oder war es eine Frage des Respekts?

Einige richteten ihr Interesse auf die eher unbekann-ten, nicht öffentlich zugänglichen Räumlichkeiten, z. B. den Dachboden oder die geheimen Stiegenaufgänge und Dienstbotenwohnungen des Schlosses. Andere wiederum ließen ihre Täter auf der Gloriette, im Palmenhaus oder in den ehemaligen Stallungen ihr Unwesen treiben.

Das Böse ist immer und überall, lauert hinter den schönbrunnergelben Fassaden des »goldenen Käfigs« ge-

nauso wie hinter einem Gebüsch oder Brunnen im wahr-
haft kaiserlichen Park.

Viel Vergnügen mit diesen witzigen, aufregenden und
mysteriösen Kriminalgeschichten über das prächtigste
Symbol der k. u. k Monarchie aus den Federn, oder besser
gesagt PCs, von prominenten österreichischen Kriminal-
schriftstellerinnen und -schriftstellern wünscht Ihnen

die Herausgeberin Edith Kneifl
Wien, im August 2014

꧁ *Inge Podbrecky* ꧂

Wir sind barock!

Stil als Identitätsmerkmal

»Schönbrunn!«, seufzen Wienerin und Wiener, denn das einstige kaiserliche Prunkschloss zählt nicht gerade zu den bevorzugten Locations der Ortsansässigen. Schönbrunn bedeutet hier erst einmal den über Gebühr strapazierten und touristisch ausgeschlachteten Habsburgermythos: die rundliche Kaiserin Maria Theresia im Reifrock, im Kreis ihrer sechzehnköpfigen Kinderschar, Kaiser Franz Joseph, der Erste Beamte seines Landes, hier geboren und gestorben, und seine extravagante und depressive Frau, die Kaiserin Sisi. Viele Klischees verstellen bis heute den Blick auf Schönbrunn, viele davon im habsburgersüchtigen Austrofaschismus der 1930er-Jahre kreiert. Einen beträchtlichen Beitrag haben aber auch einige Filmproduktionen der 1950er-Jahre geleistet, wie »Maria Theresia« mit Paula Wessely (1952) und die »Sissi«-Trilogie (1955), die an Romy Schneider kleben blieb wie die Reste eines allzu süßen Desserts. Aber immerhin hat auch James Bond in Schönbrunn sein Unwesen getrieben (in »Hauch des Todes«, 1987), und auch Marianne Faithfull hat einmal die Kaiserin Maria Theresia verkörpert; das war in Sofia Coppolas »Marie Antoinette« von 2006.

Ein weiterer Grund, das Schloss zu meiden, sind für viele Einheimische die Großveranstaltungen der letzten Jahre: Mega-Freiluftkonzerte, nicht selten grimmig verregnet, Christkindlmarkt, Salon- und Schlossorchester spielen auf, natürlich Mozart, der in Schönbrunn 1762 der Kaiserin vorgespielt hat. »*Der Wolferl ist der Kaiserin auf den Schoß gesprungen, hat sie um den Hals bekommen und rechtschaffen abgeküsst*«, meldete der stolze Vater Leopold Mozart nach Salzburg. Kein Wiener Kind, vielleicht auch kein österreichisches Kind, das nicht an wenigstens einem Schulausflug durch die Große Galerie und hinauf zur Gloriette geschleppt worden wäre. Nicht grundlos allerdings – Kunst und Architektur sind vom Feinsten. Das riesige Schloss mit seinen über dreihundert Räumen steht schließlich auch für das Barock, den traditionellen österreichischen Identifikationsstil, repräsentiert er doch eine Epoche des Erfolgs, des Aufschwungs und der Prosperität im 18. Jahrhundert. Nicht umsonst bezieht ein Farbton in Goldocker seine Bezeichnung von Schloss Schönbrunn: Seinem Vorbild folgend wurden in Österreich-Ungarn staatliche Gebäude zwischen Bregenz und Czernowitz in Schönbrunnergelb gefärbt, einem Farbton, für den die chemische Verbindung FeO(OH) verantwortlich ist. In Schönbrunn waren die besten Künstler ihrer Epochen beschäftigt: die Architekten Johann Bernhard Fischer von Erlach, Nikolaus Pacassi, Isidor Canevale, Ferdinand von Hohenberg und Johann Aman, der Gartenkünstler Jean Trehet, die Maler Sebastiano Ricci, Daniel Gran, Johann Wenzel Bergl, die Bildhauer Moll, Bayer, Schletterer und Hagenauer und viele andere mehr.

Aber Schönbrunn ist nicht nur das Riesenschloss der Habsburger, das die Republik Österreich übernahm, als das Vermögen der Familie mit den sogenannten Habsburgergesetzen von 1919 konfisziert wurde. Schönbrunn ist auch ein großes Parkareal, das viel mehr zu bieten hat als österreichische Klischees: Hier liegt der älteste noch betriebene Tiergarten Europas (und einer der besten); das Schönbrunner Bad, ein Freibad mit 50-Meter-Becken, profitiert von der Lage im Wald am Ostrand des Parks; ein putziges Rokokotheater wird noch immer bespielt. Kuriosa wie die Spielhütte des kleinen Kronprinzen Rudolf machen neugierig, in der Orangerie halten die Bundesgärten alljährlich ihre fantastische Zitrus-Schau ab, die Variationen der Laufstrecken im Park sind nahezu endlos, und die Eichhörnchen im Park sind so zutraulich wie sonst nirgends in Wien. Man sieht schon, die Einheimischen sind hin- und hergerissen: Einerseits nerven die Schönbrunn-Klischees durch ihre endlose Permanenz, andererseits ist man doch ein bisschen stolz auf diesen einstigen Mittelpunkt Zentraleuropas, und hin und wieder kommt man doch vorbei, denn der Park ist über die U-Bahn-Stationen Schönbrunn und Hietzing gut angebunden. Übrigens erhielt Kaiser Franz Joseph eine eigene Stadtbahn-Station zur Anreise mit öffentlichen Verkehrsmitteln: Otto Wagner entwarf 1899 den prächtigen secessionistischen »Pavillon des k. u. k. Allerhöchsten Hofes« vor der äußeren

Ostfassade der Schlossanlage. Der Kaiser hat ihn allerdings nur zwei Mal benützt.

Park und Schloss Schönbrunn gehören zu dem »kulturhistorisch und künstlerisch bedeutendsten Anlagen dieser Art in Europa«, liest man im Inventar der Kunstdenkmäler, und steht man einmal im imperialen Ehrenhof, ist man durchaus beeindruckt und einverstanden mit dem UNESCO-Welterbe-Status. Die Geschichte von Schönbrunn beginnt aber schon lange vor der heute dominanten barocken Phase. 1569 hat Kaiser Maximilian das Terrain der damals so genannten Katterburg gekauft. Hier stand ein Anwesen mit einer Mühle, das der Kaiser um eine Menagerie erweitern ließ. Vor 1619 soll Kaiser Matthias auf dem Gelände eine Quelle entdeckt haben, die bis heute am Ende des großen Ostparterres in einer barocken Fassung mitsamt Quellnymphe besteht. 1638 wählte Eleonora Gonzaga, Witwe Kaiser Ferdinands II., Schönbrunn als Wohnsitz. Aber erst für Kaiser Leopold entwarf Johann Bernhard Fischer von Erlach, einer der bedeutendsten Architekten seiner Zeit, um 1688 ein großes Prunkschloss als Symbol imperialer Ideologie, ein Projekt, das in einer zweiten Phase auf die immer noch beeindruckenden heutigen Dimensionen reduziert wurde. Um 1700 war das Hauptgebäude fertig. Vierzig Jahre später fand Kaiserin Maria Theresia Gefallen an Schönbrunn und beschloss, dort und nicht in der Hofburg ständig zu residieren. Dafür ließ sie einige Umbauten von Nikolaus Pacassi vornehmen; u. a. wurden nach dem Vorbild von

Versailles auch hier in der Beletage des Ehrenhofs zwei prachtvolle Galerien als Festsäle eingebaut. Die kaiserliche Familie bewohnte damals den Westflügel. Der Mode des 18. Jahrhunderts entsprechend gab es hier neben den weiß-goldenen Rokoko-Ausstattungen auch Zimmer mit asiatischem Flair. Im Erdgeschoß liegen zum Garten hin die kühlen »Berglzimmer«, benannt nach dem Maler, der sie mit illusionistischen Pflanzen- und Landschaftsbildern ausstattete. Von hier ist es nicht weit zum Park: Hinter dem Schloss befindet sich das große Parterre mit dem grandiosen Neptunbrunnen, dahinter die 1775 erbaute Gloriette, eine klassizistische Struktur am oberen Ende des Parks, die trotz imposanter Größe wegen ihrer Offenheit kaum praktisch zu verwenden war, sondern nur der Repräsentation diente. Wer sich den Anstieg antut, wird mit einer großartigen Aussicht belohnt – unter anderem auf dem »Limoniberg«, benannt nach der zitronenartigen Kuppel der Kirche, die Otto Wagner am Steinhof erbaut hat.

Die Arbeit am Park war ebenfalls unter Kaiserin Maria Theresia in Gang gekommen. Jean Trehet legte einen großen französischen Garten mit geometrischen Beeten, Brunnen, exakt beschnittenen Bäumen und mythologischen Figuren an, in dessen langen Alleen man nicht überrascht wäre, eleganten Damen und Herren mit Perücken, Reifrock und Dreispitz zu begegnen. Schnurgerade Wege, die von Rondellen ausgehen, kanalisieren den Blick und finden ihren Abschluss in Brunnen und Skulpturen (so verläuft man sich nicht so leicht!). Einer späteren Bauphase unter Ferdinand Hohenberg (1770/80) verdankt der Park seine romantischen Akzente: Die Begeisterung der Epoche für römische und ägyptische Altertümer ließ künstliche Ruinen in Mode kommen. Der Obelisk, auf vier Schildkröten ruhend, trägt Pseudohieroglyphen, und die Römische Ruine scheint halbverfallen im Boden zu versinken. Hohenberg hat hier Bauteile aus dem unvollendeten Renaissanceschloss Neugebäude in Simmering weiter verwendet. Vielleicht hat er sich dazu von englischen Ruinenstücken anregen lassen.

Das kaiserliche Schloss erlebte eine aufregende Zeit, als 1805, nach der Einnahme Wiens, Napoleon Quartier in Schönbrunn bezog. Hier wurde 1809 der Friede von Schönbrunn zwischen Österreich und Frankreich unterzeichnet, der Österreich empfindliche Gebietsverluste bescherte. In Napoleons Räumen starb 1832 sein Sohn, der Herzog von Reichstadt, dessen Mutter Marie Luise eine Tochter Kaiser Franz' II. gewesen war. Kaiser Franz Joseph amtierte am Ende seiner langen Regierungszeit in Schönbrunn – günstig für ihn, denn seine Freundin und Vertraute Katharina Schratt bewohnte ganz in der Nähe, nämlich in der Gloriettegasse, ein komfortable Villa. Karl, der letzte Kaiser, unterzeichnete in Schönbrunn am 10. November 1918 die Verzichtserklärung auf den Thron, bevor er das Land verließ.

Zu beiden Seiten des Schlosses liegen ausgedehnte Gebäude für das, was man Infrastruktur nennt: an der östlichen Meidlinger Seite eine große Orangerie, Glashäuser und Gärtnereien, im Westen, gegen Hietzing zu, die Wagenburg und der Reitstalltrakt, alles den Blicken entzogen durch lange, niedrige Seitenflügel, in denen bis heute nicht nur Magazine und Betriebe, sondern auch Wohnungen bestehen. Bereits 1919, im Jahr der Habsburgergesetze, hatten revolutionäre Arbeiterräte das Gartendirektorsstöckl beim Hietzinger Tor besetzt, und bald darauf wurden in den Gebäuden auf dem Areal Kriegsinvalide und pensionierte Staatsdiener untergebracht. Heute sind die Schönbrunner Wohnungen recht begehrt. Verwaltet wird der Park übrigens von den Österreichischen Bundesgärten, die hier historisch und botanisch wichtige Pflanzensammlungen und Schauhäuser wie Wüstenhaus und Palmenhaus betreiben und betreuen.

Der Glanz der kaiserlichen Residenz strahlte aus – weniger in das proletarische Meidling im Osten als nach Hietzing, den westlich angrenzenden Stadtteil. Dort etablierte sich seit dem 19. Jahrhundert eine wohlhabende Gesellschaftsschicht, die das Wohnen am prestigeträchtigen Stadtrand zu schätzen wusste. Daher hat sich in Hietzung eine beachtliche Anzahl schöner Wohnhäuser und Villen angesammelt, etwa die von Josef Hoffmann entworfene Villa Primavesi oder die Villa Schopp in der Gloriettegasse, aber auch einige Wohnhäuser von Adolf Loos. Vielleicht auch über Hietzing mag sich das sogenannte »Schönbrunner Deutsch« ausgebreitet haben, ein Soziolekt, der sich durch einen deutlich nasalen Tonfall auszeichnet und das vom Kaiserhof über den Adel ins Großbürgertum einsickerte. Dann und wann soll es sich angeblich noch in Hietzing oder Döbling Gehör verschaffen. Eigenartigerweise keinen Niederschlag gefunden hat Schönbrunn allerdings im Kulinarischen. Die Herausforderung einer Kreation von Schönbrunner Schnitzel, Nockerln, Knödeln und Ähnlichem wurde bisher von der lokalen Gastronomie noch nicht angenommen. Der »Schönbrunner Kaiserschmarrn«, der vor Ort angeboten wird, ist ein ganz gewöhnlicher Kaiserschmarrn.

Inge Podbrecky ist Kunsthistorikerin (Dr. phil.) mit Schwerpunkt Architekturgeschichte und -theorie des 19. und 20. Jahrhunderts. Für die Reihe Falters CITY-WALKS verfasste sie die Bände »Rotes Wien«, »Wiener Interieurs« und »Wiener Jugendstil«.

❧ *Edith Kneifl* ❧

Die Altschönbrunner

Eine noble Adresse

*J*a, Mama, ich hasse die Touristen, die täglich unser geliebtes Schönbrunn stürmen, ebenso wie du. Habe ich dir bereits erzählt, dass gestern Amerikaner in der Schlosskapelle geheiratet haben und in einer Suite im Schloss die Hochzeitsnacht verbringen werden?

Ich weiß, die Amerikaner waren Schuld an Papas Tod. Aber bitte beruhige dich wieder, Mama. Wenn du dich weiterhin so aufregst, werde ich dir nichts mehr erzählen.

Ich habe dir von dieser Hotelsuite im Schloss sicher bereits berichtet. Doch, habe ich, Mama. Kann es sein, dass du in letzter Zeit etwas vergesslich geworden bist?

Ich werde nicht frech, verehrte Frau Mama. Das würde ich niemals wagen.

Was hast du gesagt? Ich soll nicht zulassen, dass diese neureichen Amerikaner die hochherrschaftlichen Räume beschmutzen?

Was soll ich dagegen unternehmen?

Und da war sie wieder, diese unerträgliche weinerliche Stimme, die ihm sagte, was er zu tun hatte.

Nein, das meinst du nicht im Ernst, Mama. Ich kann doch nicht einfach jemanden umbringen!

Natürlich hast du Recht, Mama. Die Betriebsgesellschaft ist an allem schuld, denen geht es nur ums Geld.

Es war ein schwüler Sommerabend Ende August. Josef marschierte hinauf in den Tirolergarten.

Mit dem ehemaligen Tirolerhof, den Erzherzog Johann westlich der Gloriette errichten hatte lassen, verknüpfte er höchst romantische Erinnerungen. Längst war der alte Tirolerhof durch einen Neubau in alpinem Stil ersetzt worden. Auch ein original Tiroler Bauernhaus aus dem 18. Jahrhundert war nach Wien transferiert worden. Auf diesem Schaubauernhof konnte man vom Aussterben bedrohte Haustierrassen bewundern. Es sah richtig ländlich aus hier oben.

Um diese späte Stunde waren keine lästigen Touristen mehr im Wirtshaus, sondern fast nur sogenannte »Altschönbrunner«. Josef nickte dem einen oder anderen Nachbarn zu, nahm allein an einem Tisch im Gastgarten Platz und bestellte ein großes Bier.

Die »Altschönbrunner« bildeten eine eingeschworene Gemeinschaft. Sie hielten bewusst Abstand zu den neuen Bewohnern und den Organisationen, die sich in den letzten Jahren im und ums Schloss angesiedelt hatten.

Der erste Schluck von dem kühlen Nass blieb Josef in der Kehle stecken. Keine drei Tische weiter saß, mit dem Rücken zu ihm, der kleine Mann, der ihm seine geliebte Werkstatt weggenommen hatte. Wenn das kein Wink des Schicksals war? Sein Gesicht rötete sich vor Zorn.

Seine schlaue Großmama hatte ihm einst eine Werkstatt im Hietzinger Viereckl besorgt. Oma Edeltraud hatte Gott und die Welt gekannt und vor allem hatte sie einen guten Draht zur Schlosshauptmannschaft gehabt, die früher die Wohnungen vergeben hatte.

Die Parterrewohnung hatte aus zwei geschickt angelegten Zimmern bestanden. Im hinteren Raum hatte Josef seine Werkstatt, im vorderen sein Büro gehabt. Er hatte seinen Beruf geliebt und sich nicht über mangelnde Kundschaft beklagen können. Allerlei berühmte Leute aus der besseren Gesellschaft und viele passionierte Jäger hatten zu seinen Stammkunden gezählt.

Josef hatte den seltenen Beruf eines Tierpräparators gelernt. Seine Großmutter hatte behauptet, er hätte äußerst geschickte Hände, und ein Handwerk wäre eben Goldes wert. Über seinen Verstand hatte sie sich weniger positiv geäußert. Allerdings nie ihm gegenüber, sondern nur gegenüber seiner Frau Mama, der sie ebenfalls unterstellte, über ein Spatzenhirn zu verfügen. Josef war bewusst, dass er nicht der Schlaueste war. Deshalb hatte er auch immer getan, was seine Großmama und später seine Frau Mama ihm befohlen hatten.

Über dreißig Jahre lang war er in seiner Werkstatt glücklich oder zumindest zufrieden gewesen. Vor nunmehr fast fünf Jahren hatte dieser kleine Mann mit der Halbglatze, der zum oberen Management der Betriebsgesellschaft gehörte, verhindert, dass sein Mietvertrag verlängert wurde. Josef konnte plötzlich an nichts anderes mehr denken. Er erinnerte sich nur allzu gut an diese schlimmste Zeit seines Lebens. Nicht einmal nach dem Tod seiner Großmutter hatte er sich so elend gefühlt wie nach dem verlorenen Prozess gegen die Schönbrunner Kultur- und Betriebsgesellschaft. Er hatte damals sogar daran gedacht, sich das Leben zu nehmen. Selbst seine egoistische Frau Mama hatte eingesehen, dass sie etwas unternehmen musste. Schweren Herzens erlaubte sie ihrem Sohn, seine Werkstatt in dem fünfzig Quadratmeter großen Gang ihrer Wohnung einzurichten. Sie hasste diese scheußlichen toten Tiere, an denen er so hing, und erlaubte Josef nur, einige wenige Meisterstücke in dem fensterlosen Raum auszustellen: einen Fuchs, einen Steinbock, eine Ratte, den Kopf eines Rehs und einen Seeadler. Die anderen ausgestopften Tiere hatte er nicht, wie versprochen, entsorgt, sondern im Keller, den seine Mama ohnehin nie betrat, aufgehoben. Dort unten hatten es seine Lieblinge angenehm kühl. Zu Kaisers Zeiten hatte man in den Kellerräumen von Schloss Schönbrunn sogar Eisblöcke, die aus dem Teich vor der Gloriette stammten, gelagert.

Josef hatte seither ständig Angst, auch die große Wohnung zu verlieren, wenn seine Mutter eines Tages sterben würde. Zwar war er bei ihr gemeldet, aber er befürchtete, das würde nicht ausreichen, war er doch in seiner Werkstatt ebenfalls ordentlich angemeldet gewesen.

Sein Anwalt hatte ihn bereits gewarnt. Er dürfe kein Gewerbe in der Wohnung seiner Mutter betreiben. Das sei ein Kündigungsgrund. Doch Josef nahm hin und wieder auch heute noch Aufträge von früheren Kunden an. Seit dem verlorenen Prozess misstraute er seinem Anwalt. Vermutete, dass er mit der Betriebsgesellschaft unter einer Decke steckte.

Als der Manager aufstand, verlor er beinahe das Gleichgewicht. Lehnte aber die Hilfe des Kellners ab. Wankend trat er den Heimweg an. Josef zahlte rasch und folgte ihm.

Der Mond versteckte sich hinter den Wolken. Josef konnte kaum sehen, wohin er trat. Aber die Wege im Schlosspark fand er auch im Dunkeln.

Der Betrunkene torkelte den Schönbrunnerberg hinunter. Geriet manches Mal ins Rutschen. Fing sich jedoch immer wieder.

Josef hielt gehörigen Abstand. Er wusste, wohin der andere wollte.

Dieser Mann hatte Josefs ehemalige Werkstatt mit der benachbarten Kleinwohnung zusammengelegt und bewohnte nun hundert Quadratmeter im Hietzinger Viereckl.

Heftiger Wind kam auf. Als die ersten Tropfen fielen, flüchtete sich Josef unter die hohen Bäume am Rande des Tiergartens. Die dichten alten Baumkronen hielten dem Regen stand. Er wurde kaum nass.

Ein Blitz erhellte den Neptunbrunnen und den kleinen Mann, der neben den wohlgestalteten, überlebensgroßen Figuren tatsächlich wie ein hässlicher Zwerg aussah.

Josef überlegte, ihn von hinten zu packen, seinen Kopf ins Wasser zu drücken und ihn zu ersäufen. Bei Neptun wäre dieser Quälgeist bestens aufgehoben, dachte er.

Ein zweiter Blitz, dem ein ohrenbetäubender Donner folgte, schlug in einen uralten Kastanienbaum, der noch aus der Kaiserzeit stammte, ein, spaltete ihn in zwei Teile. Die Axt Gottes hat zugeschlagen, dachte der fromme Josef und bekreuzigte sich.

Auf einmal war es stockfinster im Park. Stromausfall.

Bei strömendem Regen eilten die beiden Männer weiter, vorbei am Irrgarten und am Hietzinger Lindenwäldchen. Nur mehr wenige Schritte trennten sie voneinander.

»Verdammter Idiot, kannst du nicht aufpassen«, schrie der Manager plötzlich.

Josef erschrak. Erst nach ein paar Sekunden kapierte er, dass der Betrunkene mit der Statue des Herkules zusammengestoßen war.

Er flehte zu Gott, dass die Statue ins Wanken kommen und den Bösewicht erschlagen möge. Gott erhörte sein Flehen nicht. Herkules hielt dem fürchterlichen Sturme stand.

Der kleine Mann tastete sich an den restlichen Statuen entlang und vor zum Kammergarten. Er schien Josef, der ihm knapp auf den Fersen folgte, noch immer nicht bemerkt zu haben.

Als sie endlich das Hietzinger Viereckl erreichten, gingen die Laternen wieder an.

Rasch versteckte sich Josef hinter einer Bauhütte. Die Fassaden der einstöckigen Häuser wurden gerade renoviert. Die Gerüste waren zum Teil bereits abgebaut worden. Eine jämmerliche Funsel spendete genügend Licht, sodass die herumliegenden Eisenstangen deutlich zu sehen waren.

Josef griff nach einer von ihnen und schlug den kleinen Mann nieder.

Die Wunde auf seinem Hinterkopf begann sofort stark zu bluten. Josef vermeinte, ein leises Wimmern zu hören. Er schlug noch einmal zu. Das Blut wurde vom heftigen Regen weggeschwemmt. Ein rötliches Bächlein ergoss sich durch den leicht abfallenden Durchgang.

Josef beugte sich über den regungslos am Boden liegenden Manager und berührte mit zwei Fingern seine Kehle. Kein Pulsschlag.

Rasch lief er hinüber zum Wäschehof. Das grüne Tor war nicht abgesperrt. Im Hof standen einige Mistkübel. Sie waren bis zum Rand gefüllt. Der Gestank, der vor allem der vollen braunen Bio-Müll-Tonne entwich, war unerträglich. Josef überlegte es sich anders. Er fasste den Toten unter den Armen und schleppte ihn zum Schloss. Es war Mitternacht und keine Menschenseele weit und breit.

Josef und seine Frau Mama hatten keine direkten Nachbarn. Einige leerstehende Wohnungen über den Prunkräumen wurden aus Risikogründen seit vielen Jahren nicht mehr vermietet.

In seinem Atelier, wie er seine Werkstatt im Gangzimmer neuerdings nannte, machte er sich sogleich an die Arbeit. Er hievte den leblosen Körper auf seine Werkbank und zerlegte ihn fachmännisch mit Beil und Säge in passende Teile. Das Geräusch der splitternden Knochen wurde vom Prasseln des Regens und dem ständigen Donnergrollen übertönt.

Der große braune Kachelofen im Salon war vom Gang aus beheizbar. Obwohl es kaum abgekühlt hatte, die Temperaturen um die zwanzig Grad lagen, begann Josef einzuheizen. Zuletzt stopfte er auch noch die Kleider des kleinen Mannes in den Ofen.

Da seine Mutter sowieso andauernd fror – kein Wunder, bestand sie doch nur mehr aus Haut und Knochen –, würde sie sich über die Hitze sicher nicht beschweren. Er jedoch schwitzte fürchterlich. Schlimmer als unter der Hitze litt er allerdings unter dem schrecklichen Gestank.

Josef riss alle Fenster auf. Ihm war es egal, wenn es hereinregnete.

Gegen zwei Uhr morgens entschloss er sich zu nachtwandeln, so wie in seiner Jugend, wenn er seine schnarchende Mutter neben sich nicht länger ertragen konnte.

Bis zu seinem dreißigsten Lebensjahr hatte Josef neben seiner Mutter im Ehebett geschlafen. Erst nach dem Tod seiner Großmama war er, trotz heftiger Proteste seiner Frau Mama, in den Salon gewechselt. Seither schlief er im Bett der Omama.

Vom verwinkelten Korridor vor seiner Wohnung führte eine schmale Dienstbotentreppe hinunter ins Napoleonzimmer. Dieser Raum war das frühere Schlafgemach von Maria Theresia und ihrem Gatten Kaiser Franz Stephan gewesen. Aber das Bett war unbequem und heute viel zu kurz für ihn. Selbst der kleingewachsene Napoleon hatte sich schon über die elenden Betten des Schlosses beschwert, als er hier 1809 sein Hauptquartier aufgeschlagen hatte.

Josef verwarf den Gedanken an Schlaf und nahm seine früheren nächtlichen Streifzüge durch die Prunkräume der Habsburger wieder auf.

Nach dem Zweiten Weltkrieg waren das Schloss und der Park eine einzige große Spielwiese für ihn gewesen. Er hatte überall gespielt, auf den Schutthalden im Ehrenhof, am Dachboden, im Keller und in den Prunkräumen, die damals allerdings weniger prunkvoll ausgesehen hatten.

Josef hielt sich nicht lange im Napoleonzimmer auf, sondern ging hinüber in das ehemalige Audienzzimmer von Franz Stephan. Nach seinem Tod hatte Maria Theresia es zu einer Gedächtnisstätte für ihn umgestalten lassen.

Seit seiner Kindheit betrachtete Josef das Vieux-Laque-Zimmer, das mit wertvollen schwarz-goldenen Lacktafeln aus den kaiserlichen Hofwerkstätten in Peking ausgeschmückt war, ebenfalls als sein Reich. Schon im zarten Alter von dreizehn Jahren zog er sich oft hierher zurück und hielt Zwiesprache mit den Porträts von Kaiser Franz Stephan und seinen älteren Söhnen Joseph und Leopold. Hatten nicht auch sie unter der Weiberwirtschaft am Hofe gelitten, mindestens ebenso wie er unter der Herrschaft seiner Frau Mama?

Das Witwenzimmer Maria Theresias suchte er in dieser stürmischen Nacht nicht mehr auf. Von Frauen erwartete er sich keinen Trost.

Josef war von seinen Eltern nach Kaiser Franz Joseph I. genannt worden, allerdings nicht mit »ph«. Er war im Schloss geboren. Eine Hausgeburt anno 1948.

Sein Vater war bei der Landung der Alliierten in der Normandie schwer verwundet worden. In einem französischen Lazarett flickte man den jungen österreichischen Leutnant notdürftig zusammen. Doch seine Lunge war kaputt. Nach seiner Heimkehr zeugte er mit einer Krankenschwester in Lainz, die ihn aufopferungsvoll gepflegt hatte, einen Sohn. Auf dem Sterbebett gab er ihr das Jawort. Er verschied kurz vor Josefs Geburt.

Die Wohnung hatte Josefs Großvater gehört. Der stramme Max, wie der große, fesche Bursche am Hof genannt wurde, war der erste Chauffeur des Kaisers gewesen. Kaiser Franz Joseph I. hatte für neumodische Erfindungen wie den Markus-Wagen nicht viel übriggehabt. Dennoch hatte er sich irgendwann dazu herabgelassen, in ein Automobil zu steigen. Kurz nach diesem denkwürdigen Ereignis hatte der junge Chauffeur eine Dienstwohnung in einem der Richtung Hietzing liegenden Nebengebäude des Schlosses bekommen. In diesem dicht verbauten Trakt befanden sich hauptsächlich Stallungen und Wagenremisen. Im Obergeschoß war das Stallpersonal untergebracht. Dem strammen Max, damals alleinstehend, wurde eine Einzimmerwohnung in der Nähe des Wäschehofs zugewiesen. Dort, wo früher die Wäschermädel täglich die ganze Weiß- und Buntwäsche des Hauses Habsburg gewaschen hatten. Kurz vor dem Tod des alten Kaisers heiratete Max eines der blutjungen Wäschermädel, eine fesche und resche Person, die wusste, was sie wollte. Bald schon war ein Kind unterwegs. Josefs Vater.

Die schwangere Edeltraud drängte ihren Mann, den Kaiser bei einer ihrer Ausfahrten um eine geräumigere Wohnung zu bitten. Da im Mezzanin des Hauptgebäudes einige Wohnungen, die früher den Bediensteten der Kammer zur Verfügung standen, frei waren, bekamen der kaiserliche Chauffeur und seine junge, schwangere Frau 1916 eine große Wohnung über dem Blauen chinesischen Salon, dem Vieux-Laque- und dem Napoleonzimmer zugewiesen. Eine der letzten guten Taten des Kaisers. Noch im selben Jahr erlag er, mitten im Ersten Weltkrieg, den er mitangezettelt hatte, einer Lungenentzündung.

Da es sich bei der Wohnung des Chauffeurs um eine Naturalwohnung handelte, ging sie nach seinem Tod anstandslos an seine Witwe über. Jahrelang zahlte Josefs Großmutter nur einen minimalen Friedenszins für die riesigen Räume im Mezzanin.

Der Einbau des Mezzaningeschoßes zwischen der Nobeletage und dem zweiten Stock war schon zu Maria Theresias Zeiten sehr umstritten gewesen, da es sich um einen massiven Eingriff in die Substanz des Schlosses gehandelt hatte. Zu Lebzeiten der gebärfreudigen Kaiserin herrschte jedoch Platzmangel im Schloss. Es wurden dringend neue Räumlichkeiten für die zahlreichen Sprösslinge Maria Theresias und für die Unterbringung des ebenfalls wachsenden Hofstaates benötigt.

Großmama Edeltraud ließ ihre Schwiegertochter und ihren Enkel bei sich wohnen. Sie liebte ihren Enkel so sehr, wie sie ihre Schwiegertochter hasste. Der Bub geriet von Anfang an zwischen die Fronten der beiden streitlustigen Frauen. Bis heute erinnerte er sich mit Schaudern an die lautstarken Auseinandersetzungen. Seine Mutter glaubte den Ton angeben zu können, weil sie mit ihrem Gehalt als Krankenschwester für den Lebensunterhalt der kleinen Familie aufkam. Großmamas Witwenrente hätte niemals ausgereicht. Andererseits lief die Wohnung auf den Namen der Witwe des kaiserlichen Chauffeurs, und sie drohte ständig damit, ihre Schwiegertochter hinauszuwerfen. Josef versprach sie hingegen öfters, dass er nach ihrem Tod die Wohnung bekommen würde. Als sie nach einem Schlaganfall bettlägrig war und nicht mehr sprechen konnte, sorgte Josefs Frau Mama dafür, dass sie als alleinige Hauptmieterin in den Mietvertrag eingesetzt wurde.

Heute war Josefs Mutter achtundachtzig und selbst bettlägrig. Letztes Frühjahr begannen ihre Beine hin und wieder zu versagen. Er hatte ihr einen Rollator besorgt. Sie hatte sich geweigert, ihn zu benützen. Ein Rollstuhl musste angeschafft werden. Monatelang hatte Josef seine Mutter täglich hinauf zur Gloriette und wieder hinunter geschoben. Das hatte ihn körperlich fit gehalten.

Mittlerweile konnte seine Frau Mama das Bett nicht mehr verlassen. Josef kümmerte sich weiterhin rührend um sie. Saß täglich stundenlang bei ihr und erzählte ihr, was sich im und rund ums Schloss abspielte.

Als er ihr von den Ereignissen des gestrigen Abends berichtete, ließ er ein paar unappetitliche Details und seinen nächtlichen Streifzug durch die Prunkräume aus.

Ja, Mama. Ich weiß, was du sagen willst. Du hast Recht, Mama. Es war leichtsinnig von mir.

Nein, Mama. Ich habe mir die Finger nicht schmutzig gemacht.

Ja, ich hatte meine medizinischen Handschuhe dabei.

Josef hatte immer hautfarbene Silikonhandschuhe in seinen Hosentaschen. Seine Frau Mama hatte von Anfang an darauf bestanden, dass er bei seiner Arbeit Schutzhandschuhe trug. Sie hatte schreckliche Angst vor ansteckenden Krankheiten. Und Tiere waren nun eben berüchtigte Überträger von schweren Krankheiten: Tollwut, Vogelgrippe, Pest ...

Die Pest ist längst ausgestorben, hatte Josef einmal zu sagen gewagt und an ihre Vernunft appelliert. Jedes Wort war sinnlos gewesen. Seine Mutter hatte nie auf ihn gehört.

Ja, Mama, ich bin ziemlich nass geworden. Was für ein schreckliches Unwetter!

Nein, ich habe mich nicht erkältet, Mama.

Du meinst, weil ich geniest habe? Vielleicht sollte ich doch lieber ein Aspirin C nehmen?

Josef war ein Hypochonder. Seine Mutter hatte ihn von klein auf mit Medikamenten vollgestopft.

Ich weiß, Mama, dass ich dein einziger Sohn bin und dass du mich nicht verlieren willst.

Verzeih, dass ich dir widerspreche, verehrte Frau Mama. Es stimmt nicht, dass du mich allein großgezogen hast. Ich erinnere mich kaum an dich, wenn ich an meine Kindheit denke, sondern nur an Großmama. Es hieß immer, du seist in der Arbeit.

Ja, wir haben das Ehebett miteinander geteilt. Aber wenn du dich zu Bett begabst, schlief ich meist längst. Du warst außerdem nur selten zu Hause. Sie treibt sich wieder herum, hat Großmama dann behauptet. Ich habe zwar nicht genau verstanden, was sie meinte, habe aber nie gewagt nachzufragen, weil sie bei diesen Worten sehr böse dreinschaute.

Josef hatte seine Großmama mehr geliebt als seine Mutter, aber er hatte sich vor ihr fast ebenso sehr gefürchtet wie vor seiner Frau Mama.

Nein, Mama, natürlich will ich damit nicht behaupten, dass du Männergeschichten gehabt hast. Ich glaube dir, dass es nach dem Tod von Papa nur einen Mann in deinem Leben gegeben hat, und das war ich.

Das Gespräch mit seiner Frau Mama hatte ihn sehr ermüdet. Außerdem steckten ihm die Ereignisse der vergangenen Nacht in den Knochen. Er legte sich nachmittags auf die Chaiselongue im Salon und versuchte ein Nickerchen zu halten. Konnte jedoch keinen Schlaf finden. Erinnerungen an seine Kindheit tauchten auf.

Schönbrunn war früher ein richtiges Dorf gewesen, mit einer Greißlerei, einer Apotheke, einigen Handwerksbetrieben und vielen gemütlichen Wirtshäusern. Auch heute lebten noch an die fünfhundert Menschen hier. Seit gestern einer weniger, dachte Josef.

Die Ausstattung der früher über hundertsiebzig und heute nur mehr hundertfünfzig Wohnungen war sehr dürftig gewesen. Josef erinnerte sich, dass er sich in seiner Kindheit immer gefürchtet hatte, nachts auf die Toilette zu müssen. Denn die Aborte befanden sich am Gang, in der Nähe des Treppenhauses. Sie hatten auch kein Badezimmer gehabt. Er war, bis er in die Schule kam, in einer Zinkwanne in der Küche gebadet worden. Oma Edeltraud hatte ihm erzählt, dass es nicht einmal eine Küche gegeben hatte, als sie hier eingezogen war. Sie hatte gemeinsam mit anderen Frauen das Essen in einer Gemeinschaftsküche zubereiten müssen. Doch sie hatte bald dafür gesorgt, dass der Opa ihr eine eigene Küche einbauen ließ. Wasser und Heizung hatte seine Großmama erst nach dem Tod ihres Mannes, der ein Jahr nach der Geburt seines Enkels gestorben war, einleiten lassen. Seither war in der Wohnung kaum mehr etwas verändert worden. Trotz der hundertfünfzig Quadratmeter empfand Josef sein Zuhause als sehr beengend. Es gab nur zwei riesige Zimmer, das Wohn- und Schlafzimmer der Frau Mama, und den Salon, in dem früher die Großmama residierte und in dem er heute zwischen schweren, dunklen altdeutschen Möbeln hauste. Seit seiner Pubertät machte ihm vor allem die geringe Raumhöhe zu schaffen. Josef war 1,93 Meter groß und konnte in den 2,05 Meter hohen Räumen kaum aufrecht stehen. Andauernd stieß er mit dem Kopf gegen die schweren Kristalllüster, auf die seine Frau Mama um keinen Preis verzichten wollte.

Kurz nach dem Tod seiner Großmama im Jahre 1978 hatte sich Josef zum ersten und wahrscheinlich letzten Mal in seinem Leben verliebt. Er hatte diese nette junge Kellnerin vom Tirolerhof heiraten wollen. Seine Frau Mama hatte nichts davon hören wollen. Hatte nur schlecht über seine Freundin gesprochen und ihm diese Frau von minderem Stand schließlich ausgeredet. Er trauerte der warmherzigen Kellnerin bis heute nach. Obwohl sie seit Jahrzehnten nicht mehr im Tirolerhof arbeitete, war dieser Ort nach wie vor eine seiner Zufluchtsstätten, wenn er es zu Hause bei seiner ewig nörgelnden Mutter nicht mehr aushielt.

Auch nachdem sich seine Hoffnungen auf eine Ehe zerschlagen hatten, blieb er im Zimmer der Großmama. All das Drohen und Flehen seiner Frau Mama nützte nichts. Er sei genauso stur wie sein Vater, behauptete sie damals und machte ihrem Sohn mit diesen Worten unfreiwillig eine große Freude.

Normalerweise kehrte abends, nachdem die Seitentore des Schlossgeländes geschlossen wurden, Ruhe im Dorf Schönbrunn ein. Die Bewohner waren dann unter sich. Josef kannte fast alle der alten Mieter. Im Dorf lebten früher vorwiegend Adelige, höhere und kleinere Beamte und Angestellte, Gärtner und sogar Bauarbeiter. Unter den neueren Mietern befanden sich vor allem Journalisten, Schauspieler und andere Wichtigtuer. Sie waren bereit, Unsummen für diese schicke Adresse zu bezahlen. Einige Herren von der Betriebsgesellschaft versuchten, die alten Mieter, die zwar mehr als den Friedenszins, aber nach wie vor eine sehr moderate Miete bezahlten, loszuwerden. Seine Frau Mama behauptete, sie würden nicht davor zurückschrecken, die alteingesessenen Schönbrunner buchstäblich hinauszuekeln. Dutzende Prozesse liefen angeblich seit Jahren. So munkelten zumindest die Altschönbrunner. Und Josef war durchaus gewillt, den Gerüchten Glauben zu schenken, da er ja selbst bereits sehr negative Erfahrungen mit der Betriebsgesellschaft gemacht hatte.

Ein paar Tage nach dem schrecklichen Unwetter gab einer dieser neuen Mieter, ein sogenannter Promi aus der Welt des Showbusiness, ein Fest in der Großen Galerie. Josef war natürlich nicht eingeladen. Aber er kam überall hinein. Kannte sich eben im Schloss besser aus als jeder andere.

Er zog seinen eleganten schwarzen Anzug an und wählte eine taubenblaue Krawatte zu seinem weißen Hemd. Trotz seiner sechsundsechzig Jahre war er ein ausgesprochen gutaussehender Mann. Er hielt sich sehr aufrecht, war schlank, hatte breite Schultern, schmale Hüften und volles graues Haar. Angeblich war er seinem Großpapa, dem strammen Max, wie aus dem Gesicht geschnitten. Wenn es nach dem Wunsch seiner Frau Mama gegangen wäre, hätte er Offizier bei der Garde werden sollen. Aber was seine Berufswahl betraf, hatte sich eben seine Großmama durchgesetzt.

So manche Damen in den besten Jahren warfen ihm auf dem Fest interessierte Blicke zu. Josef schien die Blicke nicht zu bemerken. Er hatte so gut wie keine Laster. Er rauchte nicht, trank nur mäßig und hatte keine Frauengeschichten.

Am Buffet stärkte er sich mit Lachs und Hummer und schlürft sogar ein paar Austern. Er brauchte dringend Proteine für sein heutiges Vorhaben.

Eine Weile lang beobachtete er den Anwalt der Betriebsgesellschaft, der seiner Frau Mama vor einigen Wochen einen gemeinen Brief geschrieben hatte. Sie hatte sich so sehr darüber aufregt, dass sie einen Herzinfarkt erlitt.

Als der Herr Anwalt mit einer jungen Schauspielerin, einem sogenannten Starlet, das Josef aus der Fernsehsendung »Seitenblicke« kannte, das Fest in der Großen Galerie verließ, ging Josef ihnen nach.

Er sah, wie die beiden im Toilettezimmer von Kaiserin Elisabeth verschwanden. Rasch machte er kehrt und nahm die geheime Treppe zu Sisis Räumlichkeiten. Die Kaiserin und ihr Sohn Rudolf hatten eigene Stiegenaufgänge gehabt. Josef hatte die Tapetentür, die in Sisis Reich führte, schon als Kind entdeckt.

Er zog ein neues Paar durchsichtiger Handschuhe an und öffnete vorsichtig die Geheimtüre, die in das gemeinsame Schlafzimmer von Sisi und Kaiser Franz Joseph führte.

Josef hatte das kaiserliche Schlafgemach noch nie gemocht. Seiner Meinung nach war es kein Wunder, dass die schöne, junge Kaiserin diesen finsteren Ort bald verlassen hatte. Die mit dunkelblauer Lyoner Seide tapezierten Wände und die schweren Möbel aus Palisanderholz waren sicherlich nicht nach ihrem Geschmack gewesen. Das wuchtige Ehebett wirkte ebenso bedrohlich wie die Wäscheschränke.

Der Anwalt und die Schauspielerin waren so sehr in ihr perverses Spiel vertieft, dass sie Josef, der die Tapetentür nur einen Spalt geöffnet hatte, nicht bemerkten.

Der Anwalt kniete auf dem kaiserlichen Betschemel unter dem Bild »Maria mit Kind« von Guido Reni. Die Kleine hatte seine Handgelenke mit ihrem Schal auf seinem Rücken gefesselt. Sein Kopf lag mit dem Gesicht voran auf dem gepolsterten Oberteil des Schemels. Bis auf Socken und Krawatte war er nackt. Auf den ersten Blick hätte man glauben können, er würde andächtig beten.

Sein Hintern ist ziemlich fett. Kommt wahrscheinlich vom vielen Sitzen, dachte Josef und schaute eine Weile zu, wie das Starlet mit gelangweiltem Gesichtsausdruck den rundlichen älteren Herrn mit seinem eigenen Gürtel auspeitschte.

Josef hatte nichts gegen die Kleine. Im Gegenteil, ihm gefiel es, dass sie hart auf den fleischigen Rücken und

37

wabbeligen Hintern einschlug. Aber er konnte keine Zeugin brauchen. Plötzlich kam ihm eine grandiose Idee. Leise schloss er die Tür wieder hinter sich.

Das Stöhnen des Anwalts war jetzt sogar im Stiegenhaus deutlich vernehmbar.

Josef eilte hinüber in seine Wohnung. Ein paar Minuten später kehrte er mit einem niedlichen Tierchen unterm Arm zurück.

Als er dem Starlet die höchst lebendig aussehende Ratte vor die Füße warf, begann sie wie am Spieß zu schreien, ließ sofort den Gürtel fallen und rannte davon, ohne sich umzusehen.

»Was ist los? Mach weiter, du Trampel«, schimpfte der Herr Doktor.

Er schimpfte umsonst. Das Trampel würde nicht mehr zurückkehren, dessen war sich Josef sicher.

Ein Lächeln huschte über sein Gesicht. Er hob den Gürtel auf und schlug mit der silbernen Gürtelschnalle voran auf den Hinterkopf des Anwalts ein. Die Schreie dieses nicht sehr feinen Herrn ließen ihn kalt. Als der Mann das Bewusstsein verlor, überlegte Josef kurz, die elegante champagnerfarbene Krawatte des Advokaten gegen seine eigene auszutauschen. Seine Frau Mama würde diesen Krawattentausch jedoch sicherlich nicht goutieren. Also holte er die beiden Krawattenenden unter der nackten Brust des Anwalts hervor und zog die Schlinge mit einem heftigen Ruck zu.

Ein leises Röcheln.

Mit beiden Händen zog Josef den Knoten ein bisschen fester.

Die Unterschenkel des Anwalts begannen wild zu zappeln. Auf dem Schemel und am Boden bildete sich eine kleine Lacke. Ein letztes Zucken erfasste den ganzen Körper. Doch das nahm Josef nur mehr aus den Augenwinkeln wahr. Er packte sein unschuldiges Tierchen und verließ das geschändete Schlafgemach der hochverehrten kaiserlichen Hoheiten auf demselben Weg, auf dem er gekommen war.

Ich habe dich gerächt, liebe Mama. Dieser unhöfliche Anwalt ist tot.

Jetzt fehlt nur noch einer, meinst du? Du bist und bleibst unersättlich. Auch in deiner Mordgier, verehrte Frau Mama!

An den obersten Chef ist schwer heranzukommen.

Nein, der Herr Minister war heute Abend nicht anwesend.

Hör endlich auf, Mama. Warum kann ich es dir bloß nie recht machen? Ich dachte, du würdest dich über die gute Nachricht freuen. Aber nein. Ich hätte es mir ja denken können, dass du wieder etwas auszusetzen hast. Deine ewige Unzufriedenheit und deine ständige Besserwisserei gehen mir mittlerweile ziemlich auf die Nerven. Außerdem ertrage ich deinen starren Blick nicht mehr. Du gehörst nicht gerade zu meinen Meisterwerken, liebe Frau Mama. Zu meiner Entschuldigung kann ich nur anführen, dass nach deinem Herzinfarkt vor drei Wochen große Eile geboten war. Es war ein heißer Sommertag und ich fürchtete, du würdest bald zu stinken anfangen.

Unwillkürlich musste er an den unterirdischen Gang, der vom Keller aus Richtung Westen führt, denken. Er war zwar nach wenigen Metern zugemauert worden, doch als letzte Ruhestätte durchaus geeignet. Er müsste nur ein paar Steine entfernen, den notdürftig präparierten Leichnam seiner Mama hineinwälzen und den Gang wieder ordentlich zumauern. Dann hätte sie sogar ihr eigenes Mausoleum in ihrem geliebten Schloss Schönbrunn.

Ich denke, das würde dir gefallen, nicht wahr, liebste Frau Mama?

Katzenaugen

Die Direktorin und der Kommissar

Direktorin Monika Dornhofer starrte den Kripobeamten genervt an. »Hören Sie, es waren schon so viele Ermittler hier, und ich habe immer wieder die gleiche Geschichte erzählt. Wie oft denn noch? Außerdem muss ich – Sie und Ihre Kollegen werden es kaum glauben – tatsächlich arbeiten.« Sie ging zur Tür, um ihr Büro zu verlassen.

Kommissar Sarkovsky betrachtete sie mit einem zynischen Lächeln. »Sie wollen doch nicht etwa fliehen?«

»Ich muss die Vitaminpräparate in den Futterrationen überprüfen – *danach* werde ich fliehen.«

»Ich begleite Sie.«

»Auf der Flucht?«

»Witzig!« Der Kripobeamte folgte ihr mit seinen polierten Glanzlederschuhen und den genagelten Absätzen, die ein präpotentes Klappergeräusch verursachten, das Monika auf die Palme brachte.

Außerdem trug Sarkovsky ein blitzend weißes Hemd mit gestärktem Kragen und eine dreihundert Euro teure Krawatte mit goldener Nadel. Es würde ihr eine Freude

41

bereiten, ihn durch die stinkende Futterstation zu führen.

»Was wollen Sie wissen?«, seufzte sie, während sie
durchs Treppenhaus gingen.

»Wie kam es zu den mysteriösen Unfällen im Tiergarten?«

»Es begann damit, dass ich nach drei Tagen endlich
wieder mein Büro betreten konnte. Die Arbeiter hatten tonnenweise Müll hinterlassen, und egal wohin man
blickte ...«

... überall lagen Staub und Spachtelreste auf dem Boden.
Es war zum Aus-der-Haut-Fahren! Direktorin Monika
Dornhofer riss die Plastikfolie von ihrem Schreibtisch
und stopfte den Mist in einen großen gelben Sack. Endlich
war ihr Büro so weit instand gesetzt, dass sie es wieder
beziehen konnte. Es roch zwar noch nach Silikon und Ma-
lerfarbe, aber die Klimaanlage würde den Baustellenmief
bald abgesaugt haben.

Sie entfernte ein Schild von der Fensterscheibe. Als sie
anschließend auf dem Boden kniete und die Klebestrei-
fen vom Teppich abzog, klopfte es an der Tür. Baumeister
Dimpfstingl betrat ihr Büro, noch bevor sie »Herein!« sagen konnte.

Sie verabscheute den kleinen, fetten Mann mit den
schmierigen Wurstfingern, mit denen er sie ständig zu
begrapschen versuchte und die immer nach Leberkäse
rochen. Aber nicht nur wegen seiner fehlenden Manieren,

sondern besonders wegen seiner sexuellen Anspielungen, die er einfach nicht lassen konnte.

»Sie können ruhig so bleiben, wie Sie gerade sind«, röchelte er.

»Drehen Sie Ihre Stielaugen wieder rein«, antwortete sie, erhob sich und straffte ihren Rock.

Dank regelmäßigen Joggens und Pilatestrainings war sie trotz ihres Alters – Mitte vierzig – top in Form. Sie sah zwar nicht aus wie Catherine Zeta-Jones, trotzdem war sie für Dimpfstingl zwei Nummern zu groß. Doch das hielt ihn kein bisschen von seinen Annäherungsversuchen ab.

»Wir sind mit den Arbeiten fertig, Fräulein Dornhofer«, sagte er mit gurgelnder, speckiger Stimme, wobei er das Wort *Fräulein* so betonte, als wollte er diesen Umstand am liebsten eigenhändig aus der Welt schaffen. Am besten gleich jetzt auf dem Schreibtisch. »Ein paar Kleinigkeiten noch hier und da, dann sind wir fertig. Haben Sie Lust, heute Abend gegen neun mit mir zu Abend zu essen?«

»Liegen Ihre Frau und die Kinder da schon im Bett?«

Wie zur Bestätigung schob er die Unterlippe vor.

»Welches Lokal schlagen Sie vor?«, fragte sie.

»Plachutta.«

»Hietzing, Nussdorf oder in der Wollzeile?«

»Wollzeile natürlich.«

»Dann weiß ich, wo ich heute Abend nicht hingehen werde.«

Dimpfstingl ignorierte ihren Kommentar. »Darf ich Sie etwas Intimes fragen?«

»Nein.«

»Würden Sie für hundert Euro mit mir schlafen?«

Monikas Augen wurden groß. »Sind Sie verrückt? Natürlich nicht.«

Er verzog den Mund. »Schade, ich hätte das Geld gut brauchen können ... naja.« Grinsend sah er sich im Büro um und blinzelte mit seinen Schweinsäuglein in die grelle Morgensonne. Dann zog er einen Wisch aus seiner verbeulten Anzughose. »Hier ist die Rechnung.«

»Achttausend Euro!«, rief Monika fassungslos, nachdem sie einen Blick auf das zerknitterte Papier geworfen hatte. Noch dazu ohne Steuer. War der noch bei Sinnen? »Wir hatten maximal fünftausend vereinbart ... inklusive Steuer!«

»Tja.« Dimpfstingl hob die Schultern. »Das Herausbrechen der alten Fensterrahmen hat mehr Zeit in Anspruch genommen als geplant. Die Bausubstanz ist nicht mehr die beste. Außerdem haben wir ein getöntes Dreischeiben-Isoliersicherheitsglas mit einem niedrigeren U-Wert verwendet ... EU-Bauvorschrift. Und dann dürfen wir den Denkmalschutz nicht vergessen.«

Monika betrachtete die neuen Scheiben, die bis zum Boden reichten und einen tollen Ausblick auf die Tiergehege boten. Ihr konnte er alles erzählen. Sie hatte nun mal keine Ahnung von Bauvorschriften und dem Einschäumen von Glaswänden, andernfalls wäre sie nicht Leiterin des Tiergartens Schönbrunn, sondern Architektin geworden.

»Soweit ich mich erinnere, hätten Sie bloß das vorschrifts-
mäßige Sicherheitsglas ohne irgendwelche James-Bond-
Gimmicks einbauen sollen.«

»'Türlich, und in ein paar Jahren hätte es vielleicht
eine neue Vorschrift mit niedrigeren U-Werten gegeben,
also haben wir das gleich jetzt eingebaut. Außerdem sind
die Scheiben getönt.«

»Sagten Sie bereits.« Monika blinzelte ins Sonnenlicht.
»Allerdings merke ich nichts davon.«

Dimpfstingl stopfte die Wurstfinger in die Taschen,
wippte auf den Zehenspitzen und streckte den Bauch raus.
»Zahlt doch sowieso die Republik Österreich. Trotzdem
könnte ich Ihnen ein halbes Prozent Skonto gewähren.«

»Nein, wie großzügig. Und das Sicherheitsglas ist tatsächlich nach Vorschrift?«

»Klar.« Dimpfstingl presste die Wurstfinger an die
Scheibe, an der kurz zuvor noch das Schild gehangen hatte, und hinterließ einen fettigen Rand. »Sehen Sie, hält
bombenfest.«

»Herrgott, das hätte das vorherige Glas auch ausgehalten.«

»Okay, ich werde es Ihnen demonstrieren«, brummte
Dimpfstingl, machte ein paar Schritte zurück, um Anlauf
zu nehmen, und warf sich mit der Schulter voran gegen
die Scheibe.

Das Glas zerbarst mit einem hellen Knall vom Boden
bis zur Decke, und während die Scherben herunterpras-
selten, stürzte Dimpfstingl kreischend ins Freie.

Monika trat ans Fenster. Frischer Morgenwind wehte in ihr Büro. Emotionslos sah sie zwei Stockwerke tief hinunter. Dimpfstingl hatte den Fall bremsen wollen und sich dabei offensichtlich die Beine gebrochen. Nun zog er sich schreiend mit den Händen durch das Tiergehege, weg von dem Tiger, der sich auf ihn stürzte – dabei war die Fütterungszeit erst am Nachmittag.

In diesem Moment klopfte es an der Tür.

»Herein!«, rief Monika.

Ein Arbeiter mit blauer Montur und einer großen Glasscheibe unter dem Arm trat ein.

»Sie sind aber von der schnellen Truppe«, sagte Monika.

»Äh … ja«, murmelte der Arbeiter und starrte auf die geborstene Öffnung in der Wand. »Haben Sie das Schild nicht gesehen? Das ist der letzte Teil des Sicherheitsglases, das wir noch einbauen müssen.«

Die Staatsanwaltschaft hatte gefordert, den Tiger erschießen zu lassen, doch als überzeugte Tierschützerin hatte Monika Dornhofer eine Kampagne zur Rettung der Raubkatze gestartet. Immerhin war es der natürliche Instinkt des Tigers gewesen, auf die Jagd zu gehen. Fünftausend Zoobesucher hatten die Petition unterschrieben und doppelt so viele online – worauf die malaiische Tigerdame Elli am Leben bleiben durfte. Außerdem war es Baumeister Dimpfstingls eigene Schuld gewesen, als er sich durch die Scheibe direkt in das Gehege gestürzt hatte, um die Festigkeit eines vorschriftsmäßigen Sicherheitsglases zu demonstrieren. An dieser Tatsache änderte auch die *Kronen Zeitung* nichts, die das Ereignis lapidar mit der Schlagzeile betitelte: *Baulöwe von Tigerlady gefressen.*

Einen weiteren Vorteil hatte die Petition gehabt: Über Nacht war der Tiergarten Schönbrunn in allen Medien vertreten. Mehr Besucher als sonst wollten Elli sehen, die sich durch den Unfall zwar eine leichte Magenverstimmung zugezogen hatte, sonst aber friedlich auf ihrem Stein lag, sich sonnen ließ und gelegentlich gähnte. Außerdem landeten mehrere tausend Euro Spendengelder auf den Konten des Tiergartens und viele Barzuwendungen im Safe. Doch wo viel Licht war, gab es bekanntlich auch viel Schatten. Und die bemerkte Monika, als sie zwei Wochen nach Dimpfstingls Tod nachts noch einmal ihr Büro betreten wollte, weil sie ihr Handy auf dem Schreibtisch vergessen hatte.

Monika verharrte im Gang und hielt den Atem an. *Was zum Geier ...?* Durch den Türschlitz fiel das zuckende Licht einer Taschenlampe. Das konnte nur ein Einbrecher sein, schoss es ihr durch den Kopf. Instinktiv griff sie in ihre Handtasche, um ihr Handy hervorzuholen und die Polizei zu verständigen, doch ... *verdammter Mist!* ... ihr Telefon lag ja im Büro. Stattdessen zog sie ihren Pfefferspray aus der Tasche, den sie sich gekauft hatte, nachdem Baumeister Dimpfstingl seine ersten Annäherungsversuche vom Stapel gelassen hatte. Leise öffnete sie die Tür und betrat ihr Büro.

Wie erwartet, kniete der Einbrecher vor dem Wandsafe, hielt eine kleine Stabtaschenlampe zwischen den Zähnen und fingerte mit einem Draht am Schloss herum. Man musste kein Houdini sein, um den vorsintflutlichen Tresor öffnen zu können, der so altersschwach war wie die Schönbrunner Gebäude der Habsburger.

Der Einbrecher trug einen dunklen Trainingsanzug und eine schwarze Wollmütze. Am liebsten hätte sie den Dieb durch die Fensterscheibe in Ellis Gehege katapultiert, aber das ging ja nicht mehr, wegen des Sicherheitsglases.

Monika schlich sich näher heran und streckte den Arm mit dem Pfefferspray wie eine 45er Magnum von sich. Als sie unmittelbar hinter dem Mann stand, schwang die Safetür auf. »Kann ich Ihnen helfen?«, fragte sie.

Der Einbrecher fuhr herum und der Strahl der Taschenlampe blendete Monika. In diesem Moment drückte sie volle Tube auf den Spray.

Der Mann schrie auf und presste einen Fluch zwischen den zusammengebissenen Zähnen hervor. »Ich knall dich ab, du alte Schlampe.«

»*Alte* Schlampe?«, wiederholte sie und sprühte ihm noch einmal ins Gesicht.

Monika hörte, wie er schreiend nach der Schatulle mit dem Bargeld griff und aufsprang. Im nächsten Moment schlug er ihr die Schatulle ins Gesicht und drückte sich an ihr vorbei durchs Büro in den Gang.

Monika rieb sich den Kiefer. *So eine Scheiße!* Jetzt würde sie sich den Mistkerl erst recht kaufen. Sie schlüpfte aus den Stöckelschuhen und rannte dem Mann durchs Treppenhaus hinterher. Nur wenige Meter vor sich hörte sie, wie er die Eingangstür aufstieß und ins Freie verschwand. Sie hatte gerade noch gesehen, wie er den Weg links ums Gebäude genommen hatte, Richtung Hauptkassa. Neben dem Eingang zum Bürogebäude hing ein Feuermelder. Monika schlug die Scheibe mit dem Ellenbogen ein. Sogleich ging der Alarm los. Im nächsten Moment lief sie dem Einbrecher auch schon barfuß hinterher. Zum Glück hatte er nicht die Flucht über den Kiesweg ergriffen. Hinter der nächsten Biegung sah sie, wie er etwa hundert Meter von ihr entfernt an einem Zaun entlangsprintete. Da gingen die automatischen Lichter der Außenbeleuchtung an. Auf der anderen Seite, wo sich das Restaurant mit der Toilettenanlage befand, endete der Weg an einer Grube und einer Baustellenabsperrung. Der Fluchtweg des Diebes war abgeschnitten.

Der Fremde sah entsetzt in die Richtung, aus der ihm Monika entgegenkam. Kurzerhand kletterte er über den Zaun.

»Bleiben Sie verdammt noch mal stehen!«, rief Monika.

Doch der Dieb hatte andere Pläne. Er landete auf der anderen Seite, klemmte sich die Schatulle unter den Arm und lief weiter.

»Scheiße!«, rief Monika.

Sie blickte durch den stabilen Maschendrahtzaun und verzog angewidert das Gesicht. Wie konnte man nur so dämlich sein und auf der Flucht ausgerechnet in das Tiergehege springen?

Da hörte sie auch schon das tiefe Knurren des Malaysia-Tigers. Hoffentlich würde sich Elli nicht noch eine Magenverstimmung zuziehen.

Weder die Tierpfleger noch die Ärzte hatten das Leben des Diebes retten können. Elli hatte nicht viel von dem schmalen Burschen übriggelassen. Seine Reste passten auf eine winzige Bahre, die die Kripobeamten in die Rechtsmedizin abtransportierten. Damit war Ellis Schicksal endgültig besiegelt. Die Staatsanwaltschaft hatte noch während des Ermittlungsverfahrens entschieden, dass die Tigerdame ein für allemal aus dem Verkehr gezogen werden musste. Dabei hatte Elli nur dafür gesorgt, dass die Spendengelder des Zoos nicht in falsche Hände gerieten.

Eine Woche später stand Monika im Morgengrauen am Tigergehege, zwei Stunden bevor der Zoo seine Pforten öffnete, und wischte sich eine Träne aus den Augen. Elli ahnte instinktiv, was ihr bevorstand, denn sie lag zwar wie sonst auch auf ihrem Lieblingsfelsen, den Kopf auf der Pfote, sah aber ständig mit einem herzzerreißenden Blick zu Monika herüber. Ellis oranges Fell glänzte in den ersten Sonnenstrahlen, die zwischen den Ästen durchfielen. Ihr Näschen schimmerte rosa, ihre Barthaare zuckten und der traurige Blick ihrer smaragdgrünen Augen tat Monika in der Seele weh. *Ach Mädchen, es tut mir so leid.*

Vor einem Jahr, als Elli ein künstliches Hüftgelenk bekommen hatte, war sie ähnlich wie heute auf ihrem Felsen gelegen und hatte traurig zwischen den Gitterstäben durchgeblickt und auf den Gewehrschuss mit dem Betäubungsmittel gewartet. Auch damals hatte sie gewusst, dass etwas passieren würde. Aber diesmal schien sie zu ahnen, dass sie nach der Betäubung nicht mehr aufwachen würde, denn ihr Blick hatte etwas Endgültiges.

Der Vorhang ihrer Pupille schob sich lautlos auf und ihre Augen erwiderten Monikas Blick. Doch plötzlich blinzelte Elli, als wollte sie sagen: Nur keine Sorge, das ist nicht das Ende.

Ach Mädchen, du täuschst dich.

Das Quietschen des Riegels riss Monika aus ihren Gedanken, aber Elli zuckte nicht einmal mit dem Ohr. Der Tierarzt schob das erste Sicherheitsgatter auf und schloss es wieder hinter sich. Dann eilte er zum Haupttor, das in Ellis Gehege führte. Der Schlüssel hing an einer Kette um seinen Hals. Wie immer hudelte der Arzt. Er beugte sich zum Schloss hinunter und öffnete die Tür. Doch bevor er den Schlüssel abziehen konnte, rutschte er in einem Haufen Tigerscheiße aus und fiel der Länge nach zu Boden. Dabei knallte das Betäubungsgewehr einige Meter vor ihm in den Sand. Da der Schlüssel immer noch im Schloss steckte, hing der Arzt röchelnd mit dem Hals an der straff gespannten stabilen Kette, die einfach nicht reißen wollte. Er versuchte sich aufzurappeln, doch Elli hatte sich bereits erhoben und stand nun neben ihm.

Monika umklammerte den Zaun und hielt den Atem an. Der Tierarzt wagte nicht, sich zu bewegen, während die Kette immer tiefer in seinen Hals schnitt. Als er den Kopf zu heben versuchte, stieß Elli ein tiefes Knurren aus.

Monika stand reglos am Zaun und traute sich nicht einmal, die Lippen zu bewegen, um nach Hilfe zu rufen. Beim geringsten Laut oder der kleinsten Bewegung hätte Elli das Genick des Arztes wie ein Bambusrohr durchgebissen. Trotzdem musste Monika es riskieren, das Gehege zu betreten. Langsam schob sie sich am Gitter entlang. Doch der Todeskampf des Arztes dauerte nur wenige Minuten, in denen Elli ihm kein einziges Haar krümmte, sondern nur ein Grollen ausstieß, sobald er sich bewegte. Als er schließlich ohnmächtig mit dem Hals in der Kette hing, trottete Elli zu ihrem Lieblingsfelsen, als sei nichts geschehen. Eine Viertelstunde später konnten die Ärzte nur noch den Tod des Kollegen durch Strangulieren feststellen.

»Dann müssen wir eben Nägel mit Köpfen machen und einen Profi engagieren«, lautete der lapidare Kommentar des Staatsanwaltes. Und dieser Profi hieß Frank Keller. Ein raubeiniger Kerl vom ehemaligen Safaripark Gänserndorf. Er hatte mit seiner berüchtigten Smith & Wesson schon einige Raubkatzen ins Jenseits befördert – aber irgendwie ahnte Monika Dornhofer, dass die Unglücksserie nicht abreißen würde.

An jenem Abend, als Elli sterben sollte, stand Monika in ihrem Büro neben dem Schreibtisch an der Glaswand und blickte in Ellis Gehege. Die letzten Besucher hatten den Zoo vor einer Stunde verlassen und die Dämmerung setzte bereits ein. Wie immer lag Elli auf ihrem Felsen, der noch von der Sonne warm war, den Kopf auf der Pfote gebettet, kniff die Augen zusammen und ließ sich den Wind durchs Fell streichen. Ab und zu blinzelte sie zu den Fenstern des Bürogebäudes hinauf, aber durch die getönten Scheiben konnte sie unmöglich etwas erkennen. Trotzdem schien sie zu ahnen, dass ihre letzte Stunde geschlagen hatte.

Das äußere Tor quietschte und Frank Keller betrat mit seiner Pistole im Gürtelholster den äußeren Ring des Geheges. Monika hatte darauf bestanden, dass er eine eineinhalb Meter hohe Stahlplatte mitnehmen sollte, für den Fall, das Elli ihn anfiel. Außerdem befand sich ein großer Spiegel an der Außenseite der Platte – ein alter Trick, um die Aufmerksamkeit des Tieres nicht auf sich zu lenken. Frank Keller schloss die zweite Tür auf und rollte die Platte mit den Bodenrollen wie ein Schild durch die Türöffnung. Zehn Meter vor Elli stoppte er. Die Tigerdame würdigte ihn keines Blickes.

Ein gezielter Schuss in den Kopf, hatte Keller versprochen. Das Projektil würde die lebenswichtigen Teile des Rückenmarks zwischen Schädelknochen und erstem Halswirbel an der Wirbelsäule durchschlagen und Elli würde sofort tot umfallen. Ein rascher Tod, ohne Qualen für das Tier.

Frank Keller stand einen halben Meter hinter der Platte, richtete sich auf, spähte über deren Rand, legte die Pistole mit beiden Händen an, kniff ein Auge zusammen und blickte durch den mächtigen Sucher. Der Schalldämpfer sah aus wie ein aufgestecktes Stabmikrofon. In diesem Moment hob Elli den Kopf und sah zu Monikas Fenster hinauf.

»Tut mir leid, mein Schatz«, flüsterte Monika.

Elli wackelte mit dem Ohr, und für einen Moment schien es, als hätte das Tier sie verstanden.

Dann ploppte der Schuss. Wie Keller vorhergesagt hatte, drang das Projektil sauber ein und durchschlug die Halswirbelsäule.

Elli leckte sich genüsslich mit der Zunge über die Pfote. Indessen fiel Frank Keller rücklings um.

Monika bemerkte die Delle in der Stahlplatte. Das Projektil war abgeprallt und hatte Kellers Kopf durchschlagen. Offensichtlich hatte er übersehen, dass sich der Lauf seiner Pistole etwas unterhalb der Visiereinrichtung befand. *Was für ein Fachmann …*

»Und all diese Geschichten soll ich Ihnen abnehmen?«, fragte Kommissar Sarkovsky.

»Ist mir gleichgültig, was *Sie* glauben«, antwortete Monika. »Jedenfalls haben sie sich so zugetragen.« Sie überprüfte die Medikamentendosis in den Fleischrationen für die Wildkatzen. Dann schaltete sie das Licht aus und ging in den nächsten Raum.

Monika trug kniehohe schlammfarbene Gummistiefel, und es machte ihr unglaublich Spaß, den braungebrannten Schnösel in den engen Dieseljeans und mit den zurückgegelten Haaren durch die schmierige und stinkende Futterstation zu führen.

»Sie haben bei der Einvernahme verschwiegen, dass Sie Baumeister Dimpfstingl kannten.«

Monika verschloss die Vitaminpräparate für die Hyänen im Schrank. »Wäre das wichtig gewesen?«

Sarkovsky rümpfte die Nase. »Immerhin hat er nicht nur für den Tiergarten gearbeitet, sondern auch Ihr privates Wohnhaus renoviert.«

»Und?«

»Er hat den offenen Kanalputzschacht vor der Hundeklappe nur mit einer Plastikfolie abgedeckt, worauf ihr Berner Sennenhund hinuntergestürzt ist und sich Hüfte und Hinterbeine gebrochen hat. Sie haben gegen Dimpfstingl ein Jahr lang wegen der Baumängel und Tierarztkosten prozessiert.«

»Wir haben uns finanziell geeinigt«, entgegnete Monika.

»Ja, und eine Woche später stürzt er durch die Fensterscheibe in das Tigergehege ...«

»Dimpfstingl wurde eben Opfer seiner eigenen Baumängel«, kommentierte Monika.

»Vielleicht haben Sie da etwas nachgeholfen.«

Monika lachte. »Ich bitte Sie ... bei so einem kräftigen Mann wie Dimpfstingl?«

Sarkovsky holte ein Handy aus der Brusttasche und wischte mit dem Finger über das Display. »Und den Mann, der in der Nacht über den Zaun des Tigergeheges geklettert ist, kannten Sie auch.«

»Das mag sein, aber in jener Nacht konnte ich das Gesicht des Diebes nicht erkennen.«

»Er war kein Dieb!«

»Er ist in mein Büro eingedrungen!«

Sarkovsky glotzte auf sein Handy. »Er arbeitete als Privatdetektiv und hat in Ihrem Büro nach Spuren für Baumeister Dimpfstingls wahre Todesursache gesucht, als Sie ihn überraschten«, sagte er ohne aufzusehen. »Seine Recherchen hätte Sie in arge Bedrängnis bringen können.«

»Warum hat er dann den Safe aufgebrochen, in dem sich Bargeld befand?«

Sarkovsky fixierte sie. »Hat er das? Er hatte keine Handschuhe dabei, und am Safe fanden wir keine Fingerabdrücke von ihm.« Obwohl es an diesem Tag bewölkt war, steckte eine blaue Spiegelsonnenbrille in Sarkovskys Haaren. »Zufällig befand sich in jener Nacht eine Baustelle beim Tigergehege. Haben Sie den Mann dorthin gehetzt?«

Monika schwieg.

»Ich frage mich, wie Sie es angestellt haben, dass er über den Zaun geklettert ist. Besitzen Sie eine Waffe?«

»Natürlich nicht.« Monika trug die Dosierungen für die nächsten Tage in eine Liste ein.

»Warum kümmern Sie sich als Direktorin eigentlich um das Futter der Tiere?«, fragte er.

»Der Tierarzt für die Wildkatzen ist tot.«

»Ach ja ... das führt mich zum nächsten Punkt.« Er blickte auf sein Handy. »Dieser Tierarzt, der sich im Tigergehege mit der Schlüsselkette angeblich selbst stranguliert hat ...«

»Was heißt bitteschön *angeblich?*«

Sarkovsky ignorierte die Frage. »Das war Ihr Ex-Freund, nicht wahr?«

»Ja, mein Gott, eine Beziehung am Arbeitsplatz, na und?«

»Na und? Zwei Wochen vor seinem Tod hat er mit Ihnen Schluss gemacht. Wollten Sie ihn wiederhaben, und er hat Sie sitzen lassen?«

»Als hätte ich das notwendig.«

»Angeblich schon.«

»Sagt wer?«

»Eine Ihrer Mitarbeiterinnen.«

Monika spitzte die Ohren. »Interessant. Etwa die, mit der er vor seinem Tod zusammen war?«

»Exakt. Zwanzig Jahre jünger als Sie und rattenscharf, wenn ich mir die Bemerkung erlauben darf.« Sarkovsky spitzte die Lippen. »Angeblich ging diese Affäre schon ein halbes Jahr. Soviel ich weiß, ist er mit Ihnen nie in den Urlaub gefahren, aber mit seiner neuen Mieze hat er einen romantischen Urlaub auf den Malediven gebucht.«

»Und deswegen hätte ich ihn töten sollen?«

»Gekränkter Stolz«, schlug Sarkovsky vor. »Wenn jemand mit einem Schlüssel, der um seinen Hals hängt, ein

Schloss aufsperrt, müsste er vorher den Schlüssel wieder abziehen, um die Tür öffnen zu können. Aber er hing tot in der *offenen* Tür. Wie erklären Sie sich das?«

»Keine Ahnung, Sie sind der Ermittler.«

»Vielleicht haben *Sie* ihn mit der Kette erdrosselt.«

»Schwachsinn!«

»Denkbar wäre es.«

»Denkbar wäre auch, dass ich John F. Kennedy und Martin Luther King erschossen habe.«

»Sehr witzig! Und dann dürfen wir natürlich Frank Keller nicht vergessen.« Sarkovsky spielte mit seinem Handy. »Der hat vor vielen Jahren dafür gesorgt, dass Sie aus dem Safaripark Gänserndorf flogen.«

»Keller hat mir eine Geldunterschlagung vorgeworfen. Er hat mich gemobbt, um selbst befördert zu werden. Aber meine Entlassung war ungerechtfertigt. Ich musste vor Gericht meine Unschuld beweisen.«

»Und das hat Ihrer Karriere einen Dämpfer versetzt.«

»Dämpfer?« Sie hob die Schultern. »Den Safaripark Gänserndorf gibt es nicht mehr, und ich bin jetzt Direktorin in Schönbrunn.«

»Wenn es nach mir ginge, nicht mehr lange. Frauen auf Direktorenposten sind meines Erachtens ohnehin eine Fehlbesetzung.«

»Was hält die Innenministerin von Ihrer Theorie?«

Sarkovsky kniff die Augen zusammen und ignorierte ihre Frage. »Ich kriege Sie«, murmelte er. »Wie Sie das mit Frank Keller angestellt haben, ist mir ein Rätsel, aber ich werde eine Obduktion beantragen. Vielleicht kommt raus, dass Keller unter Drogen- oder Medikamenteneinfluss stand. Was meinen Sie?«

»Was wollen Sie mir anhängen?«, fragte sie.

»Vierfachen Mord«, antwortete er kühl.

»Sie sind verrückt.« Monika ließ eine Packung Antibiotikum in der Schublade verschwinden, das sie im Tiergarten nicht mehr verwendeten, weil das Medikament zu viele Nebenwirkungen aufwies. »So, ich bin fertig. Wenn Sie wollen, können wir das Gespräch in meinem Büro fortsetzen.« Sie deutete zur Tür. »Hier entlang.«

Sarkovsky öffnete die Tür. »Nach Ihnen.«

»Aber bitte, nach Ihnen.« Monika hielt ihm die Tür auf.

»Danke.« Sarkovsky ging voran.

»Übrigens«, sagte Monika hinter ihm, »Sie irren sich.«

Er drehte sich um. »Inwiefern?«

»Es war kein *vierfacher* Mord ...«

Vor seiner Nase fiel die Tür zu und er hörte, wie sich der Schlüssel im Schloss drehte. Als er ein tiefes Grollen vernahm und den Kopf zur Seite drehte, blickte er in Ellis smaragdgrüne Augen.

⊙ Beatrix Kramlovsky ⊙

Ars Moriendi

Zwischenfall im Palmenhaus

Leichen haben mich immer erschreckt. Als Kind habe ich Onkel Ferry im Nussbaum gefunden. Mein Schreien brachte die Familie in den Garten und ich erinnere mich, Vater sagte als Erstes: »Mein Gott, grade die Nuss! Da hat er ja noch Glück gehabt, dass der Ast gehalten hat.« Ich verstand das nicht. Später, als die Familie sich an meine Albträume gewöhnt hatte, hieß es, meine *Hypersensibilität* stünde einer gesunden Entwicklung im Weg. Das verstand ich auch nicht. Aber da hatte ich mir schon abgewöhnt, Erklärungen von ihnen zu erwarten.

Fotos von Leichen habe ich für mehrere Kunstprojekte verwendet. Da sitzt ein Schrecken in mir, der etwas von Lust hat, eine Faszination am Toten. Allerdings glaubt mir das keiner. Ich amüsiere mich klammheimlich über die Kritiker, die meine Kunst als Porträt überbordender Lebensfreude interpretieren, den Darsteller von Diversität und Ursprungsmythen. So ein Quatsch. Ich bilde den Tod ab, den Moment des Stillstands, bevor der Verfall beginnt. Ich jage dem Augenblick nach, der das Sterben abschließt. Aber sie missverstehen mich, alle, und ich wäre verrückt, sie aufzuklären. Denn sie zahlen gut. Und gerne. *Der mo-*

derne Barockmeister aus der Subkultur, hat mich der Minister genannt, als ich das Land auf der letzten Biennale vertrat. Was für ein Etikettenschwindel, dachte ich und wünschte mir auf seine Frage als nächsten Ausstellungsort das Palmenhaus. In verschwenderischem Ambiente ein viktorianisches Glashaus, spießbürgerliche Schwüle und exotische Romantik als Rahmen für meine neue Installation.

Wenn man einen Namen hat, bekommt man alles. Arbeiter für die schweren Lasten, Winden für den Transport, Elektriker für die subtile Beleuchtung, nervöse Botaniker, die misstrauisch beäugen, ob ihre Lieblinge geschützt werden. Mit unhörbarem Kichern beobachte ich alles, sofern ich nicht gerade im eigenen Gedankenschlick stecke oder auslaugende Muskelarbeit verrichte. Das Projekt fordert mich, fünfzig Körper aus Papiermaché, deren Drahtgitterstrukturen ich passend biegen und formen musste, und die vier Reiter der Apokalypse, deren geflügeltes Getier aus Kunststoffen gegossen wurde. Die Körper werden hängen, die Flügelreiter am Boden in der weichen Erde zwischen den Pflanzen stehen. Kein Wunder, dass die Botaniker nervös sind.

Eine Woche vor der Eröffnung wurden die Körper angeliefert. Alle Papiere waren unterschrieben, die Dame vom Denkmalamt stand neben der Leitung des Schlosses, Hebevorrichtungen und Seilzüge wurden gerade positioniert, als wir eintrafen. Ich war nervös. Pia schnaubte.

Pia, die Frau und Geschäftspartnerin meines Galeristen, hat ein untrügliches Gespür für Geld, Körpersprache und Präsentation. Wenn sie tief Luft holt und schwer atmet, weiß ich mittlerweile, dass etwas aus dem Lot geraten ist. Es beunruhigt mich nicht, weil sie sich ja darum kümmert. Es unterhält mich, weil ich Pia so gerne bei der Arbeit zusehe. Sie ahnt nicht, dass sie der Prototyp für die Ausgangsskizze meines apokalyptischen Reiters ist. Sie ist ein zierliches Energiebündel mit einer unglaublich tiefen Stimme und einem weichen Puppengesicht; auf den ersten Blick eine ätherische Elfe, auf den zweiten einem aufmerksam sichernden Reh ähnelnd. Ich jedoch sehe die blauköpfige Kasuarin in ihr, die taktisch und mit tödlicher Schlagkraft das Revier verteidigt, den Partner wählt, der ihre Eier bebrütet, im Auge behält, was Gefahr bedeutet und was Beute verspricht. Könnte ich eine Frau lieben, würde ich Pias Minnesänger sein. Könnte ich überhaupt lieben, wäre ich ein anderer Mensch.

Wir begrüßten uns manierlich, meine Assistentin Eva hatte alle Herrschaften instruiert, niemand streckte seinen Arm aus, um meine Hand unmotiviert zu schütteln. Man muss es nicht übertreiben mit dem Körperkontakt. Und ich halte lieber Abstand zu den Objektträgern meines Lebensthemas, den wachsenden und sterbenden Organismen.

Die Tür wurde geöffnet, schwüle Luft schwappte heraus, zog uns hinein in die dichten Gerüche von Erde, stehendem Wasser, Früchten und welkenden Blüten. Ich registrierte den Blick, mit dem Pia die Männer bedachte. Denn sie sahen Eva zum ersten Mal. Ich schwöre, ich habe

Eva nicht ausgesucht, weil sie an Botticellis Venus erinnert, selbst angezogen, selbst in dicke Wolldecken gewickelt. Eva ist belesen, versteht etwas von Kunst, vom Kochen, von Farbenmischungen und Werkzeug. Außerdem kann sie stundenlang Modell stehen, kleine elektrische Reparaturen erledigen und verstopfte Rohre reinigen. Ich wäre ein Narr, sie gehen zu lassen. Ich vermute, sie lässt Pias Mann manchmal zwischen ihren Schenkeln wildern, aber da dieses Terrain mich nicht interessiert, mische ich mich nicht ein.

Der Palmenmensch fand als Erster seine Sprache wieder. Er fürchtete um seine Bäume, um das dicht verflochtene Unterholz, die fein läsierten Blätter, vibrierenden Blütenbüschel. Eva und Pia nahmen ihn in die Mitte, ließen sich zeigen, welche Plätze er für die Aufstellung der Reiter bevorzugte, verglichen sie mit meinem Plan, bearbeiteten ihn.

Die Dame vom Denkmalamt und ein Mitglied des Direktoriums baten mich die erste Wendeltreppe nach oben. Ich liebe die Verbindung von ziseliertem Spitzenwerk aus Stahl, Glas, eleganten Eisenpfeilern, versteckten Kabeln und Wasserrohren. Das Gebäude sieht aus wie eine umgedrehte durchsichtige Kuchenform, Geklöppeltes für meisterliches Konditorhandwerk aus Chlorophyll. Je weiter wir hinaufstiegen, desto praller hörte sich die Musik aus Tropfendem, Platschendem, Klatschendem an. Vogelgezwitscher setzte Akzente, das Laub führte eine eigene Symphonie auf. Und all das in einer beglückenden Vielfalt von Grün. Wie immer musste ich stehenbleiben, um dieses Glück zu fassen. Meine Begleiter warteten geduldig.

Direkt unter der abgesetzten Wölbung, die dem Dach zu so elegantem Schwung verhilft, hatten Arbeiter bereits ein sandfarbenes Kunststoffgitter angebracht. Ich möchte nicht wissen, wie viel sie dabei geflucht und gezittert haben. Und wie viel Schweiß es sie gekostet hat. Es war jedenfalls genau so, wie ich es wollte: von unten fast unsichtbar, knapp über den Kronen, selbst die höchsten Palmen streckten unbehindert ihre Wedel nach allen Seiten. Von den eisernen Steigen und Pfaden, die die Bauherren damals in weiser Voraussicht für Reparaturen und Reinigungen quer über das Schiff gespannt und geschraubt hatten, konnte man mein darunterliegendes Gitter an allen Stellen erreichen. Einfach perfekt. Ich lächelte. Sie lächelten verspannt zurück.

»Ihnen ist klar, dass zwei Drittel der Figuren fast vollständig von unten zu sehen sind, nicht wahr?«, fragte ich.

»Ja«, sagte der Vorstandsmensch und die Amtsdame mit ihrer Biedermeierbrosche auf dem flachen Busen fügte in erstaunlich vollem Alt hinzu:

»Fünf werden an den Wendeltreppen befestigt, und zwar außen, sodass die Besucher sie aus der Nähe anschauen können, zwei werden direkt an den Halterungen der Servicegänge angebunden, vier wird man aufgrund ihres auffälligen Kopfschmucks zwischen den Baumkronen sehen. Sechs lassen sich nur entdecken, wenn man die Laufstege auf mittlerer Höhe benutzt. Auf den Infoblättern werden Hinweise darauf zu finden sein, allerdings muss Ihnen klar sein, dass nicht alle hinaufklettern. Eher nur Kinder. Und Liebespaare.«

»Ja ja«, antwortete ich, »so will ich es ja. Die, die ganz hinaufsteigen, werden belohnt: Sie sind der Apokalypse entkommen, wenigstens für den Augenblick, sie erheben sich über die Gefahr.«

»Ich finde«, gab der Vorstandsmann von sich, »die meisten Figuren sehen nicht bedrohlich aus, bis auf die vier Reiter natürlich, aber diese lustig Hängenden, die unten gerade abgeladen werden, die finde ich eher amüsant.«

So einen Schwachsinn wollte ich gar nicht kommentieren.

Ich drehte mich um und stieg hinunter, weg von diesen Banausen. In den letzten Wochen hatte ich das Palmenhaus oft besucht, mich mit den Pflanzen vertraut gemacht, den feuchten Nischen und dampfenden Buchten, wo aus Blattwirrwarr die seltsamst geformten Stängel und Stämme wachsen. Ich hatte das Licht beobachtet, wie es absorbiert wurde, reflektiert, in Flecken und Strahlenbündeln wieder hervorbrach, wie sich der Morgen, der Abend auswirkte und der sengende Mittag, wenn die Sonne direkt über dem Dach stand und die Schatten zu schwarzen Sichelzungen schrumpften. Für jede meiner Figuren hatte ich den perfekten Platz und die perfekte Höhe bestimmt. Jeden Körper hatte ich abgestimmt auf das Buschwerk, die Farben, die Mikroatmosphäre. Nur so konnte ich sichergehen, das Unterbewusste im Besucher anzusprechen, es so zu berühren, dass er wehrlos wurde, Denken zuließ, sich Gefühlen öffnete, die er sonst verdrängte oder denen er sich versperrte. Kunst ist ein magisches Tor.

Eva fand ich bei den siamesischen Zwillingen, einem beunruhigenden Konglomerat von Gliedmaßen in satten Purpur- und Pinktönen. Die Skulptur baumelte bereits an Nylonschnüren, im Dickicht über uns mussten Arbeiter damit beschäftigt sein, sie hochzuziehen und zu sichern. Eva sprach via Handy mit ihnen.

»Noch gute zwanzig Zentimeter. Gleich habt ihr es. Perfekt!«

Lächelnd wandte sie sich mir zu. Die vier strampelnden Beine hinter ihr verliehen ihr Ähnlichkeit mit einer indischen Gottheit, die Zwillingspenisse schienen aus ihrem Haupt zu wachsen. Genau in Augenhöhe von Durchschnittsmännern, so wie ich es geplant hatte.

»Das wird eines deiner umwerfendsten und schönsten Projekte«, lächelte sie, »und ich hoffe, du zeigst es in Zukunft nur in botanischen Gärten oder Glashäusern. Der Dialog mit den lebenden Pflanzen verstärkt die Spannung ungemein.«

Eva ist mir die zweitliebste Frau dieser Erde.

»Lio, wir haben ein Problem.« Pia tauchte auf und entführte mich.

Ich weiß nicht, was sich meine Mutter bei meiner Namensgebung gedacht hat. Vermutlich war sie erschöpft von der Geburt, oder betrunken von der Feier, es hinter sich zu haben. Selenion. Kleiner Mond. Vater und Mutter sind die einzigen Altphilologen, die ich kenne, die in der toten Sprache miteinander reden. Sie wollen Totes am Leben erhalten, sagen sie. Ich will den Endpunkt des Sterbens festhalten, den endgültigen Eintritt ins Totenreich. Anscheinend haben mir die Eltern mehr mitgegeben, als ich wahrhaben will. Außenseiter sind wir alle drei, sie gebrechlich in einem Heim mit ihrer Geheimsprache und ihren Büchern, die keiner dort lesen kann, ich mit meinem Lebensthema.

»Lio, hör mir zu: Franz hat eine exklusive Versteigerung organisiert.«

Franz ist mein Galerist, Pias untreues Ehegespons, ein flammender Komet am internationalen Galeristenhimmel. Ich weiß dieses Glück zu schätzen, dass er mich zum richtigen Zeitpunkt entdeckt hat.

»Fein.«

»Ja eh, aber ...

»Seit wann stört dich Geldverdienen?«

»Diesmal geht er zu weit. Ich will dir ja gar nicht sagen, wie weit er geht!«

»Haben wir ein Problem mit den Nullen vorm Komma oder mit den Nullen, die diese Summe ausgeben wollen?«

»Mit den Käufern. Er spielt sie gegeneinander aus und weckt Begierden.«

»Das klingt erotisierend, vor allem, wenn man das Thema der Ausstellung bedenkt.«

»Wieso?«

»Pia!«

Sie schaltete ihr Hirn ein, ich konnte es sehen, und das Aufflackern eines Lächelns erhellte ihr kleines Gesicht. Ars Moriendi. Die Kunst des Sterbens, losgelöst von allen Glaubensinhalten und Jenseitsvorstellungen. Dies war kein Memento Mori, das unsere Gesellschaft sowieso verdrängt, dies war keine Bearbeitung von Steve Jobs großartiger Rede 2005, als er feststellte: Death is very likely the single best invention of life.

»Ein paar Stunden vor der offiziellen Vernissage, vermutlich am Vormittag, bevor das Buffet aufgebaut wird, bittet er die fünf Bestbieter ins Palmenhaus. Es sind, gelinde gesagt, Neureiche aus Russland und Asien, die einen zusätzlichen Kick daraus schöpfen, dass sie einander wie in einem Ring gegenüberstehen.«

»Das klingt nach Franz.«

»Und eines kann ich dir verraten, die Summen, um die es geht, sind nicht nur für die Ankäufer der Museen, sondern auch für die guten Sammler aus Nordamerika und Europa illusorisch. Franz hat einen Sturm im Wasserglas der Geldnarzisse entfacht.«

»Was stört dich daran?«

»Es ist genial. Das bestreite ich ja gar nicht. Aber Franz verliert den Boden unter den Füßen, er arbeitet mit unsauberen Mitteln.«

»Bei solchen Summen würde mich Reinheit irritieren.«

»Lio, es gibt Regeln, die sollte man nicht brechen, es gibt Vereinbarungen, an die sollte man sich halten. Franz verändert sich. Und es gibt Geschäfte, die so schmutzig sind, dass du dein Lebtag nicht mehr den Kopf aus dem Dreck bekommst.«

Pia hat Anstand. Ich vergesse das immer wieder. »Was stellst du dir also vor?«

»Sag ihm, dass er andere Bieter zulassen muss, auch wenn sie nicht so viel zahlen können. Denn er hat vor, hier durchzumarschieren, dann dürfen sie ihm ihre Kuverts mit dem Höchstgebot in die Hand drücken, sie bekommen ihre Drinks, Franz schaut die Zahlen durch und gibt den Zuschlag. Das kann heikel werden. Ein Showdown unter Palmen. Eine kindische Art von Hahnenkampf. Aber ich stelle mir nur vor, wie es weitergehen könnte: die falschen Oligarchen geraten aneinander. Die haben draußen bei ihren Limousinen ihre Bodyguards. Kannst du dir vorstellen, was uns blüht, wenn sich die kurz vor der Eröffnung in die Haare geraten?«

»Pia, hier ist doch keine Sandkiste, wo sich Dreijährige um einen Kübel balgen.«

»Genau das ist es, es geht nur ums Geld und um Image und Gesichtsverlust von ein paar Irren, die verlieren nie gelernt haben.«

»Du willst also, dass Franz eine salomonische Lösung findet?«

»Ja, und du suchst aus, welchen Sammler du für dieses Projekt haben willst. Außerdem behältst du vielleicht ein internationales Museum, einen gut eingeführten Sammler im Auge und lässt ihn mitbieten. Egal, ob sein Portefeuille das erlaubt oder nicht. Dir ist Geld doch sowieso egal, solange du deine Ideen finanzieren kannst und dein Atelier groß, hell und der nächsten Arbeit angemessen ist.«

Sie hat natürlich recht. Seit zehn Jahren denke ich nicht mehr darüber nach, wovon ich die nächste Miete zahle. Es gab Zeiten, da wäre ich ohne die Hilfe meiner Eltern, ohne spendable Freunde schlicht verhungert. Und trotz meiner Unterstützung, die Eva den Erfolglosen unter uns zukommen lässt, kann ich mich nicht befreien von dem Gedanken, einfach nur Glück gehabt zu haben. Unverdient. Einen Moment lang erheiterte mich die Vorstellung, dass ein Millionär mit Kriegsgewinnen oder mafiösem Schwarzgeld meine Todesausstellung nutzt, um seiner Weste mehr Weiß zu erkaufen.

»Sag Franz, ich verlange ein riesiges bepflanztes Glashaus, in dem die Ausstellung installiert wird, sonst verkaufe ich nicht.«

»Oh, du hast mir zugehört«, sie lächelt.

»Dir und Eva höre ich immer zu. Das ist Evas Idee.«

»Sie ist eine hinreißende Frau.«

»Wie du, nur anders.«

»Es wäre so einfach, nur du und Eva und ich.«

»Hängt der Segen schief?«

»Ja, aber Franz ist daran schuld.«

Keine Beziehungstratschereien!

Ich will nicht wissen, wer wo wann Körperflüssigkeiten austauscht. Klebrige Angelegenheiten. Ich akzeptiere nur Farben und Lösungsflüssigkeiten an meinen Handschuhen, Wasser auf meiner Haut, unverfälschte Lebensmittel in meinem Mund. Schon die Vorstellung von speichelnden Küssen ist mir zuwider. Aber Pia weiß, wann sie den Mund halten muss. Hauptsache, meine zwei Musen ziehen weiter an dem Strang, den ich in den Händen halte.

Am Tag vor der Vernissage, als alles von meiner Seite aus befriedigend und überzeugend installiert war, ging ich wieder ins Palmenhaus. Man hatte mir einen Schlüssel gegeben, genau genommen hatte ich zwei erhalten, ein unglaubliches Entgegenkommen der Schlossverwaltung. Pia und Franz verwalteten den einen, Eva und ich den anderen Bund, an dem auch ein Schlüssel für ein Parktor hing. Franz konnte mit den Käufern herein, ohne dass ich dabei sein musste. Er wusste, dass ich nur bestimmte Sammler treffe, dass ich von der geschäftlichen Seite meiner Arbeit nicht behelligt werden möchte. Franz vertraue ich, auch wenn mich seine Art Frauen gegenüber abstößt. Ich verstehe Beziehungen offensichtlich überhaupt nicht. Ich finde, Pia und Eva sollten richtig befreundet sein, symbiotisch. Für mich wäre das eine Verbesserung des Status quo.

Der Park war schon besucherfrei. Das Abendlicht hatte bereits die Qualität einer Malvenmischung mit sanftem Rotanteil, der orange Sonnenball war längst hinter dem

Wienerwald versunken. Schatten wurden zu kompakten Gebilden, die aus den Buschreihen und Alleen wuchsen. Drüben im Zoo begann das nokturne Stimmenkonzert. Die obersten Spitzen der Dachverzierung leuchteten noch silbern, eine fragile Borte über dem gewaltigen Glashaus, das wie ein gestrandetes Schiff aussah, kieloben gekentert. Noch konnte ich die Konturen der Bäume ausmachen, ein verschwimmender Scherenschnitt. Wie schon draußen auf dem Hietzinger Platz hatte man auch hier ein Stangenspalier angebracht, das hin zum Haupteingang des Palmenhauses führte. Auf den daran hängenden Fahnen starrte der Kopf des dritten apokalyptischen Reiters über dem Haupt seines Tieres auf einen weit entfernten Punkt und doch fühlte man sich direkt betroffen. Ich erinnerte mich an die Fotoaufnahmen im Frühjahr in meinem Atelier, das kalte Märzlicht verlieh den Wülsten und Geschwüren auf den Gesichtern eine zusätzliche Dramatik. Das Ergebnis war schockierend in seiner Direktheit. Mein Name leuchtete in dunklem Magentarot. Selenion Wobruck. Ich weiß nicht, ob er mir je so geläufig klingen wird als etwas, das zu mir gehört, mich benennt.

Ich ging auf das Palmenhaus zu. Einen Moment sah ich einen Lichtball aufblitzen, aber es war wohl nur eine Reflexion. Das Gebäude strahlte nicht mehr, dazu war es schon zu spät, aber es vermittelte etwas Außerirdisches, und ich fühlte satte Zufriedenheit, dass mein Werk in diesem Rahmen gezeigt wurde. Ich schloss auf und betrat das Zauberreich.

Wie immer trat ich sofort vier, fünf Schritte vor und blieb dann stehen, um das Heranbranden der Geräusche zu erwarten, während der Duft der vielen Lebewesen in meine Nase kroch. Das Haus begrüßte mich. Ich lächelte zurück. Und dann wurde mir klar, dass ich nicht alleine war.

Kein Vogel. Nein. Kein Nager. Es war schwerer. Größer. Ein Mensch? Sollte ich das Licht einschalten? Nein. Noch nicht.

Ein Ächzen. Etwas Metallisches. Etwas Undefinierbares, wie Stoffe, die aneinander rieben. Alles entfernt, hinter dem leisen Säuseln der Blätter, wenn sich der Wind oben in den geöffneten Luken verfing. Das Gießsystem war noch ausgeschaltet.

Ein Mensch, definitiv. Oder zwei? Sollte ich rufen? War es Franz, der noch etwas überprüfte? Aber wir hatten doch schon alles kontrolliert. Ein ums andere Mal. Und morgen früh würden die Bestbieter kommen. Ich hatte Pias Rat befolgt und zwei Telefonnummern auf die Liste gesetzt, Franz war verpflichtet, sie zu informieren. Angeblich saßen sie schon in Flugzeugen, um rechtzeitig hier zu sein. Pia? Nein, was sollte sie jetzt auch hier. Eva? Eva war schon längst nach Hause gegangen, bedrückt, wie mir schien. »Ich vermisse Intimität«, hatte sie gesagt, obwohl sie weiß, dass mir vor solchen Gefühlsbekenntnissen gruselt.

Wieder ein Laut, der nicht hierhergehört. Noch immer stehe ich still, horche. Und spüre, wie etwas Neues in mir wächst. Angst.

Ich kann hier nicht stehenbleiben. Wer immer da drinnen im Dschungelreservat steckt, wird mich sehen. Hier ist der Weg einfach zu breit, sind die Bäume noch zurückgesetzt, die Strelitzen zu niedrig. Ich bewege mich am Rand des Pfades, wo der Boden bereits aus weicher Erde besteht, weiter, bleibe alle paar Schritte stehen.

Irgendwelche Araliensträucher, biegsame Äste, gefiedertes Blattwerk, schulterhoch, ein luftiges Arrangement. Hier kann ich mich nicht verstecken.

»Arsch!«

Wie bitte? Ein Zischen, eine wutverzerrte Stimme. Ich weiß nicht einmal, ob Mann oder Frau. Aber jetzt glaube ich zu wissen, wo dieser Jemand steckt. Richtung Westen, dort, wo das letzte Licht hereinfällt. Ich bewege mich so leise wie nur möglich.

»Noch weiter hinauf?«

Also sind es zwei. Und ich bin alleine. Diebe? Will jemand meine schwebenden Totenkörper stehlen? Oder gar beschädigen?

Krack!

Ein verwelkter Blattstiel unter meinen Sohlen. Ich verharre. Der schwarze Schatten einer riesigen Livistona deckt mich. Ich sollte einmal etwas mit tropischen Blättern machen, denkt ein Teil von mir. Idiot! Konzentriere dich. Was würde jetzt helfen? Was wäre klug?

Ich schiebe mich weiter vor, etwas sticht mich, ich verheddere mich zwischen den Dornen eines Korallenstrauches, reiße mich los. Jetzt müssen sie mich gehört haben. Vor mir der Stamm einer Washingtonia, vielleicht vier Meter entfernt müsste sich der Weg zu dem Platz verbreitern, auf den die apokalyptischen Reiter ausgerichtet sind, der Ort, wo sich morgen die meisten Besucher drängen werden, weil es nicht weit zum Buffet sein wird.

»Fest genug?«

Ich könnte schwören, dass das eine Frau ist. Nur, wo steckt sie? Das Licht wird immer schwächer. Klong. Das war die Treppe! Das war definitiv etwas, das gegen die gusseiserne Treppe stieß, gleich hier durch, geradeaus. Wenn ich es schaffe, zwischen diesen Büschen, Herrgott, so mickrige Zweiglein, der Botaniker wird heulen, oh, meine Schuhe, grässlicher Morast hier, aber gleich, gleich bin ich – zwei!

Zwei klettern herunter. Seelenruhig! Na warte.

Wuummm.

Ich stürze. Ich falle. Etwas rinnt am Aug entlang, warm die Backe herunter. Vorsichtig hebe ich den Kopf. Ein Ast. Schenkeldick. Ich drehe den Kopf. Direkt vor mir stehen zwei Frauen. Schwarz gekleidet mit schwarzen Hauben. Ich erkenne sie trotzdem.

Sie starren einander an, sie starren mich an. Sie starren, nach einer geradezu synchronen Bewegung hinauf, hinauf ins immer dunkler werdende Blättergewirr. Und ganz hoch oben, mitten im Grün, steckt ein Körper, mit noch sachte pendelnden Beinen. Schuhen daran.

Meine Figuren tragen keine Schuhe. Ausnahmslos. Das ist Teil des Konzepts.

Und nun verstehe ich gar nichts mehr.

Nachts rufen nicht nur die Käuzchen.

Gibt es eigentlich Wachpersonal auf dem Schönbrunner Gelände? Arbeitet jemand im Zoo, wo sporadisch Tiere schreien? Wir haben eine Schneise hinein in den riesigen Komposthaufen hinter dem Schmetterlinghaus geschaufelt und arbeiten uns nun in den Mutterboden. Alles da, was ein Gärtner braucht. Neben uns liegt Franz. Bald wird er verscharrt sein. Unter der festgetrampelten Erde und dem wieder aufgehäuften Mist. Es wird noch mehr davon dazukommen, wie mir der begeisterte Botaniker vor Tagen erzählt hat. Im nächsten Frühjahr wird gehäufelt und gedreht. In zwei Jahren wird die frische Erde entnommen. Mit Kleinbaggern. Wenn alles so verläuft, wie ich denke, kann es Jahre dauern, bis sie Franz zufällig finden. Vielleicht bleibt er aber auch endgültig hier. Verrottend.

Wenn ich mich umdrehe, kann ich zwischen den Bäumen einen Schimmer vom Palmenhaus im Mondlicht ergattern. Alles ist wieder in Ordnung dort. Meine Körper hängen ungestört, meine Reiter warten. Sogar die zerdrückten Zweige habe ich wieder zu richten versucht. Nach dem Ansturm morgen und dem Presseradau wird der Botaniker meine Spuren zu den Kollateralschäden zählen. Die Verschnürungen der Leiche waren leichter zu entfernen. Und etwaige Blutspuren? Ach, in dem Klima werden sie schnell zu braunen Flecken, eine weitere Metamorphose im Tropendunst.

Sie sagen, Franz sei nachweislich zum Flughafen aufgebrochen, vor Zeugen, wegen des einen Oligarchen, der
ganz besonders versessen auf meine Installation ist. Sie
sagen, er wird erst auf dem Weg dorthin verschwunden
sein, weil das der Wahrheit entspricht. Sie sagen, dass
nichts aufgefallen war, denn er habe sich erst hier mit ihnen getroffen. Niemand habe sie draußen zusammen sehen können. Sie sagen, das Messer würde in die Donau
geworfen, jetzt dann gleich. Ein Messer zum Filetieren aus
Pias Küche. Eva würde ihr ein Neues kaufen.

Der Oligarch wird sich spätestens morgen früh bei Pia
melden. Sie wird ihn im Palmenhaus empfangen wie die
anderen auch. Sie wird Franz vertreten, nachdem sie in der
Früh bei der Polizei ihr Befremden über sein nächtliches
Ausbleiben deponiert haben wird. Es sei nicht wirklich
üblich. Später wird sie die Polizei aufgeregt informieren,
dass ein Deal wie dieser von Franz unbedingt wahrge-
nommen worden wäre, auch wenn sie alleine das gut ge-
managt hätte, wie schon öfters in der Vergangenheit. Und
im Verlauf der Untersuchungen werde man feststellen,
dass Franz Geld veruntreut hat. Meines. Seit zwei Jahren
schon. Sie sagen, ich habe keine Ahnung von der Schlech-
tigkeit der Welt und sei gefangen in meinen eigenen Uni-
versen. Sie sagen, der Krug gehe zum Brunnen, bis er bre-
che und sie hätten lange genug ausgehalten, stumm und
die Fassade pflegend. Sie sagen, es gäbe einen feinen Un-
terschied zwischen Lust und verletzender Begierde, und
dass ich asexueller Monolith mir nicht vorstellen könne,

wovon sie da redeten. Und dass Gerechtigkeit manchmal auch blutige Wege gehen müsse.

Sie sagen, Franz erstochen und unter meinen Figuren als weitere Installation festgezurrt zu haben, sei eine saublöde Kurzschlussaktion gewesen. Sie sagen, wie gut, dass ich zur rechten Zeit am rechten Ort war.

Ich habe noch mehr Fragen, aber sie wollen sie nur peu à peu beantworten. Zuerst muss Franzens Körper entsorgt werden. Endgültig.

Dann werden wir in meine Wohnung fahren, uns duschen und ich werde Einblick in die Bücher und privaten Details bekommen.

Nein, nein, das möchte ich nicht hören. So etwas irritiert mich zutiefst, das müssen sie doch wissen. Sie fragen, ob ich mit ihrem Geheimnis leben könne. Das weiß ich nicht. Aber sie wissen dafür nicht, welch andere Geheimnisse in mir ruhen. Meine Aversionen haben Gründe wie meine Phobien. Und der Tod ist nicht nur ein Thema, er ist ein guter Begleiter für mich. Auch wenn mich Leichen schrecken. Immer noch.

Aber Franz ist nun unter dem Kompost verschwunden. Erde zu Erde, Mist zu Mist.

Heute Nacht werde ich mich meinem neuen Projekt zuwenden, Wohnwänden und Schirmen aus pflanzlichem Material, wer weiß, wo mich das hinführen wird. Ich könnte mir vorstellen, in unserem leerstehenden Atomkraftwerk etwas aufzubauen, das Natur als Schutz hinterfragt. Wir werden sehen. Eva und Pia werden mich morgen durch den Tag begleiten. Und sie werden das gut machen, besser denn je. Meine Musen, werde ich sagen, wenn ich nach ihnen gefragt werde.

Wir lassen Franz hinter uns. Bevor wir in die Allee einbiegen, um den Park zu verlassen, schauen wir zurück. Wie eine gläserne Schatzkiste für meine »Ars Moriendi« badet der Palmenpalast im Mondlicht und die Wiese ist nun ein nachtgrünes Meer.

⚭ Peter Wehle ⚭

Das klinget so tödlich

Von Mitbewohnern und anderen fatalen Begleiterscheinungen

Ein herrlicher Morgen! Obwohl es in Strömen goss. Aber das störte mich nicht. Denn ich hatte meine Stereoanlage für mich allein. Meinen Wagen für mich allein. Meine Wohnung für mich allein. Meine Leni für mich allein.

Ich war wieder Herr über mein Leben und besaß auch wieder mein Eigentum!

Das war für mich schon längere Zeit keine Selbstverständlichkeit. Denn um etwas zu besitzen, muss man es in seiner Macht oder in seinem Gewahrsam haben. Und den Willen, dieses etwas auch zu behalten, den muss man auch haben. »Den Willen« ... das klingt so einfach.

Wer das einst – vielleicht sogar schon vor den alten Römern – formuliert hatte, hatte Berni nicht gekannt. Eigentum, Besitz – diese gesellschaftlichen Grundpfeiler galten doch nicht für Berni ... fand Berni. Aber nein – für ihn waren solche Begriffe marginale Lappalien, total überkommene spießbürgerliche Konventionen. Zumindest so lange, bis Berni selbst etwas in Besitz nahm und versuchte, durch Flehen, Drohen, Lügen oder kleine Betrügereien sogar dessen Eigentümer zu werden.

Egal! Ich wollte mir meine herrliche Laune nicht verderben lassen, denn Berni war ja ...

Komisch, jetzt war ich ihn endlich los und freute mich wie ein Schneekönig, aber das klitzekleine Wort »tot«, das konnte ich nicht und nicht über die Lippen bringen. Und darüber lachen durfte ich natürlich auch nicht. Und ich tat es doch! Nicht aus Protest gegen vorherrschende Tabus und ungeschriebene Gesellschaftsgesetze. Nicht doch. Weil ich schlicht und einfach froh war, dass Berni to... also, t... okay, dann übe ich es eben.

Tot, tot, tot, tot. Berni war tot, er war tot, Berni war unwiderruflich tot.

Diesmal war er tot!

Erstaunlicherweise war ich darüber nicht nur glücklich, ich war auch stolz darauf. Dass mein Plan gelungen war. Der dritte – logisch, denn aller guten Dinge sind bekanntlich drei.

Wobei, als Mörder im strengen Sinn sehe ich mich nicht. Ich habe nichts getan, was ihn direkt ins Jenseits befördert hätte. Er hingegen ...

Dabei hatte alles ganz gut angefangen.

Ursprünglich hatte ich friedlich und sehr zurückgezogen in meiner Studentenwohnung gehaust. Zugegeben, sie war nicht gerade klein, aber vor allem auch deshalb besonders fein und vor allem ganz mein. Und dann, dann habe ich Berni kennen gelernt. Am Institut für Strafrecht und Kriminologie, in einem Seminar über Jugendkriminalität.

Rein zufällig habe ich ihn dann ein paar Tage später wieder getroffen. In Schönbrunn. Ich bin dort immer zum Lernen hingegangen, sozusagen aus historischen Gründen. Denn vor fast zwei Jahrzehnten war ich mit meinen Eltern in Wien zu Besuch bei der Tante Ermenegilda gewesen. Bei der hat's immer so komisch gerochen, aber weil sie doch eine »Erbtant« war, hatten mich meine Eltern mit der für solche Familientreffen typischen Mischung aus Zuckerbrot und Peitsche präpariert. Wenn ich ganz ein braver Bub wäre, dann würden wir vielleicht sogar in den Prater gehen.

Nein, Mami, ich will aber bitte in den Zoo! Der Papi sagt doch immer, der Onkel Hans wäre so ein riesiges Rhinozeros, den sollte man im Zoo in Schönbrunn einsperren. Also will ich in den Zoo. Weil ich möcht unbedingt so ganz große Tiere sehen.

Meine Mutter hat damals nur tief geseufzt, mein Vater ist »fuchsteufelsrot« geworden und wollte mich schon anbrüllen, aber ich habe ihn einfach angelächelt und gefragt, wie ich mich denn benehmen sollte. Bei der Tante Ermenegilda.

Und dann waren wir im Zoo. Und die Tiere kamen mir wirklich so groß vor, dass ich mir damals geschworen habe, sie immer wieder zu besuchen, wenn ich einmal in dieser tollen Stadt leben würde.

Als ich dann zum Studium nach Wien gekommen bin, habe ich mir tatsächlich als meinen ersten »Hauptstadt-Akt« eine Jahreskarte für den Zoo gekauft. Anfangs bin ich wirklich mindestens einmal in der Woche »Onkel Hans und Tante Ermenegilda« – die beiden größten Panzernashörner – besuchen gegangen. Aber wie es ernster wurde mit dem Studium, musste ich meine »Familienbesuche« leider stark einschränken. Also bin ich stattdessen in den Schönbrunner Schlosspark lernen gegangen.

Und ich bin tatsächlich lernen GEGANGEN. Im Sitzen kann ich mir nichts merken. Manchmal wollte mein Kopf allerdings selbst auf der wunderschönen Diagonale zwischen Neptunbrunnen und kleiner Gloriette meinem Drang nach Wissen nicht und nicht folgen. Da habe ich ihn und seinen Inhalt dann meistens direkt angesprochen. Was heißt angesprochen, angefleht habe ich ihn! »Geh! Hirn! Jetzt geh, Gehirn!« Interessanterweise hat das meistens funktioniert. Also bin ich immer öfter zwischen dem großen Parterre und der Gloriette herumspaziert. Öffentliches Recht, Rechtsphilosophie, Privatrecht, Römisches Recht etc. – meistens habe ich ein »Gut« bekommen.

Bis ich dann Berni rein zufällig in Schönbrunn wiedergetroffen habe.

Rein zufällig? Dass ich nicht lache! Ich bin mir heute noch sicher, dass er mir nachspioniert hatte. Weil er von meiner Wohnung erfahren hatte. Von meiner Art. Vielleicht sogar von ... na, egal.

Er war witzig, er war charmant, er stellte mich den richtigen Mädchen vor, er war echt cool.

»Du bist doch eh so gerne in Schönbrunn! Alter, das ist ja der wahre Megahype! Weil dort, bei den Clubbings, dort sind die echten ... nein, also nicht so die Exemplare, die jeder mit ein paar ‚Sex on the beach‘ oder zwei, drei ‚Swimming Pools‘ gleich ... na, du weißt schon. Sondern echte Klassefrauen. Mit Stil, Intellekt, aber auch richtig süß.«

Und tatsächlich – ab und zu ließ er auch mich »blinden Hahn« ein richtig »süßes Korn« finden.

Wir wurden echte Kumpel – so etwas, was miteinander Pferde stiehlt. Und dann kam Berni einmal in meine Wohnung. Oh, was für eine große Wohnung, und ich da drin ganz allein! Nein, in so eine trostlose Leere gehöre Berni hinein – meinte Berni. Ich wandte schüchtern ein, dass mir die Wohnung weder leer noch trostlos noch zu groß erschien, doch war ich gegen Berni machtlos. Zwei Wochen später zog er aus seinem Studentenheim in meine ... nein, das stimmt so nicht. Überhaupt nicht!

Er zog in eine Wohnung, in der er mich in seiner grenzenlosen Güte weiterhin zu dulden geruhte. Zeitweise. Und nur mich.

Meine Wohnzimmermöbel hingegen waren ihm zu mega-out. Zu einer jungen und dynamischen Persönlichkeit wie ihm passten keine gediegenen Lederfauteuils. Und der gute alte Röhrenbildfernseher, den ich wegen der nach wie vor unerreichten Schärfe und Farbbrillanz über all die Jahre gehegt und gepflegt hatte, der war totaler Uraltschrott.

Nein, Berni, ist er nicht!

Doch, ist er schon!

Nein, Berni, ist er nicht!

... okay, wenn du meinst.

Dass Berni schon nach meiner zweiten Verteidigungs-phrase nachgegeben hatte, hätte mich warnen müssen. Aber ich naives Wesen war so beglückt gewesen, dass ich die Angelegenheit als erledigt ansah.

Das war an einem Sonntag.

Am darauffolgenden Donnerstag kam ich von einem langen Vorlesungstag erst spät am Abend nach Hause. Und war knapp davor, völlig hysterisch die Polizei anzu-rufen. Ein Einbruch, Herr Inspektor, ein Einbruch! Mein Fernseher, meine Möbel! Zum Glück fiel mir gerade noch rechtzeitig auf, dass weder die Eingangstür noch eines der Fenster beschädigt waren. Ein Einbrecher, der durch Wände gehen konnte? Warum sollte sich so ein perfekter Dieb gerade meine Wohnung aussuchen? Der würde doch eher keine Tür und keine Fenster in der Schatzkammer vom Kunsthistorischen Museum aufbrechen, das wäre doch viel lukrativer.

Berni?

Berni!

Um drei Uhr früh kam dann die Gewissheit ... in Person eines quietschfidelen Berni. Ich sollte ihm nicht böse sein, dass er noch nicht die neuen Hängesessel und den 60-Zoll-4k-Ultra-HD-LED-Backlight-Schirm gekauft hätte. Das könnte er erst morgen tun. Ach, übri-gens – was er mir schon seit Tagen sagen wollte. Ich hätte eine wunderbare Unterschrift. So schlicht. Und so gut ... zu lesen. Nur aus ein paar Strichen bestünde sie. Noch dazu Strichen, zwischen denen ich mehrfach absetzen würde. Wirklich toll.

Noch etwas – ob ich ihm jetzt gleich meine Kreditkarte geben könnte? Oder erst in der Früh?

Nein, ich bekam keinen Schreikrampf, aber offenbar war mein katatonischer Anfall so überzeugend, dass selbst Berni sich bemüßigt fühlte, am nächsten Tag den »Uralt-Schrott« wieder auf die gewohnten Plätze zu verfrachten. Wo er meine edlen Fauteuils gelagert, wem er das Röhrenbildwunder beinahe verkauft hatte, wollte ich gar nicht wissen. Ich war tagelang so erstarrt, dass ich Berni unmöglich hätte hinauswerfen können.

Außerdem wäre das gar nicht mehr so einfach gewesen. Ich hatte nämlich durch Zufall erfahren, dass Berni bereits korrekt bei mir gemeldet war. Und die Hausverwaltung hatte er auch schon informiert. Ich hätte einen Teil meiner Eigentumswohnung an ihn vermietet. Selbstverständlich gab es einen Vertrag. ... mit unser beider Unterschriften.

Außerdem hatte er sich bereits Visitkarten drucken lassen, auf denen meine Wohnungsadresse und Festnetznummer standen. Mit einem Wort – er war entschlossen, sich in meine Wohnung festzukrallen.

Außerdem – ich konnte es nicht. Ich war zu schüchtern, zu konfliktscheu, zu harmoniebedürftig, zu sanft, zu unbeholfen, zu feig, zu ... egal, ich war einfach nicht in der Lage, zu einem anderen Menschen grob zu sein.

Also, grob sein ... doch, vielleicht hätte ich das schon ... ja ... eventuell ...

Aber so brutal, wie ich hätte sein müssen, um diesen bipolaren Narziss endlich hinauszukomplimentieren – nein, das ging nicht. Ich konnte ihm nicht sagen, dass er sich gefälligst aus meiner Wohnung, aus meinem Leben verdünnisieren, vertschüssen, also schleichen sollte. Und zu deutlicheren Worten wäre ich schon gar nicht fähig gewesen.

Also musste ich ihn umbringen.

Voller Eifer intensivierte ich meine Strafrechts-Aufmerksamkeit. Psychopathologische Täter hatten es mir plötzlich angetan. Aber nicht die axt- oder kettensägenschwingenden Blutrausch-Sadisten, nein, die stillen Perfektionisten wurden zu meinen Idolen.

Klarerweise war ich nicht bereit, für den Mord Jahrzehnte meines Lebens zu vergeuden. Wobei – für einen Mord an einem Menschen, der zwar ein Scheusal, aber eine große Persönlichkeit gewesen wäre, für so eine Tat wäre ich vielleicht im hintersten Winkel meiner schwarzen Seele bereit gewesen, eine gerechte Strafe auf mich zu nehmen. Aber für die Tilgung dieser lästigen Wanze ... nein, für diese Tat Buße zu tun, das kam wirklich nicht infrage.

Daher ... wie ihn ermorden? Logischerweise müsste es wie ein Unfall aussehen.

Oder vielleicht eine plötzlich ausgebrochene, tragisch endende Krankheit?

Berni liebte Musik. Laute vor allem. Oh nein, nicht moderne, sondern Klassik. Aber eine mit voll aufgedrehtem Volume-Regler »sich hineingezogene« (O-Ton Berni) Bruckner-Symphonie konnte einen mindestens so nerven wie brüllendes Heavy Metal. Die Tragik war, dass ich eine tolle Stereoanlage besaß. Ursprünglich war dieser Umstand genießenswert gewesen, denn ich liebte ja auch Musik, wenn auch eher Jazz. Aber jetzt wurde mir der verhängnisvolle Zusammenhang zwischen »Watt« und »Watte« klar. Je mehr vom einen, desto mehr braucht man vom anderen.

Oder, wie ich es damals mit bitterböser Selbstironie formulierte: Je Berni, desto Kopfweh!

Seine alten Langspielplatten liebte Berni über alles. Jedes Mal, wenn er eine seiner »schwarzen Schatzis« dröhnen ließ, nahm er die Scheibe liebevollst heraus und legte sie sanft auf den Plattenteller. Beim Verstauen feuchtete er seinen rechten Zeigefinger und Daumen an, zog vorsichtig die Papierhülle auseinander und ließ das runde Vinyl behutsam hineingleiten. Dann leckte er sich die beiden Finger noch einmal ab, als hätte er gerade genüsslich einen Hendelhaxn abgeknabbert.

Gott sei Dank kannte ich einige Studenten der Pharmakologie. Es war ganz einfach, als angehender Strafrechtler und Kriminologe besonderes Interesse an bösartigen Giften zu heucheln und sie dezent auszufragen, welche Substanzen selbst bei einer halbwegs gewissenhaften Obduktion übersehen werden könnten. Nein, wirklich, so gefährlich wären die? Na ja, aber wenigstens sind die doch ganz sicher für keinen Menschen erhältlich? Erhältlich nicht, aber man könnte sie sogar herstellen? Nein, wie schrecklich!

Nach einigen Versuchen im Gartenhaus meiner Groß-mutter hatte ich tatsächlich genug von dem Zeug produziert, um in etwa achtzig Plattenhüllenränder mit einer hauchdünnen Schicht überziehen zu können.

Ab dann hieß es auftragen, beobachten, wieder auftragen und abwarten.

Oder auch nicht!

Anfangs schien mein Plan wunderbar zu funktionieren. Nach einigen seiner »lauschigen Nächte« klagte Berni über Brechreiz und Doppelbilder.

Mein final gedachter »Argumentations-Schuss« – »oh je, Berni. Das tut mir aber leid, Berni. Vielleicht etwas Psychosomatisches? Zu viel Stress? Dann solltest du mehr Musik hören, das beruhigt!« – ging leider nach hinten los. Berni beschloss, dass ich Recht haben könnte. Dass er an der übermäßigen Strukturiertheit des Studiums, aber auch an der Pingeligkeit seines Mitbewohners leiden würde. Dass ihm daher moderne klassische Musik heilen würde. Diese wirr zusammengewürfelte Musik, aleatorische Musik. Und sie müsste noch lauter sein, um bis in die tiefsten Schichten seines irritierten Unbewussten eindringen zu können.

Leider gab es diese musikalischen Werke kaum mehr auf Langspielplatten. Also kaufte Berni einen CD-Player …

das heißt, er bestellte ihn im Internet. Natürlich mit meiner Kreditkarte.

Ein neuer Plan musste her. Eigentlich wollte ich mir damit Zeit lassen und gut überlegen, was garantiert Berni-befreiend wirken würde.

Aber dann geriet ich doch unter Druck. Denn Berni setzte zu einem weiteren Tiefschlag an.

Ursprünglich war vereinbart worden, dass jeder von uns ein Zimmer für sich allein hätte, dass lediglich Küche, Bad und Wohnzimmer Gemeinschaftsräume wären. Diese Regelung hatte erstaunlicherweise bis jetzt gehalten, sodass ich mich wenigstens in einen Berni-freien Raum zurückziehen konnte. Abgesehen vom WC natürlich.

Aber plötzlich galt auch das nicht mehr. Das heißt, es galt natürlich für mich, aber doch nicht für Berni. Berni war entsetzt, wenn ich in mein Zimmer wollte, während er in meiner Wohnung seine Freunde eingeladen hatte. Und er hatte immer öfter immer mehr Freunde!

Er musste weg. Und zwar schnell.

Die Heizung vielleicht? Man las ja so viel von Kohlenmonoxidvergiftungen infolge schlechter Wartung. Aber den Plan, die Badezimmertherme zu manipulieren, ließ ich sofort fallen. Erstens wusste ich nicht, wie das geht. Zweitens hatte ich Angst, mich selber zu vergiften. Und drittens ließ ich das Gerät zwei Mal im Jahr von einem Fachinstallateur warten – die Wahrscheinlichkeit, vor der Polizei damit durchzukommen, schien mir daher sehr gering.

Aber das Badezimmer bot auch andere Möglichkeiten. Noch dazu, da mehrere Menschen – vor allem weiblichen Geschlechts – bezeugen konnten, dass Berni trotz aller Warnung die Leidenschaft kultivierte, sein frisch gewaschenes Haar noch in der Wanne stehend zu föhnen. Da würde es mehr von den die Raumluft sättigenden ätherischen Shampoo-Ölen durchdrungen werden ... meinte Berni.

Natürlich hätte es nie funktioniert, einfach ins Bad zu stürmen, ihm den laufenden Föhn zu entreißen und in die halbvolle Badewanne zu werfen. Oder? Nein! Es hätte nie funktioniert. Denn Berni war im Gegensatz zu mir kräftig. Und größer. Und er war natürlich noch viel größer, wenn er in der leicht erhöhten Wanne stand. Ich hätte gegen diesen Kraftlackl keine Chance gehabt.

Aber wenn ich ... ja, das könnte klappen. Hätte klappen können.

Zwei Tage später wartete ich, bis Berni beim abschließenden Haarespülen war. Der Föhn lag am einen Ende der Wanne, gleich neben der Tür. Blitzschnell griff ich ums Eck und schmierte den Griff mit einer glitschigen Seifenmischung ein, die ich vorbereitet hatte. Vorsichtig legte ich den Haartrockner wieder an seinen Platz. Berni hatte unter dem strömenden Wasser nichts davon mitbekommen ... dachte ich zumindest. Gleich würde er in der Wanne aufstehen, nach dem Föhn greifen und ...

Wie gesagt, mein Plan war unter Zeitdruck entstanden. Es hätte mir dämmern müssen, dass der blöde Föhn sofort wegflutschen und auf den Fußboden und nicht in die Wanne fallen könnte. Berni war sogar kurz erschrocken. Mein Gott, was ihm da hätte geschehen können. Nein, so ein Pech, dass er die Hand noch so glitschig vom Shampoo gehabt hat. Na ja, etwas Gutes hatte ja selbst diese Angelegenheit. Der alte Föhn hätte weder einen Diffuser noch eine Stylingdüse gehabt. Das neue Gerät würde das sicher alles dabeihaben. Nicht wahr?

Stumm reichte ich Berni meine Kreditkarte.

Mühsam versuchte ich mir einzureden, mir mit meinem nächsten Versuch doch mehr Zeit zu lassen. Übereilte Morde würden meistens lebenslängliche Folgen haben. Gut Mord braucht eben Weile.

Aber die hatte ich dann endgültig überhaupt nicht mehr. Denn dann kam Leni. Sie war es, die den Überdruss zum Überfluss brachte. Ich verliebte mich in dieses zarte, stille, rührende und anmutige Geschöpf, das ich in einer Vorlesung über Keilschriftrecht kennen gelernt hatte. Eines Abends, als ich mir sicher zu sein glaubte, dass Berni nicht bei mir eine Party gab, sondern woanders eine solche verdarb, lud ich Leni zu mir ein. Schmeck's! Die Party war ihm zu »unstark« gewesen, also war er viel zu früh heimgekehrt. Natürlich riss er sofort das Kommando an sich. Und zu meinem Entsetzen war das zarte, stille, rührende und anmutige Geschöpf von diesem groben, lauten, rührigen und un-anmutigen Monstrum begeistert. Er war un-anmutig und nicht un-mutig, und daher protzte er mit Heldentaten, die er seinen Berichten nach (und die waren natürlich als absolut seriös zu akzeptieren) bereits in den Windeln begangen hatte. Und meine Leni – jawohl, ich sah in ihr schon »meine« Leni, oder wenigstens nicht »seine« Leni – wurde eine mir immer entferntere Seele. Ich weiß schon, ich hätte daraufhin vernünftig reagieren und beschließen müssen: »Wenn der Leni der Berni gefällt, dann gefällt sie mir nicht mehr! Kann sie mir nicht mehr gefallen!« Aber vernünftig reagieren und Leni passten bei mir einfach nicht zusammen.

Mein Hass auf Berni wuchs! Wie ihn endgültig ohne mein unmittelbares Einwirken liquidieren?

Und da kam mir ausnahmsweise das Glück zu Hilfe.

Denn Berni begann, aus seinen manischen Phasen immer mehr in depressive Abschnitte zu gleiten. Seiner gemeinplatzträchtigen Begründung »Genie und Wahnsinn liegen dicht beisammen« pflichtete ich natürlich heftig bei. Jaja, das wäre ein typisches Zeichen von besonderer Begabung.

Interessanter- und für mich erfreulicherweise versuchte er gar nicht erst, diese dunklen Attacken zu bekämpfen. Im Gegenteil – er nährte sie noch, indem er sich nachts in mein Auto setzte (ich hatte es bereits aufgegeben, täglich den Autoschlüssel und die Papiere zurückzufordern), auf den Parkplatz gleich hinter dem Hietzinger Friedhof fuhr und im Maxingpark über die Mauer zum Schönbrunner Schlosspark stieg.

In meinen geliebten Schönbrunner Schlosspark!

Dann spazierte er durch das ganze Schönbrunn-Areal und kam sich wie ein Weltenherrscher auf LSD-Trip vor.

Wenn ihm wieder einmal die erhoffte göttliche Erleuchtung – welche auch immer – nicht vergönnt gewesen war, kam er frustriert wieder nach Hause ... an wohlverdienten Schlaf war in solchen Nächten natürlich nicht zu denken.

Von diesen in Wirklichkeit drogenlosen, aber nicht minder heftigen »nächtlichen Schauderepisoden« erzählte er dann begeistert am nächsten Abend ... am liebsten natürlich in Gegenwart junger Damen wie Leni.

Eine Zeitlang dachte ich, dass er bei einer dieser Fahrten mit meinem Wagen verunglücken könnte, aber auch diese Hoffnung wurde enttäuscht. Ja, tatsächlich – ich wäre in diesen Momenten bereit gewesen, sogar den Verlust meines Autos als Chance zu sehen, nur, um endlich wieder ... Leni, ach Leni!

Und dann ging plötzlich alles sehr schnell.

Denn Berni wartete auf seine Erleuchtung nicht allein, sondern nahm sich zur Unterstützung seinen Audioplayer mit, den er abwechselnd mit verschiedenen Symphonien fütterte – »aber keine Aleatorik mehr, alles nur schöne Klassik in Dur, weil was anderes würde mich nur noch mehr downen!« Er genoss also Mendelssohns »Italienische«, aber nicht den zweiten – traurigen – Satz. Mozarts Jupiter-Symphonie »machte ihn an« (O-Ton Berni), und die Bizet-Arie »Auf in den Kampf« war überhaupt das »nonconultra«.

Und da hakte ich ein. Denn es ging ihm wirklich immer schlechter. Er kassierte ein »Nicht genügend« nach dem anderen, bekam von seinen Eltern aus der Provinz daher eine kleinere Banküberweisung, und das schwächere Geschlecht zeigte auch nicht mehr das ultimative Berni-Interesse, da Prüfungszeit war. Also ging er immer häufiger nachtwandeln und verbrauchte immer lustigere Audio-Ladungen.

Eines Abends erzählte er, dass seine »... Wanderungen eines Genies vor dem endgültigen Durchbruch ...« nur dank der Musik möglich waren. Einmal, da sei ihm just neben dem Obeliskbrunnen der Akku abgestorben. Er wüsste bis heute nicht, wie er es geschafft hätte, ohne wenigstens einen klitzekleinen Selbstmordversuch das Auto zu erreichen. So düster wäre das ganze Szenario ohne Musik gewesen.

»Klick«, hatte es in meinem Hirn gemacht. In dem Moment war mir klar, wie ich ihn gefahrlos loswerden könnte.

Ich löschte alle lustigen Audiodateien. Und dann kopierte ich Franz Schuberts »Der Leiermann« auf seinen Player. Sonst nichts.

Dann musste ich nur mehr warten. Bereits am nächsten Abend ging Berni trotz heftigen Regenwetters wieder seine »Psychogrenzen ausloten« – das waren tatsächlich seine letzten Worte. Und es wurde drei Uhr, vier Uhr, fünf Uhr – aber es blieb ganz still. Um acht Uhr läutete die Polizei. Man hatte ihn gefunden, am Fuße des Obeliskbrunnens. Er war offenbar ein Stück hinaufgeklettert und dann ... Ja, sie gingen von Selbstmord aus. Ganz eindeutig!

Ob ich wüsste, was Berni denn dort mitten in der Nacht gemacht hätte? Der findige Kriminalist hatte sich sogar den – erstaunlicherweise heil gebliebenen – Audio-Player-Inhalt angehört. »Wenn einer in so einer Stimmung mit so einer Musik noch dazu in einer so düsteren Nacht bei diesen alten und einschüchternden Steintrümmern herumkriecht, dann ... eh klar.« Tränenerstickt pflichtete ich bei. Der Polizist gab mir dann noch meine Wagenschlüssel und die Fahrzeugpapiere, die man bei Berni gefunden hatte. Endlich durfte ich mich auf den Weg machen, um meinen fahrbaren Untersatz zu holen.

Womit wir wieder beim Anfang wären: »Denn ich hatte meine Stereoanlage für mich allein. Meinen Wagen für mich allein. Meine Wohnung für mich allein. Und Leni für mich allein.«

Von solchen Gedanken beseelt, stieg ich also nach einer längeren Straßenbahnfahrt gleich hinter Schönbrunn in mein Auto. Es war wieder meines! Und nur meines! Ich fuhr gemütlich los, denn ich wollte bei einem solchen Sauwetter nichts riskieren. Aber meine Laune war im Gegensatz zum Wetter zu strahlend, um gleich direkt nach Hause zu fahren. Also bog ich auf die Westausfahrt ab, um so richtig das Leben zu genießen. Vielleicht würde ich sogar bis Salzburg fahren. Alles war möglich! Denn ich hatte es zurück ... mein ganzes Leben! Es lag endlich wieder vor mir.

Ich drehte das Autoradio auf ... und stutzte. Es spielte meine Lieblingssongs. Ich musste die Speicherkarte vergessen haben, als ich das letzte Mal – vor Ewigkeiten – mit meinem Auto fahren durfte. Aber jetzt war ja alles wieder gut.

Gerade, als ich auf die Westautobahn kam, begann mein absolutes Lieblingsstück. »How high the moon«. Ella swingte, dass es zum Vor-Freude-Explodieren war. Dieser Rhythmus! Das war Musik! Nicht Bruckner und die Aleatorik, sondern Gershwin und Fitzgerald! Ich passte vor lauter Freude meinen rechten Fuß dem Rhythmus der Musik an. Das führte zwar dazu, dass ich das Geschwindigkeitslimit etwas überzog, aber das störte mich kaum. Bei dieser Musik würde sogar eine Verkehrsstreife Verständnis für eine absolut unbedeutende Temposünde zeigen.

Das war eigentlich das Letzte, was ich klar denken konnte. Dann kamen die berühmten Sekundenbruchteile, innerhalb derer das ganze Leben wie ein Film vor den eigenen Augen abrollt.

Mein wirkliches, mein schönes Leben. Und dann die Zeit mit Berni.

Mein Wagen schleuderte auf eine Böschung am Rand der Autobahn zu. »Warum habe ich gerade diese Speicherkarte im Auto vergessen müssen?«, dachte ich noch verzweifelt.

Aber vielleicht hatte ich sie gar nicht vergessen?

☞ *Anni Bürkl* ☜

Prinzentode

Blumen des Bösen

Tugend

Da bist du ja. Erinnerst du dich an mich?

Vor langer Zeit wünschte sich ein Mädchen seinen Prinzen. Das Mädchen sollte ich sein. Ich saß hinter meiner Dornenhecke, sehnsüchtig träumend von einem, der mich hervorholte, mich wachküsste zwischen den Blümchentapeten. Wer kam, warst du. Einer, den ich kannte, vom Sehen, doppelt so alt wie ich. Wir haben auf dem Spielplatz geredet, ich war zu alt für die Schaukel, der Platz war nur ein Treffpunkt für uns Burschen und Mädchen. Ich stand immer etwas abseits.

Bis du kamst. Du hast mit deiner seltsam hohen Stimme etwas von einer wunderschönen Prinzessin gesagt und ich habe das tatsächlich auf mich bezogen. Meine Lippen sehnten sich nach dem ersten Kuss, die Haut meiner Wangen nach Berührung. Alles fieberte dir entgegen.

Doch du hast dir was anderes genommen. Kalt war deine schweißnasse Hand, als sie sich unter mein Hemd schob. Es war Abend und keiner sonst in der Nähe. Die Freunde hatten mich wieder mal umsonst warten lassen. Ich war eben nicht so wichtig. Ich wusste, dass ich nicht so toll aussah wie andere Mädchen, die sich schminkten, kurze Röcke anzogen und in den hochha-

ckigen Schuhen ihrer Mütter provozierend über den Platz stö-ckelten. Trotzdem hast du mich angesprochen, ausgerechnet mich, in dem weiten Hemdkleid, das meine Mutter ausgesucht hatte, wie alles, was ich trug. Es verbarg, was an Reizen viel-leicht da gewesen sein mag. Mich hast du angesprochen, und ich war stolz darauf, wie man nur mit dreizehn stolz auf so was sein kann.

Kalt war deine Hand auf meiner Brust. Du bist zurückge-zuckt bei der ersten Berührung, ich weiß es noch wie heute. Dann hast du das, was deine Hand vorgefunden hat, das bisschen Brust, zu kneten angefangen. Heiß war dein Atem an meinem Hals. Vor deinem Stöhnen ekelte mir. Ich wusste nicht, was hier lief. Ich war Dornröschen, das auf den Prinzen wartete. Doch du hast die Dornen mitgebracht, statt mich zu küssen. Deine Hand stach mich wie die Spindel im Märchen, schmerzhaft und ge-mein.

Ich bin davongelaufen, vor dir geflüchtet, vor deinen Berüh-rungen, die meine Träume verrieten. Du hast hinter mir hergeru-fen, dass ich froh sein solle, wer wolle denn wen wie mich schon berühren. Ich hätte dich strafen sollen dafür, aber was weiß schon eine Dreizehnjährige. Ich bin nur gelaufen, zurück in den Dornengarten.

Heute entkommst du mir nicht mehr. Du weißt noch nicht, was ich tun werde, aber ich habe alles geplant. Du hoffst, glaubst an ein spätes Tête-à-Tête. Wenn du wüsstest! Feen haben mir alles mitgegeben, was ich brauche, jetzt habe ich es endlich entdeckt. Du wirst staunen, wie einfach es sein wird, dich zu töten …

21. Juni – der erste Tote

Chefinspektor Mangold und sein Team von der Mord-
kommission trafen im Schönbrunner Schlosspark ein, als
die Sonne am höchsten stand an diesem längsten Tag des
Jahres. Sie beschien den Park, seine grünen Alleen, durch
die sie hasteten, beschien die üppig in allen Farben blü-
henden Rosen, beschien demokratisch alle Menschen, die
hier wandelten, Polizisten, Touristen, spielende Kinder
und auch jene, die dem Müßiggang huldigten. Sie beschien
sogar den Mann, der trotz der Hitze Trenchcoat trug und
zusammengesunken auf einer Parkbank saß, im Schatten der Lindenbäume, genau gegenüber einem Rosenstock
namens Ambrosia. Die großen, fleischigen Blüten dufteten
zu stark für Mangolds Empfinden, in den Geruch mischte
sich etwas, das er noch nicht zuordnen konnte. Schmerz
stieg von seinem Nacken auf, wanderte nach oben zur
Schädeldecke, verpuffte dort – vorerst. Rasch trank er
einen Schluck Wasser aus seiner mitgebrachten Flasche,
während ihm die Kollegin von der Tatortgruppe einen
Schutzanzug reichte.

»Was haben wir?«, fragte er.

Der Kollege von der Streife, der als Erster eingetroffen
war, referierte brav: »Männlich, circa fünfzig Jahre. Spa-
ziergängerin hat ihn angesprochen, er hat nicht reagiert.
Notarzt konnte nur den Tod feststellen. Ihm ist ein wenig
übel geworden, dem Arzt, meine ich. Vielleicht die Hitze.
Deshalb ist er nicht mehr hier, aber ich habe alle Unterla-
gen.« Er wedelte mit ein paar Bogen Papier.

»Ja, danke«, sagte Mangold und beugte sich über den Toten. Vorne auf dem Trenchcoat befanden sich Flecken, sie
sahen wie Erbrochenes aus, das durch die Sonnenein-
strahlung getrocknet war.

»Vorsicht«, rief der herbeieilende Gerichtsmediziner
Dr. Florian. Der Kies knirschte unter seinen Schritten.
»Nicht berühren!«

»Wofür halten Sie mich? Ich bin kein Anfänger.« Mangold spürte die Kopfschmerzen wieder aufflackern.

»Das meine ich nicht, Mangold. Es ist eine Warnung zu
Ihrer eigenen Sicherheit. Wer weiß, woran der Tote gestorben ist.« Dr. Florian nahm sich Zeit, die Leiche ausführlich
zu begutachten, ohne sie zu berühren. »Ich habe da nämlich einen Verdacht. Riechen Sie das?«

»Was?«

»Den leichten Knoblauchgeruch?«

»Knoblauch? Ja, könnte sein. Der Rosenduft überlagert
ihn, aber ja, Knoblauch, jetzt wo Sie es sagen.«

»Ich fürchte, das war Gift«, sagte der Arzt. »Und ich
denke da in eine bestimmte Richtung. Ein Pflanzenschutzmittel wie E 605, dem ist im Handel ein knob-
lauchartiger Geruch beigemischt, aus Sicherheitsgrün-
den, wissen Sie. Deshalb habe ich Sie auch gebeten, den
Toten nicht zu berühren und auch nicht seinen Mantel
mit dem Erbrochenen. Auch wenn man so mit dem Gift in
Berührung kommt, kann es gefährlich werden. Kleinste
Mengen genügen. Dass dem helfenden Notarzt schlecht
geworden ist, hat mich gleich stutzig gemacht. Ich wer-

de die Details schnellstens am Institut klären und Ihnen
dann Bescheid geben.«

Liebe

*Du warst mein Zweiter. Eigentlich mein erster Richtiger. Der vor
dir zählt nicht. Er hat sich genommen, was ich nicht geben wollte, gab mir nicht, was ich gewollt hatte hinter meiner Dornenhecke.*

*Mit fünfzehn der erste Kuss, ich war spät dran. Mit allem.
Mama fand das richtig. Ich sollte lieber warten, bis ich mir sicher
sei. Zurückhaltung sei eine Tugend, lautete ihr Wahlspruch, ich
hörte ihn ständig. Ich wollte raus.*

*Da kamst du. Ich dachte, du wärst mein Prinz. Schwar-
ze Haare und dieser Mund. Wie du mich angesehen hast! Süß
und vollkommen schmeckten deine Lippen. Wie meine für dich
schmeckten, erfuhr ich nie. Denn schon am nächsten Tag hast du
deine andere Banknachbarin in der Schule geküsst und mit ihr
über mich getuschelt. Von einer Probe war die Rede und dass du
nur wissen wolltest, wie jemand wie ich küsst.*

Du warst der falsche Prinz.

*Ich denke, du wirst küssend sterben. Eine gute Fee gab mir
die Gabe mit, besonders gut zu küssen. Etwas muss ja den Rest
an mir aufwiegen. Komm mit, dort unter der voll erblühten roten
Rose ist es gut. Lass mich mal dran riechen ... Ah, danke, das ist
gut. Riech doch. Oh, jetzt hast du dich gestochen. So was! Tut
mir leid.*

*Du fragst dich, warum wir uns so lange nicht gesehen ha-
ben? Du müsstest es wissen. Es war deine Entscheidung, mein*

Lieber ... und ich werde das Letzte sein, das du siehst. In meiner ganzen Unvollkommenheit.

22. Juni – der zweite Tote

»Sehen Sie sich das an, Mangold.« Dr. Florian und Chefinspektor Mangold standen in der Gerichtsmedizin an der Bahre, an der der Tote aus dem Rosengarten obduziert worden war.

»Ich konnte eine kleine Wunde entdecken, hier.« Dr. Florian nahm die linke Hand des Toten. »Hier, der kleine dunkle Fleck, sehen Sie? Wirkt wie ein Einstich in die Haut, stimmen Sie mir zu?«

»Ja, und was schließen Sie daraus?«

»Für Drogen wäre dies eine unübliche Einstichstelle. Ein Süchtiger würde das nur tun, wenn seine Arme und Beine komplett zerstochen wären. Das ist aber hier nicht der Fall.«

»Verstehe«, nickte Mangold nachdenklich.

»Dafür konnte ich E 605 im Blut nachweisen. Wir haben auch Fruchtfliegen auf das Erbrochene gesetzt. Sie starben alle.«

»Die Fliegen starben wie die Fliegen«, kalauerte Mangold und war froh, zuvor nichts gegessen zu haben ...

»Deshalb ist vermutlich der Notarzt zusammengebrochen, er wird das Gift an der Haut berührt haben, vermutlich ist es dem Opfer injiziert worden. Er hat an eine normale Übelkeit gedacht und erste Hilfe geleistet, logisch, und dabei nicht an Mord gedacht.«

»Der Täter wäre dann auch schuld, wenn der Notarzt ...«, sagte Mangold bestürzt.

Das Läuten seines Handys unterbrach ihn.

»Mangold? – Was? Nicht schon wieder eine Leiche! – Ja, bin unterwegs.«

»Der nächste Tote«, erklärte er Dr. Florian. »Wieder im Rosengarten. Wollen Sie mich begleiten?«

»Mache ich.«

Sie fanden den Mann tot auf einer steinernen Bank, die Unterlippe verletzt. Dr. Florian und Chefinspektor Mangold blickten sich wissend an. »Ist es dasselbe?«

»Werden wir sehen.«

»Warnen Sie die Notärzte«, wies Mangold den Kollegen von der Streife an. »Sonst wird es gefährlich für die Helfer.«

Schönheit

Schönheit liegt im Auge des Betrachters, heißt es. Aber was, wenn der Betrachter keine Ahnung hat? Oder schlimmer, gar nicht hinguckt? Während alle Miniröcke anzogen, trug ich weiterhin weite, lange Kleider, Mama bestand darauf. Ebenso auf lange Haare, die sie mir zu Locken frisierte. Meine Hände musste ich sorgfältig pflegen, die Nägel manikiiren. Ich hätte gern weiße Hemden wie ein Mann getragen, aber das war mir verboten. Auch die Stöckelschuhe meiner Mutter wären mir fremd gewesen, wenn sie denn welche gehabt hätte. Zeige nie deinen Körper, sagte sie. Verhülle dich, die wahren Werte sitzen innen.

Du hast mich ausgezogen, als Erster. Es war im Sommer, ein kühler, wolkenverhangener Tag, am Flussufer war niemand weit und breit, außer dir und mir. Es war zu kühl zum Schwimmen, das Wasser wärmte sich in jenem Jahr kaum, die Sonne schien selten. Zwischen Unkraut hatten wir uns an eine versteckte Stelle gekämpft, meine Waden waren zerkratzt, mein Gesicht voller Schweiß, es juckte.

Ziehen wir uns aus, hast du vorgeschlagen, es wird sich wunderbar anfühlen nach der Plagerei. Ich stimmte zu, der Prinz schien so nah. Du schienst so nah.

Niemand war da, außer dir und mir. Wir waren ganz allein. Hingegeben – so dachte ich zumindest. Deine Zunge forderte heiß ihren Einlass, mein Körper bebte unter deinen Berührungen. Ich glaubte doch glatt an deine Beteuerungen, dass ich dir gefalle, dass du mich akzeptierst, wie ich bin.

Ich zog die plumpen, flachen Sandalen von den Füßen, hob den Saum meines weiten, hellblauen Kleides, um es über den Kopf zu ziehen. Es war aus duftigem, leichtem Stoff, endlich was Hübscheres. Du hast an deinem Hemd genestelt, es aufgeknöpft. Das Hemd noch an, bist du dagestanden, hast mich beobachtet, wie ich den Stoff über den Kopf zog, hast mich angestarrt, plötzlich mit offenem Mund. Der Wind strich kühl über meine Haut. Es fühlte sich herrlich frei an.

Bis du gelacht hast. Unter Gebrüll bist du davongerannt, das unter deinen Schritten knackende Holz vermischte sich mit deinem Gelächter, es hallt mir bis heute in den Ohren. Ich meinte, noch andere Stimmen zu hören, die sich in das Gelächter mischten.

Sterben wirst auch du, und zwar nackt. Schau mal die Blumen, sie blühen wie ich damals, eine Prinzessin in ihrem falschen Schloss, schlafend, weil die anderen es so wollten. Schlafen wirst auch du, für immer.

23. Juni – der dritte Tote

Der Anruf kam beim Frühstück. Wieder ein männlicher Toter, wieder im Rosengarten in Schönbrunn.

»Bekomme ich jetzt täglich einen Toten serviert?«, fragte Chefinspektor Mangold seine Frau und stellte unwillig die Kaffeetasse ab. Der Appetit verging ihm selbst nach so vielen Jahren noch immer, bei jedem neuen Todesfall.

Gestern spätabends noch hatte Dr. Florian auch beim zweiten männlichen Toten Gift festgestellt. Er hatte die Tatortgruppe nach Schönbrunn geschickt, um die Umgebung der Auffindungsorte nach Spuren von Gift abzusuchen. Das wollten sie heute früh erledigen, hatte man ihm geantwortet, es war schon dunkel gewesen, als Mangold Bescheid gegeben hatte.

Was kam wohl heute? Er würde eine Polizeistreife durch den Park schicken müssen, zumindest nachts. Wenn nur nicht Urlaubszeit wäre, sie waren viel zu wenige Beamte. Mit der U-Bahn fuhr er zum Schloss, ging zu Fuß durch den Park, hörte die Enten am Neptunbrunnen unbehelligt quaken, sah ein kleines Kind sie mit Brot füttern. Auch heute brannte die Sonne gnadenlos vom blauen Himmel. Ein Stück an der Tiergartenmauer entlang ging Mangold zum Rosengarten, hörte Löwen brüllen und sah dann schon von weitem Blaulichter blinken, hörte die Geräusche des üblichen Ermittlungsbetriebs, das Gerede vieler Leute, bevor er in den kreisrunden Bereich mit seinem vielfarbigen Blütenmeer einbog. Die kleinen, roten Buschröschen in den Beeten waren nun voll erblüht. Mitten drin lag etwas Helles, Rosafarbenes. Eine nackte Leiche. Zum Glück hatten die Kollegen den Bereich weiträumig abgesperrt, sodass Schaulustige keine Chance hatten. Er konnte sich schon die Schlagzeilen denken: Kinder nicht mehr sicher nach nacktem Leichenfund, das war noch harmlos. Als ob ein Toter ihnen was antun konnte. Der Mann lag auf dem Rücken mitten zwischen den roten Blüten, das Geschlecht entblößt. »Die Dornen haben ihm den Körper vermutlich beim Sturz zerkratzt«, erklärte Dr. Florian neben ihm.

»Rechnen Sie auch diesmal mit demselben Gift?«

»Werden wir noch sehen.«

Erfolg

Sie mögen mich, haben Sie gesagt, und dass es geil sein müsse, mit jemand wie mir ... Sie haben keine konkreten Worte ausgesprochen, das brauchten Sie nicht, Ihr Lächeln genügte und wie Sie auf meine flache Brust starrten. Mein Gesicht juckte, ich musste mich rasieren, Mama sagte, das sei nichts Schlimmes, nur sollte ich immer darauf achten, es rechtzeitig zu tun.

Ob meine Karriere mir diesen Preis nicht wert sein müsste, haben Sie gesagt. Ein gutes Verhältnis mit Ihnen, niemand muss davon wissen. *Ich bin verheiratet, haben Sie gesagt. Und dass ein Abenteuer mit jemand wie mir eine aufregende Abwechslung wäre. Als wüssten Sie alles, obwohl ich mein Geheimnis sorgsam pflegte. Mama war tot, doch die Dornenhecke hielt ich aufrecht, ihr zuliebe.*

Als ich nein sagte, haben Sie das nicht akzeptiert. Sie haben gesagt, dass etwas mit mir nicht stimme und dass Sie das neugierig mache. Für ein Verhältnis reiche es, es sei sogar aufregend. Sie hätten noch nie mit einer wie mir ...

Sie waren nicht der Prinz, den das Mädchen hinter der Dornenhecke sehnsüchtig erwartete. Keiner entsprach, obwohl ich weiter und weiter suchte. Sie drohten, mein Geheimnis publik zu machen, da bin ich rechtzeitig gegangen. Untergetaucht. So wie jetzt, angesichts dieser so offensichtlichen Polizeistreifen hier.

Ihr Anzug wird Ihnen nichts nützen, mein Lieber. Ich bin anders, schon vergessen?

24. Juni – der vierte Tote

»Hört denn das nie auf?«, stöhnte Mangold, als das Telefon mitten in der Nacht klingelte. »Ein weiterer Toter in Schönbrunn, tut mir leid«, sagte der Diensthabende vom Journaldienst.

Wieder fuhr Mangold hinaus, traf Dr. Florian. »Es war dasselbe Gift«, unterrichtete ihn der Gerichtsmediziner gleich bei Mangolds Eintreffen. »Da auch dieser Mann sich hier erbrochen hat, rechne ich diesmal wieder damit.«

»Und wir haben auch was für euch!« Rita Stark von der Spurensicherung kam zu ihnen herüber. »Wir haben das Gift an den Rosen identifiziert. Aber nur in diesem kleinen Bereich hier. Es hat ja auch sonst keine Zwischenfälle mit anderen Personen gegeben. Das Gift war nur an den Buschrosen, in denen der nackte Tote von gestern lag, und auch neben dem heutigen Toten. Es war nicht durchgängig darauf verteilt, wie man es bei einem Pflanzenschutzmittel erwarten würde, wenn es denn wegen der Rosen zum Einsatz gekommen wäre.«

»Dann kann man davon ausgehen, dass jemand das Gift aufgetragen hat?«

»Bingo, Mangold, kannst bei uns anfangen.« Rita zwinkerte ihm zu.

»Danke, hab schon einen Job«, murrte er.

»Das E 605 fand sich nur auf den Dornen. Nur ganz wenig.« Rita grinste stolz.

»Schon eine geringe Dosis genügt«, ergänzte Dr. Florian, »um jemand ins Jenseits zu befördern.«

»Wahnsinn«, sagte Mangold, weil ihm sonst nichts einfiel. »Danke, Rita.«

Er betrachtete im Flutlicht den heutigen Toten. Ein Mann mit graumelierten Haaren, im teuer aussehenden, beigen Sommeranzug. Er kauerte an einen Baumstamm gelehnt im Gras, eine langstielige, dunkelrote Rose in seinen Händen.

»Was könntest du uns über den Täter sagen?«, fragte er in die dunkelblaue Nacht hinein.

Doch der Mann gab keine Antwort mehr, natürlich nicht.

Reichtum

Ein gemeinsames Haus, ein Zuhause, das war mein Traum. Du hast mir zu verstehen gegeben, dass das für dich genauso sei. Endlich einer, der mich mag wie ich bin, die Prinzessin hat gejubelt.

Nach langer Suche haben wir eine heruntergekommene Villa gefunden, deren Kaufpreis wir uns leisten konnten. Hinter wild wucherndem Unkraut fand ich uralte Rosenbüsche, sie fingen duftend zu blühen an in jenem Frühjahr.

Du hast den Großteil bezahlt, das ist wahr, ich habe zu wenig verdient. Dafür habe ich gerackert wie ein Berserker, um die Villa zu renovieren, den Garten zu gestalten, aus dem alten Gebäude ein Zuhause zu machen, ein Zuhause für den Prinzen und die Prinzessin. Du hast mir guten Geschmack attestiert und gemeint, ich könnte ihn zum Beruf machen. Beinahe – ich hätte auf dieses Wörtchen hören sollen.

Dann bist du mit jemand anderem in das Häuschen gezogen, das wir gemeinsam ausgesucht haben, du und ich. Du hast mir mein Eigentum abgeluchst, den Ort, an dem wir eine Familie geworden wären. Eine Familie trotz allem. Was glaubst du, wer du bist, dass du diese Träume straffrei zerstören darfst? Das Recht war offiziell auf deiner Seite, weil nur du im Grundbuch als Eigentümer eingetragen warst. Sag mir doch, ob das von Anfang an deine Absicht war? War ich dir billige Arbeitskraft, ehe du deine wahre Liebe getroffen hast? Ich sollte deine große Liebe sein, das hast du mir gesagt. Sind Worte so auswechselbar, so beliebig, dass du so mit ihnen herumschleuderst?

Was heißt, du lebst nicht mehr in dem Gebäude? Warum sollte mich das jetzt noch interessieren? Du interessierst mich.

Dein Körper. Er ist frisch, er wirkt fast so jung und fast so voller Spannung wie damals, ist ja auch erst zehn Jahre her. Dein Körper interessiert mich, wie er auf mich reagiert. Möchtest du dir dein Leben zurückkaufen? Frag mich doch, wie viel es kostet. Frage mich. Wenn du dich traust.

25. Juni – der fünfte Tote

»So geht das nicht weiter«, seufzte Mangold, als sie am Morgen den fünften Toten im Rosengarten begutachteten. »Wir müssen unsere Bemühungen intensivieren. Die ganzen Passantenbefragungen haben überhaupt nichts gebracht.«

»Vielleicht ein Lockopfer einsetzen?«, schlug Rita Stark vor und kniete sich neben die Leiche.

Mangold wiegte nachdenklich den Kopf. »Vielleicht. Nur wer sollte das sein?«

»Kann doch nicht so schwer sein, ihr seid doch eh fast nur Männer!«, rief Rita so laut, dass jemand an der Absperrung stehen blieb.

»Ich denke darüber nach«, versprach Mangold, dann wurde der Tote in die Gerichtsmedizin gebracht.

Glück und Gesundheit

Du wolltest unser Kind nicht. Du seist nicht bereit dafür, hast du gesagt, wir beide seien noch zu jung. Hinter meiner Dornenhecke haben mich deine Worte erreicht. Ich hielt das zwischen uns für Liebe, etwas für die Ewigkeit, amen. Aber es kam anders. Ich habe geblutet, mein Innerstes war von einer unendlichen Anzahl

Dornen zerstochen, meine Seele war zerkratzt, als ich das Kind verlor. Was heißt, es gab nie ein Kind? Ich werde wissen, was in mir ist.

Das Blut hätte mich fast umgebracht. Du bist Arzt, du hättest mir glauben müssen. Doch du hast mich als nicht der Norm entsprechend bezeichnet, als verrückt. Ich wäre fast verblutet, du hast keinen Krankenwagen gerufen. Als Mensch von dir abhängig sein, das hat dir gefallen, das hat deine Machtgelüste befriedigt. Du bist krank, mein Schatz, und deshalb wirst du sterben.

Keine Rosen ohne Dornen, mein Lieber. Sticht es gut? Ja? Tut es weh? Warum verziehst du den Mund so, ist dir nicht gut? Du sagst ja gar nichts, mein Lieber. Und wie blass du auf einmal bist. Dein Gesicht verfärbt sich, das sieht nicht schön aus, nein, nein, nein, gar nicht schön.

26. Juni – der sechste Tote

Nach dem sechsten Toten im Rosengarten entschied sich Mangold für Ritas Vorschlag. Die Medien spielten verrückt, das Schlossmanagement befürchtete einen Touristenschwund. Etwas musste geschehen. Mangold selbst würde sich im Schlosspark aufhalten, durch den Rosengarten spazieren, immer wieder, einige Kollegen in Zivil würden in der Nähe ausharren. Sie hofften, den Täter zu provozieren und zu schnappen.

Langsam ging er seine Runde an den Rosenstöcken entlang. Während all seine Sinne in Alarmbereitschaft waren, schnupperte er wie zufällig an einer der Rosen, dann an einer anderen, ging weiter, die Augen offen, lauschend. Er setzte sich, las Zeitung, stand wieder auf. Nichts Ungewöhnliches geschah. Niemand sprach ihn an. Die Kollegen blieben ruhig, verhielten sich wie zufällig anwesende Besucher. Touristen fotografierten sich und die Rosen, Eltern mit Kindern gingen lachend vorüber, ein Mädchen schleckte Eis und sah Mangold neugierig an. Die Kleine schien die Einzige, die ihn länger ansah. Ein ganz normaler Sonntagnachmittag in Schönbrunn. Mangold sehnte sich nach einer Melange und einem Stück Kuchen. Bald darauf war er froh, dass er nichts davon zu sich genommen hatte.

Ein langes Leben

Der Mann gefällt mir nicht. Ich habe nichts mit ihm zu schaffen, ich kenne ihn nicht. Glaube ich zumindest. Bin ich enttarnt? Jetzt schon? Er sieht mich an, als ob er mich kennen würde. Aber ich habe doch für heute gar kein Rendezvous ausgemacht. Oder doch? Nein, ich bin mir sicher, dass ich es nicht getan habe. Rendezvous – auch so ein altmodisches Wort, das ich von Mama übernommen habe.

Der Kerl sieht aus, als ginge er mir nach. Er schnuppert an den Rosenstöcken, aber er ist immer da, immer in meiner Nähe. Ich mache ein paar schnellere Schritte, dazu sind die flachen Halbschuhe gut. Bloß keine Stöckel, Mama hat recht gehabt, das muss ich jetzt erkennen.

Ich fasse mir an die Brust, die immer flach geblieben ist, spüre, wie mein Herz flattert, als würde es davonfliegen wollen. Das ist eine gute Idee. Die einzige, die es noch gibt. Ich pflücke mir von Blüten, die eigentlich für jemand ganz anderen vorgesehen waren.

29. Juni – der siebte Tote

Ein Strauß leuchtend gelber Rosen lag im Schoß des Toten. Diesmal steckte ein Ausweis in der Jacke.

»Sabrina Marx«, las Mangold laut vor und blickte stirnrunzelnd zu Dr. Florian. Mangold war gleich vom Tatort weg mitgefahren in die Gerichtsmedizin.

Der Tote hatte nur mäßigen Bartwuchs. Er trug noch seinen beigen Anzug, die Füße steckten in eleganten braunen Lederschuhen. Größe dreiundvierzig, schätzte Mangold mit freiem Auge, vielleicht vierundvierzig.

Dr. Florian begann den Toten zu entkleiden. Das Jackett, das Hemd. Ein schmaler Oberkörper, der Bauch flach. Dann die Hose, Slip, Socken. Mangold roch den Knoblauchgeruch, wie schon am Anfang der Mordserie. Er wandte sich ab, um zu niesen.

»Das gibt's ja nicht!«, entfuhr es Dr. Florian. »Sehen Sie sich das an. Wir haben eine Frau vor uns.« Er zeigte auf das Geschlechtsteil. »Ich werde weitere Untersuchungen einleiten. Sie hören von mir.«

Mangold verabschiedete sich und gab den Namen Sabrina Marx in den Computer ein. Sie war nicht aktenkundig, eine Vermisstenanzeige gab es nicht. Die Meldeadresse lag in Meidling.

Er betrat die Wohnung in einem einfachen Gründerzeithaus. Sie war altmodisch eingerichtet, Rundholzmöbel, die Blümchentapeten vergilbt, auf einem runden Holztisch lag eine dicke Staubschicht. Mangold öffnete Schränke, die voller Männerkleidung waren. Ganz hinten hingen eine Reihe unförmiger Frauenkleider, die Stoffe ausgebleicht. Im Schreibtisch fand sich ein Ordner mit Dokumenten.

Geburtsurkunde – Sabrina Marx.

Schulzeugnisse – Sabrina Marx.

Ein Dienstzeugnis – ausgestellt auf Sabrina Marx – von einer großen Gärtnerei. Die Kündigung erfolgte vor zwei Wochen. Interessant. Er rief dort an, fragte, ob vielleicht Pflanzenschutzmittel abgingen. Ja, das sei der Fall, deshalb habe man Frau Marx auch wegen Diebstahls gekündigt.

Ein Puzzleteil fügte sich zum anderen.

Weitere Urkunden unter demselben Namen. Dann ein Brief eines Arztes, aus Sabrina Marx' Geburtsjahr: Wir empfehlen die Wahl eines Geschlechtes, um dem Kind eine eindeutige Identität zu gewährleisten.

Mangolds Handy läutete. Dr. Florian war dran. »Sie haben einen seltenen Fall, Mangold. Der Tote ist genetisch weder eindeutig Mann noch Frau. Es handelt sich um Intersexualität. Die Tote hat verkümmerte Eierstöcke und Bartwuchs.«

»Danke«, sagte Mangold und blätterte gedankenlos in dem Ordner, dann stockte er. »Hier ist ein alter Brief, in dem es um eine Schwangerschaft geht und dass jemand diese anzweifelte. Dann ist da ein Befund, dass keine solche nachgewiesen werden könne und die Betroffene auch nicht dazu in der Lage gewesen sei.«

»Sehen Sie, das passt zu meiner Untersuchung. Und ansonsten – Frau Marx ist am selben Gift gestorben wie die anderen. Und der Busch Rosen, den ihre Hände hielten, war voller Gift, sagt die Spurensicherung.«

»Danke, Dr. Florian.«

Mangold legte auf und blätterte weiter. Am Ende des Ordners fand er eine Art Tagebuch. Er begann zu lesen, ein Schauer durchlief ihn.

Vor langer Zeit wünschte sich ein Mädchen seinen Prinzen. Das Mädchen sollte ich sein. Ich saß wie ein Kind hinter meiner Dornenhecke, sehnsüchtig träumend von einem, der mich hervorholte, mich wachküsste zwischen den Blümchentapeten …

Franz Zeller

Diebsgesindel

Das Wüstenhaus und der Tod

Das war eben Kurt. Er hat den Teller vom Abendessen geholt.

Kurt ist einer der nettesten Aufseher hier in Stein. Er bringt einem sogar Pflaster, wenn man sich verletzt hat. Wie immer hatte er ein paar freundliche Worte für mich auf den Lippen. »Du hast etwas ganz Schlimmes gemacht, Herbert, aber ich weiß, dass du im Grunde deines Herzens ein guter Kerl bist.«

Mehr gibt es über mich eigentlich nicht zu sagen.

Bevor sie hier das Licht abdrehen, muss ich noch meine Tiere füttern. Porcellio scaber. Sie kennen sie wahrscheinlich nur unter der despektierlichen Bezeichnung »Kellerassel«. Ich halte sie in einer Schachtel unter der Pritsche, zwischen Holzstücken und ein paar Blättern, die ich bei Spaziergängen im Hof aufgehoben habe. Wichtig ist, dass sie es feucht haben. Sie sind ja verkappte Krebse. Für das Personal hier gelten die Asseln natürlich als Ungeziefer. Damit hat die Justizwache Erfahrung, das stört sie also nicht. Nur dass ich den Asseln eine Art Privatterrarium gebaut habe, könnte mich in Schwierigkeiten bringen. Aber ich kann ohne Tiere nicht leben. Tiere sind mein Leben, würde ich sagen. Vielleicht auch mein Unglück, aber das gehört halt auch zum Leben. Und Speckkäfer kann ich hier nicht züchten.

Seit ich fünfzehn bin, habe ich immer nur im Tiergarten in Schönbrunn gearbeitet, als Tierpfleger, seit elf Jahren im Wüstenhaus, quasi von Beginn an, als das renovierte Gebäude wieder geöffnet wurde. Das letzte halbe Jahr in der Gefängnistischlerei lasse ich jetzt mal weg.

Das Wüstenhaus mögen viele Pfleger nicht. Na klar ist das Löwengehege einfacher. Da hast du fünf Katzen, denen du die Rinderteile hinwirfst, und alles ist sehr übersichtlich in der Anlage. Dort wirst du nie mit einem Feldstecher herumrennen und das Chamäleon suchen, das sich wieder irgendwo unter dem Glasdach versteckt hat. Im schlimmsten Fall hat es jemand mitgenommen, nur weil ich einen Augenblick nicht aufgepasst habe. Einen Löwen hingegen steckt man nicht so einfach in den Rucksack. Kein Stress also, ganz anders als im Wüstenhaus. Da bist du als Tierpfleger und Besucher mittendrin in der Tier- und Pflanzenwelt. Du stehst mit beiden Beinen in Afrika, Mittelamerika oder Madagaskar, quasi auf Augenhöhe mit der Aaspflanze oder den Flaschenbäumen.

Und wehe, wenn der Charakter nicht stabil ist. Zu schnell lassen Besucher etwas im Rucksack verschwinden. Zuerst ist es nur ein Sämling, abgestreift im Vorbeigehen. Das ist mir egal, ich bin ja nur für die Tiere zuständig. Aber so beginnt die Verbrecherkarriere. Aus dem Gelegenheitsdieb wird beim zweiten Mal ein Gewohnheitsdieb.

Die Überwachung im Wüstenhaus ist einfach erbärmlich. Das wurde mir vor fünf Jahren auf ganz schlimme Art und Weise bewusst. Damals verschwanden Jorinde und Joringel. Madagassische Spinnenschildkröten. Sie waren ein Paar. So ein kleines Tier ist schnell eingesteckt, das passt mit seinem winzigen Panzer in eine große Hosentasche.

Ich habe tagelang nach den beiden gesucht. Ich konnte nicht mehr schlafen. Ich spürte, dass etwas Schlimmes mit ihnen passiert war. Mir war zum Heulen zumute. Stellen Sie sich vor, Sie regieren ein Reich als gutmütiger Fürst und dann dringt ein unsichtbarer Feind ein und beginnt ihr Territorium zu verwüsten. Es ist so schäbig und respektlos mir gegenüber. Ich bin Herbert, ehemals Herrscher über Afrika, Amerika und Madagaskar.

Wir begannen nach dem Diebstahl Kameras zu montieren, aber das ist eine zahnlose Technik. Datenschutz und so. Nichts wird aufgezeichnet. Wenn also grad keiner auf die Monitore schaut, während ein Verbrecher mein Reich plündert, dann merken wir stundenlang nichts davon.

Seit Jorinde und Joringel weg sind, hat sich mein Leben geändert. Zuvor war meine Küche – ein kleiner Raum hinter der Nacktmullanlage – meine kuschelige Höhle, mit all den Tiercartoons an den Wänden und den Abziehbildern auf den Hängeschränken. Ich züchtete in Ruhe meine Speckkäfer, legte ihnen trockene Fische in die Box, die sie innerhalb kurzer Zeit skelettierten, um nur mehr die Knochenteile zurückzulassen. Oder ich verteilte Mehlwürmer, Heimchen und anderes Futter auf Plastikgefäße. Früher waren das routinierte Handgriffe gewesen. Seit das Schildkrötenpaar weg war, fühlte ich mich unruhig und getrieben, sobald ich meine Gehege allein ließ.

Ein Herrscher muss präsent sein. Man muss ihn sehen. Ich versuchte also immer möglichst schnell wieder rauszukommen aus der Küche, um das Geschehen in den drei Glashäusern beobachten zu können. Vertrauen ist gut, aber Kontrolle ist besser. Ich stand ständig unter Hochspannung. Selbst wenn ich krank war, ging ich arbeiten. Ich konnte mein Reich doch nicht Fremden überlassen, auch nicht meinen zwei Kollegen, die sich ja redlich bemühen, aber nicht meinen Überblick haben über Tiere und Pflanzen und die Verbrechernatur des Menschen.

Mein Leben hatte sich in einen nervösen Alarmzustand verwandelt.

Wann immer jemand nahe der Schildkrötenanlage im großen Glashaus in die Knie ging, stand ich schon dort. Womöglich erwischte ich den Unmenschen gerade dabei, wie er Tiere aus meinem Reich zu entwenden versuchte.

Die vier Männer, die schon beim Eingang laut lachten, fielen mir sofort auf. Einer von ihnen trug einen langen, blauen Mantel. Obacht, dachte ich. Es ist Ende Mai, draußen hat es einundzwanzig Grad, da braucht keiner dicke Kleidung. Offenbar wollte sich hier eine Horde von Hobbyterrarianern billig mit wertvollen Tieren eindecken.

Schnell warf ich mir eine Trainingsjacke über mein grünes Tierpflegerhemd. Sie mussten ja nicht gleich wissen, dass ich zum Personal gehörte. Unauffällig ging ich hinter der Gruppe her, las da ein Schild und starrte dort an die Glasdecke. Weder die Wüstenspringmaus noch die blauen Felsenleguane schienen die vier Männer zu interessieren, auch an den Salmlern gingen sie zügig vorbei.

Natürlich, sagte ich mir, die wollen so schnell wie möglich zu den Schildkröten. Dann standen sie etwas unschlüssig herum und wandten sich Richtung Madagaskar, zum kleineren, dritten Glashaus.

Offenbar hatten sie es nicht auf die Schildkröten abgesehen, sondern auf einen Madagaskarweber. Er sieht mit seinem leuchtend roten Latz ein bisschen aus wie die Vögel aus dem Handyspiel, auf das eine Zeitlang alle ganz wild waren, »Angry Birds«. Ich hasse das Spiel, man schießt Tiere nicht mit einer Steinschleuder durch die Luft, das ist respektlos der Kreatur gegenüber.

Ich blieb draußen bei den jungen rosa Gila-Echsen, ließ die Diebsbande aber nicht aus den Augen. Die vier wirkten unschlüssig. Vielleicht sondierten sie die Lage gerade erst, um zu entscheiden, mit welchen Gerätschaften sie nächstes Mal anrücken würden. Vielleicht ein Leimbrettchen mit ein paar Körnern drauf, um den Madagaskarweber einzufangen. Ein Netz wäre allzu dreist gewesen.

Schließlich kehrten sie um, schnüffelten desinteressiert an der Aaspflanze und blieben erst wieder vor der Rüsselspringeranlage mit meinen Schildkröten stehen.

Gefährlich ruhig starrten sie auf den Boden. Da passierte es. Der Mann im Mantel bückte sich. Er hatte die Rechnung ohne mich gemacht.

Ich nahm ein paar Schritte Anlauf und rammte den Mann, wie ich es bei Sportübertragungen von American Football gesehen hatte. Gleichzeitig schrie ich so laut, dass es sogar mein Chef in der Eingangshalle hörte. Der Blaue stürzte zu Boden und blutete sofort am Kopf, seine drei Kumpanen waren allerdings stärker und hielten mich fest, sodass ich nur mehr mit den Beinen um mich treten konnte.

Sie hätten sich nur die afrikanische Schnabelbrust-Schildkröte genauer ansehen wollen, sagten sie später. Eines der Tiere mit seiner seltsamen Panzerausbuchtung war nämlich auf sie zugegangen, als sie vor dem Gehege standen.

Blödsinn. Eine Ausrede, nichts weiter. Aber immerhin hatte ich den Diebstahl vereitelt und mein Reich beschützt.

Mein Chef sah das nicht so. »Herbert, du bist überarbeitet und mit den Nerven am Boden«, sagte er, »du brauchst Erholung. Jetzt bleibst du mal zwei Wochen daheim, wenn du magst auch länger. Du brauchst ein bisschen Distanz zur Arbeit.«

Ich weiß nicht, wie er auf diese Idee kam. Ich glaube, er interessiert sich mehr für seinen anderen Zuständigkeitsbereich, das Aquarienhaus. Zur Arbeit kann man natürlich Distanz haben, aber nicht zur Berufung. Wer bin ich denn? Ein einfacher Tierpfleger? Nein, ein Auserwählter.

Die zwei Wochen Zwangsauszeit waren die Hölle. Ich war nahe daran, mir etwas anzutun. Aber ich konnte meine Tiere nicht alleinlassen und mich einfach so davonstehlen. Also entrümpelte ich den Schuppen. Seit Ewigkeiten stand eine alte Emailbadewanne dort, die ich in meinen Garten stellen wollte, um darin ein paar Bitterlinge schwimmen zu lassen. Ich räumte die Wanne zumindest aus und putzte sie. Aber irgendwie brachte ich die Kraft nicht auf, in ein Zoogeschäft zu gehen.

Stattdessen kaufte ich jeden Tag bei Billa ein. Lauter Dinge, die ich nicht brauchte, sogar Wein und Bier, obwohl ich schon seit langem nichts mehr trank und meine Freunde sich ganz anders ernährten. Von Mehlwürmern nämlich und Heuschrecken oder, wie der Madagaskarweber, von Mandarinenstückchen. Und wenn sie tranken, dann nur Wasser. Nein, der Grund meiner Einkäufe war ein anderer: Pro zehn Euro Einkauf erhielt man eine Packung Tierbilder zum Einkleben in ein Album, das ich mir schon am ersten Tag meines Erholungsurlaubs gekauft hatte. Ab dem dritten Tag tauschte ich die Pickerl mit dem Nachbarssohn, einem lieben Achtjährigen, der sich nur für gefährliche Tiere interessierte. Für einen Komodowaran erhielt ich von ihm vier Pickerl von unaggressiven Pflanzenfressern, die mir weitaus näher standen. So vergingen die Tage. Ich gewöhnte mir das Nägelkauen wieder an. Aber gleichzeitig wusste ich, dass ich mein Reich in

Zukunft unauffälliger überwachen musste. Denn mein Chef hatte auch gesagt. »Noch einmal darf so etwas nicht vorkommen, Herbert, sonst versetze ich dich in den Streichelzoo.«

Nach zwei Wochen kehrte ich also zurück in meine Welt. Das ständige Gurren der Diamanttäubchen unter der Glaskuppel hüllte mich gleich ein wie ein weicher Mantel. Ich fühlte mich daheim.

Aber meine Angst war nicht kleiner geworden, im Gegenteil. Irgendwie schien ich von innen her zu bersten. Ich entschied mich, meine unerträgliche Anspannung mit Bufo alvarius unter Kontrolle zu bringen. Das ist die Coloradokröte, die manche völlig respektlos »Leckkröte« nennen. Sie ist ein sehr putziges Tierchen, finde ich. Und sehr zugänglich. Wenn man ihr den Nacken massiert, werden ihre Augen feucht. Nein, nicht aus Traurigkeit. Vielmehr sondert sie aus Giftdrüsen hinter den Augen ein Gemisch ab, das es in sich hat. Manche sagen, es wirke wie LSD. Ich kann es nicht bestätigen, mir fehlt der Vergleich. Und nein: ich bin kein Krötenlecker. Ich habe das Sekret mit Wattestäbchen aufgetunkt. Als ich genug Mut hatte, kaute ich mal eines probehalber. Mann, das war dann alles andere als entspannend. Wenn Nacktmulle Zähne haben wie Komodowarane, dann ist das ein Horrortrip. Ich konnte auf diesem Trip sogar ihre Bisse spüren, war aber unfähig davonzulaufen. Das ging sicher zehn Minuten so.

Nein, Bufo alvarius war nicht die Lösung. Ich blieb der Coloradokröte trotzdem freundschaftlich verbunden.

Dafür haben die Kurzohrrüsselspringer vorübergehend mein Leben bereichert, weil sie mir eine romantische Perspektive boten. Sie bleiben oft bis zum Tod eines Partners zusammen, auch wenn sie aussehen wie Mäuse mit einem spitzen Schnabel. Nein, schön sind sie nicht. Aber wenn selbst die es schaffen, Partner zu finden, dann bestand ja auch für mich Hoffnung. Eigentlich hatte ich mir darüber nie Gedanken gemacht, weil mein Leben so ausgelastet war. Und Verantwortung hatte ich ohnehin schon genug übernommen – für mein Reich nämlich.

Unter den Gärtnern, die sich um die Außenanlage vor dem Wüstenhaus kümmerten, war auch eine Ukrainerin. Das bekam ich mit, weil sie alle Gärtner nur nach ihrer Herkunft nannten. Sie gehörte zu den Ruhigen und lachte nicht viel. Eigentlich genau die Richtige für mich, wenn es schon eine Partnerin sein musste. Ich beobachtete sie immer wieder, während ich in Afrika vor den Schildkröten stand. Sie kam im Zweiwochenabstand zum Wüstenhaus. Jedes Mal nahm ich mir vor, sie anzusprechen. Aber ich wusste nicht, wie. Vielleicht hätte es gereicht, sie einmal nach Madagaskar zu bringen oder ihr die Nacktmulle zu zeigen. Oder ich hätte eine giftige Gila-Echse rausnehmen und ein wenig Eindruck bei ihr schinden können. Dann merkte ich, dass sie Hautprobleme an den Händen hatte. Da wusste ich, wie ich sie beim nächsten Mal anreden konnte. Schließlich steht in der Eingangshalle ein Becken mit Doktorfischen, in das man seine Arme tauchen kann. Die Kangalbarben knabbern die losen Hautschuppen ab.

Genau das richtige für Menschen mit Hautproblemen. Aber es gab kein nächstes Mal. Ich sah sie nie wieder.

Wahrscheinlich hätte mich eine Frau auch nur von meiner eigentlichen Aufgabe abgelenkt. Sie hätte sicher nicht verstanden, dass man nicht heimgeht, bevor nicht alles perfekt und in Ordnung ist. Und dass mir die Sorgen um ein krankes Tier den Schlaf rauben können. Zumindest mit dem Schlaf ist es hier in Stein besser geworden.

Die Katastrophe ein Jahr später kam nicht aus heiterem Himmel. Sie schickte Vorzeichen.

Montag früh drehte ich meine übliche Runde durch Madagaskar, um meine Vögel mit Hirse und Bananenstückchen zu füttern. Ich sah sofort, dass etwas anders war. Am Boden vor der Futterstelle lag das schönste Webermännchen, das ich jemals gesehen hatte. Es war so symmetrisch gezeichnet, als hätte jemand eine Körperhälfte gespiegelt, und sein Rot leuchtete wie frisches Blut. Nun war es tot. Ein Tiefschlag zu Wochenbeginn. Ich bin nicht sehr stark, was Trennungen betrifft.

Am Dienstag merkte ich, dass »Sugar« kränkelte. Das ist eine unserer giftigen Gila-Krustenechsen. Sie lag apathisch und ungeschützt da, ganz anders als sonst. Die Augen waren geschlossen und ihre Nase tropfte. Ich rief sofort den Arzt.

Es schien eine schwierige Woche zu werden.

Mittwoch sah ich ihn dann zum ersten Mal, den kleinen, schmächtigen Mann mit der dunklen Brille, die er auch im Glashaus nicht abnahm, obwohl es zum Teil be-

schattet war. Er fiel mir auf, weil er seine Arme minuten-
lang in das Becken der Saugbarben steckte und sich von
den Tieren abnagen ließ. Vielleicht war er einfach ein Fe-
tischist, der sich am feinen, leicht kitzelnden Knabbern
der Fische ergötzte. Ich behielt ihn jedenfalls im Auge. Ein
paar Minuten später blieb er vor dem Aquarium der Strei-
fensalmler stehen. Ein Teil von ihnen hat keine Augen,
weil sie im Wasser unter der Wüste überlebt haben und
ihre Art dabei innerhalb relativ kurzer Zeit die Sehfähig-
keit verlor. Fische können sich unglaublich schnell an ihren Lebensraum anpassen. So wie ich hier in Stein.

Ich konnte mir nicht vorstellen, dass sich der kleine Mann für Details aus der Entwicklungsgeschichte der
Salmler interessiert. Er wirkte eher wie ein Taschendieb
auf mich. Ich zog mir wieder die Trainingsjacke über, um
mich zu tarnen. Nach dem unglücklichen Handgemen-
ge mit den vier Hobbydieben vor einem Jahr wusste ich,
dass ich diesmal später zuschlagen musste. Ich würde den
Mann mit dem Corpus Delicti in der Eingangshalle stellen.
Das hatte genügend Beweiskraft, um auch meinen Chef zu
überzeugen.

Das Männchen ließ sich Zeit. Besonders lange stand
es vor den Röhrengängen der Nackmulle, im dunklen
Tunnel. Dort nahm der Zwerg ausnahmsweise die Brille
ab. Nein, er war mir im Wüstenhaus noch nie aufgefallen. Vielleicht war er nur die Vorhut, um das Gelände für
die nachfolgende Bande aufzubereiten. Aber worauf hatten sie es abgesehen? Auch die Wüstenspringmaus, dieses

lustige Hosentaschen-Känguruh, schien ihn zu interessieren. Oder merkte er, dass ich ihn beobachtete, und er täuschte mich nur?

Besonders lang hielt es ihn hinten in Madagaskar bei den Webervögeln. Also doch ein Mann mit einer großen Voliere daheim. Ich würde es ihm jedenfalls schwermachen, seinem Hobby ein neues Opfer hinzuzufügen. Er benahm sich perfekt unauffällig. Das machte ihn besonders verdächtig. Wieder machte er keinerlei Anstalten, den Vögeln mit ihrem blutroten Gewand nahezukommen.

Als er ganz langsam an den Schildkröten vorbeispazierte, tauchte er kurz in eine lärmende Schulklasse ein, die ihn überholte. Ich hatte Mühe, den kleinen Mann hinter den zum Teil recht großen Schülern mit ihren Rucksäcken im Auge zu behalten. Wenn er es auf die Schnabelbrust-Schildkröte abgesehen hatte, war das jetzt eine gute Gelegenheit.

Aber nein. Weder rührte noch bückte er sich.

Gemächlichen Schrittes ging das zarte Männlein hinter den Kindern aus dem Glashaus.

Am nächsten Tag in der Früh merkte ich, dass eine Schildkröte fehlte. Ich suchte bis Mittag, vielleicht hatte sie sich wegen der Hitze im Glashaus irgendwo vergraben. Aber nein, sie blieb verschwunden.

Ich hätte einen Finger dafür gegeben, um zu erfahren, wie der Mann es gemacht hatte. Und ich verwünschte die ignorante Sicherheitsrotte, die nasebohrend vor ihren Monitoren saß, Leberkäsesemmeln aß und sich einen Dreck darum scherte, welche Verbrechen vor ihren Augen im Wüstenhaus passierten.

Ich sah den kleinen Mann sofort, als er Freitag am späten Nachmittag wiederkam. Als hätte ich es gerochen. Es war ein heißer Tag. Das Wüstenhaus war so gut wie leer. Ich hatte in der Küche gerade einen Schildkrötenpanzer vom Flohmarkt poliert. Irgendetwas trieb mich hinaus in den Tunnel. Der Täter kehrt immer an den Ort des Verbrechens zurück. Er stand im Dunkeln vor dem Aquarium der blinden Salmler. Brütete wahrscheinlich seinen nächsten Coup aus. Ich stellte ihn zur Rede.

Zuerst versuchte ich an seine Anständigkeit zu appellieren. Aber der Typ war völlig uneinsichtig. Dann beschimpfte ich ihn als Dieb. Natürlich stritt er alles ab.

Als er mich verrückt nannte, schlug ich zu. Mit dem Schildkrötenpanzer. Der Mann mit seinen kaum ein Meter sechzig fiel gegen eine Kante unter dem Salmlerbecken und gab keinen Ton mehr von sich. Er schaute starr zur Decke, aus einer Wunde an der Schläfe floss ein wenig Blut.

Das würde meinem Chef nicht gefallen. Das war mir klar. Schuld hin, Schuld her.

Ich zog das Männlein durch den Gang in meine Arbeitsküche. Es hatte bekommen, was es verdiente. So ein Pack! Aber ich hatte jetzt ein Problem. Und keine Idee. Plötzlich war mein Kopf völlig leer. Auch die Sorge um die Tiere war weg. Bevor ich heimging, verstaute ich den Toten in der kleinen Kammer hinter den Nacktmullen. Eine

Nacht konnte er ruhig an der Stätte seiner Schande bleiben und noch einmal über sein Verbrechen nachdenken.

Als es dunkel war, ging ich in den Schuppen, um eine Säge zu suchen. Da sah ich die Badewanne. Und plötzlich wusste ich, was ich zu tun hatte. Ich würde den Mann der Natur zurückgeben. Und die Speckkäfer würden mir dabei helfen.

In der Früh kaufte ich eine riesengroße Sporttasche, eine, wie Eishockeyspieler sie verwenden. Den ganzen Tag über war ich wieder völlig ruhig. Es reichte, den Mann in zwei Hälften zu teilen. Das war allerdings schwieriger als angenommen. Ich vermute, dass Profis für so etwas Spezialgeräte verwenden. Mit der Säge war es jedenfalls ein Wahnsinn. Ich musste warten, bis die Kassiererin gegangen war und hinter sich abgesperrt hatte. Den Mann und seine Kleidung packte ich in die Tasche. Ich schaffte es kaum, sie hochzuheben, so erschöpft war ich vom Zerteilen. Fast hätte ich die Boxen mit den Käfern vergessen.

Im Schuppen legte ich die zwei Teile des Diebes in die Badewanne und schüttete die Speckkäfer darüber aus. Sie waren Spezialisten für die Beseitigung von Aas. Tierpräparatoren wissen das. Dann legte ich eine Glasplatte über die Wanne. Ein Terrarium der besonderen Art.

Endlich fühlte ich mich wieder wohl im Glashaus. Ich wusste, dass ich ein abschreckendes Exempel statuiert hatte und es niemand mehr wagen würde, mein Reich zu überfallen oder zu plündern. Es war ruhig zwischen Madagaskar und Mittelamerika. Nur die Diamanttäubchen gurrten ihr tägliches Lied. Und die Braunflügel-Mausvögel reckten glücklich ihre silbernen Schöpfe in die Höhe.

Erschrocken bin ich erst ein paar Tage später. Ich hatte völlig auf die gestohlene Schildkröte vergessen. Wenn der kleine Dieb allein gelebt hatte, hungerte sie wahrscheinlich schon vor sich hin. Ring hatte ich zumindest keinen an der Hand des Mannes bemerkt.

Im Schuppen suchte ich in der Jacke des Mannes nach einem Ausweis und nach Schlüsseln. Er wohnte in der Nähe, im vierzehnten Bezirk. Die Speckkäfer arbeiteten ruhig vor sich hin, allerdings viel langsamer als erwartet. Es roch ein wenig, trotz der Glasplatte.

Ich läutete mehrere Male, bevor ich das Haus betrat. Wie erwartet, antwortete niemand. In der Hand trug ich eine Plastikbox mit Karotten- und Selleriestückchen. An der Wohnungstür drückte ich noch einmal auf den Klingelknopf. Nichts rührte sich. Also versuchte ich aufzusperren. Der dritte Schlüssel passte.

Ich trat in eine andere Welt. Eine Tierwelt, allerdings eine funkelnde und glänzende. Eine Unterwasserwelt. Das Wohnzimmer des Mannes bestand nur aus Aquarien. Es waren mindestens zwanzig Becken. Ich suchte das Terrarium mit den Schildkröten. Selbst in den Küchenkästen sah ich nach. Aber es war nirgends zu finden. Hatte er noch einen zweiten Platz, wo er die Landtiere aufbewahrte? Ich kam nicht mehr dazu, diese Frage zu beantworten. An der Wohnungstür standen zwei Uniformierte, die ein misstrauischer Nachbar gerufen hatte. Der kleine

Mann war ein Einzelgänger gewesen, der nie Besuch gehabt hatte.

Von da an ging alles sehr schnell. Wenn man keine Routine hat und auch nicht viel Erfahrung mit Menschen, dann ist man mit dem Lügen sehr schnell am Ende der Fahnenstange angelangt. Und als die Beamten die Tür zum Schuppen öffneten, hatte ich sowieso Erklärungsbedarf. Oder auch nicht mehr.

Die Schildkröte ist übrigens wieder aufgetaucht. Ein Bub aus einer Schulklasse hatte sie als Mutprobe in seinen Rucksack gesteckt und zwei Wochen später zurückgebracht.

Stein ist auch nicht viel anders als eine Kolonie Nacktmulle. Einer hat das Sagen. Das ist der dicke Dimitri. Er war Metzger und hat angeblich mehr Erfahrung mit dem Zerteilen von Leichen als ich. Und so wie bei den Nacktmullen die Königin ist auch er viel aggressiver als die anderen. Da wäre es schön, schmerzunempfindlich zu sein. So wie die Nacktmulle.

꧁ *Nora Miedler* ꧂

Des ewige Bummerl

Mutter, Mörder und die wahre Liebe

»Ana hat immer des Bummerl.« Obwohl das Lied aus dem Jahr 1971 stammt und damit drei Jahre älter ist als ich, habe ich schon immer das Gefühl gehabt, dass es eigens für mich komponiert wurde. Denn ich bin genau dieser eine, der aber wirklich immer das Bummerl hat. Mein Leben lang geht das schon so. Pech von vorn bis hinten und von hinten bis vorn. Was Gutes ist mir *immer* nur passiert, damit es sich schnellstens in was Schlechtes verwandeln kann und es mir letztendlich noch viel elendiger geht als zuvor. Ist es da erstaunlich, dass ich mein Glück mit Marianna anfangs nicht fassen konnte? Dass ich einfach nicht glauben konnte, dass sich ausgerechnet für mich – den Mann mit dem ewigen Bummerl – die schönste, warmherzigste und klügste Frau der Welt interessierte?

Mit keiner Frau habe ich bisher so viel Zeit verbracht wie mit ihr. Abgesehen von meiner Mutter natürlich.

Ich lege mich ins Zeug, um Mutters Rollstuhl schneller zu schieben. Der Kies knirscht unter den Rädern, kleine, helle Steinchen spritzen links und rechts in die Luft. Die Sonne strahlt so ungehemmt vom Himmel, als hätte soeben der Sommer begonnen und nicht der Herbst.

Schon vor Wochen haben Mutter und ich beschlossen, diesen letzten Sonntag im September, wie auch schon die vergangenen Jahre, im Tiergarten Schönbrunn zu verbringen.

Ich spüre die mitfühlenden und gleichzeitig neugierigen Blicke der Leute auf mir, denen wir begegnen. Das liegt am Rollstuhl. Ich weiß, was die Leute denken. Dieser aufopferungsvolle Mann, der seinen freien Tag damit zubringt, die alte Schachtel kreuz und quer durch den Zoo zu schieben. Sie halten mich für einen Heiligen. Und wissen gar nicht, dass es hundertmal einfacher ist, eine störrische alte Frau im Rollstuhl unter Kontrolle zu halten, als sie zu Fuß bändigen zu müssen. Höllisch meine Erinnerungen an die Zeit, wo Mutter noch gute Tage hatte, meckernd an meinem Arm hing und mit ihrem gichtverkrüppelten Zeigefinger alle drei Sekunden in eine andere Richtung zeigte.

Eine Menschentraube hat sich vor dem Pandagehege versammelt. Ich nehme an, dass der Nachwuchs sich gerade blicken lässt, und bugsiere den Rollstuhl vorne an den Zaun. Die Leute machen sofort bereitwillig Platz.

»Sieh nur, Mutter, jetzt machen wir endlich Bekanntschaft mit dem kleinen Fu … ähm −«, ich suche nach einer Namenstafel, »Fu Bu −« »Fu Bao«, meldet sich eine plärrende Stimme hinter mir. Ärgerlich wende ich mich um. Der Schreihals ist ein etwa siebenjähriger Junge und mir auf Anhieb unsympathisch. Sollte der nicht zu Hause sitzen und Hausaufgaben machen oder so was in der Art?

Ich durfte in seinem Alter sicher nicht an einem ganz gewöhnlichen Sonntag in den Tiergarten gehen. So was gab es höchstens nach der Erstkommunion, ein Tag, an dem ich ein paar saftige Ohrfeigen kassierte, weil ich hinfiel, mir die Nase blutig schlug und das sündhaft teure Hemd mit meinem ekligen Blut versaute. Ach, Mutter, all diese Erinnerungen.

Ich erhebe mich aus der Hocke. »Mutter, sieh doch mal zum Baum rauf. Da oben sitzt der Kleine und schläft. Siehst du ihn?«

Keine Antwort. »Ein herziger Winzling«, murmle ich, dabei kommt er mir gar nicht so klein vor.

»Das ist nicht Fu Bao, das ist die Mama vom Fu Bao!«

Ich presse die Lippen aufeinander. Hat der Junge keine Eltern, die ihm jetzt die Leviten lesen, weil er mit einem Erwachsenen gefälligst respektvoll umzugehen hat?

Nein, im Gegenteil, jetzt reißt er schon wieder die Klappe auf. Richtig sensationsheischend sieht er aus, als er fragt: »Haben Sie wirklich geglaubt, dass die Pandamama das Baby ist?«

Arschloch, denke ich und presse die Lippen zusammen, um ihn nicht laut so zu nennen. »Lass uns jetzt zu den Giraffen schauen, Mutter.«

»Die Mama ist doch riesig!«

Arschloch.

Die Temperatur muss bei über fünfundzwanzig Grad liegen, ich spüre, wie die Sonne auf meiner Nase brennt, und bekomme sofort Angst, dass mein Hemd hässliche

Schweißflecken verunzieren könnten. Wüsste Mutter, was mir so durch den Kopf geht, sie würde mich auslachen.

Unser Verhältnis war immer schon schwierig. Für eine pedantische Frau, der Perfektion über alles geht, ist es naturgemäß schwer zu ertragen, wenn der eigene Sohn von einer Tollpatschigkeit in die nächste rutscht. Alles habe ich falsch gemacht. Und wenn es mir doch einmal gelungen ist, etwas richtig anzugehen, dann wurde ich so nervös, dass ich die Sache am Ende erst recht vermasselte. Und gleich viel schlimmer, als wenn ich gleich zu Beginn versagt hätte.

Ich merke, wie uns ein älteres Pärchen beobachtet, und mache mich rasch daran, den Hut fürsorglich zurechtzurücken. »Sitzt dein Hut auch gut, Mutter? Nicht, dass dich die Sonne erwischt.«

Bei den Pinguinen lege ich einen längeren Stopp ein, amüsiere mich über das Aussehen der herzigen Kerle. Erneut spüre ich Blicke auf mir. Ich sehe zur Seite und ertappe eine Frau in meinem Alter, wie sie mich mit dieser üblichen Mischung aus Mitleid und Respekt ansieht. Genutzt hat mir die ganze Rollstuhl-Mutter-Teresa-Aura bei den Frauen trotzdem nie. Ja, sie finden es nett, dass ich für meine arme, kranke Mutter sorge, doch letztendlich bleibe ich ein Loser für sie. Ein Mann um die vierzig, der die meisten Abende bei seiner Mutter verbringt und tagsüber sein Dasein in einem mittelmäßig bezahlten, überaus langweiligen Job fristet.

Doch dann kam Marianna. Sofort war mir klar: Die ist so ganz anders als die restliche Frauenwelt. Meine Mundwinkel zucken unwillkürlich nach oben, das passiert jedes Mal, wenn ich an sie denke. Unsere erste Begegnung kommt mir immer noch wie ein Traum vor. Einmal im Quartal fliege ich beruflich nach Frankfurt. Genau wie heute Nachmittag, wo ich direkt von Schönbrunn ein Taxi zum Flughafen nehmen werde. Vor drei Monaten, bei meinem letzten Flug von Frankfurt nach Wien, hat das Schicksal es zum allerersten Mal gut mit mir gemeint. Ich konnte es erst gar nicht glauben, dass sich meine wunderhübsche Sitznachbarin so ungezwungen und vor allem freiwillig mit mir unterhält. Ehrlich gesagt weiß ich bis heute nicht, warum um alles in der Welt ausgerechnet mir ein solches Glück widerfahren ist.

Plötzlich schnürt sich mir die Kehle zusammen. Wer weiß, wie lange es überhaupt noch dauert. Nach dem, was heute Früh passiert ist ...

Ich hole tief Luft, blicke auf die Uhr und schiebe den Rollstuhl mit einem energischen Ruck auf den Weg zurück. Jetzt nur den Zeitplan einhalten, Friedrich.

Ich räuspere mich. »Nächste Station, Mutter: die neue Eisbärenwelt.«

Also, da soll noch einmal wer behaupten, dass es den Tieren im Zoo nicht gutgeht. Ein solches Paradies, wie man es hier den Eisbären gebaut hat, gibt es in der Arktis ganz sicher nicht. Für meine Zwecke ist das einladende und überall gut zugängliche Franz-Josef-Land leider gar nicht geeignet, das sehe ich auf den ersten Blick.

»Doch keine Eisbären, Mutter«, erkläre ich und beschließe im selben Moment, es im Regenwaldhaus zu probieren. Das kenne ich zumindest schon und ich meine mich zu erinnern, dass es teilweise mit dem Rollstuhl ganz schön holprig dort war. Da könnte sich durchaus eine günstige Gelegenheit ergeben.

Mutter mochte die warme Feuchtigkeit da drin noch nie, dennoch statten wir dem Regenwaldhaus jedes Mal einen Besuch ab, wenn wir mit dem Rollstuhl im Tiergarten sind. Ich mag den Urwald.

Die tropischen Temperaturen, verbunden mit der enormen Luftfeuchte, erzeugen sofort eine dünne Schweißschicht auf meiner Haut. Unwillkürlich muss ich an vorletzte Nacht denken, Marianna in meinen Armen. Im nächsten Moment packt mich schon wieder die Angst, dass es das letzte Mal gewesen sein könnte. Wenn ich das hier vermassle, so wie sonst auch alles ... Ich beiße die Zähne zusammen. Heute nicht, Friedrich. Entschlossen schiebe ich den Rollstuhl über den feuchten, unebenen Holzboden auf den Panoramalift zu, der uns in die obere Etage bringen soll. Als ich das Absperrband sehe, veranstaltet mein Herz einen Trommelwirbel in der Brust. Meine Chance ist gekommen.

Ich sehe mich eilig nach einem Angestellten um und hetze – nachdem ich herinnen keinen entdecken habe können – mit dem Rollstuhl nach draußen.

Direkt vor der Tür pralle ich mit einem langhaarigen Mann in graue Arbeitslatzhosen zusammen, der eine Art Fischernetz in der Hand hält.

»Sie arbeiten hier?«, frage ich in forschem, nachdrücklichem Tonfall.

Sein Blick schweift zwischen mir und dem Rollstuhl hin und her.

»Stimmt irgendetwas nicht?«, erkundigt er sich.

»Allerdings. Wie komme ich dazu, teuren Eintritt zu bezahlen, und dann kann ich mit meiner Mutter nicht das gesamte Regenwaldhaus besichtigen? Wo ausgerechnet das der eigentliche Hauptgrund unseres Schönbrunnbesuchs war. Haben Sie keinen Ersatzlift? Von mir aus einen Lastenaufzug? Oder einen Personallift?«

Der Mann runzelt die Stirn. Ich merke, dass er mich für einen typischen Hietzinger Snob hält, und gratuliere mir heimlich zu meiner Vorstellung.

Langsam sagt er: »Sie können auch von außen ins Obergeschoß gelangen. Gehen Sie den Weg da rauf, dann kommen Sie direkt zur oberen Eingangstür.«

»Gut. Gut.« Ich nicke nachdrücklich und komme mir vor wie ein Idiot. Doch letztendlich ging es darum aufzufallen, und das sollte mir hiermit gelungen sein.

Der Mann runzelt immer noch die Stirn. Außerdem fixiert er so komisch Mutters großen Strohhut. Jetzt nur nicht hektisch werden, Friedrich. »Dann danke.« Ich bemühe mich um einen versöhnlichen Tonfall. Doch der Mann ignoriert mich, starrt nur immer weiter auf Mutters

Hut. Ich will gerade den Rollstuhl wenden, da hält er mich zurück.

»Sie entschuldigen schon, aber – geht es der Dame eh gut?«

»Aber natürlich. Meine Mutter hält nur ein kleines Schläfchen.«

Er kneift die Augen zusammen. Dann sehe ich, wie sein Arm nach vorne schwingt und seine Hand nach dem Rollstuhl greifen will.

»He!« Automatisch schlage ich seinen Arm weg, woraufhin er mich perplex anglotzt.

»Sie müssen schon entschuldigen –«, legt er los, doch ich fahre dazwischen, »was fällt Ihnen ein, meiner Mutter nahezutreten!«

»Also, das ist doch wirklich ...« Er zieht eine spöttische Miene, sieht sich aber gleichzeitig reichlich verlegen um, als prüfe er, ob auch ja niemand unser kleines Intermezzo beobachtet hat. Es ist ihm sichtlich peinlich, dass jemand auf den Gedanken kommen könnte, er hätte versucht, eine alte Frau zu betatschen. Der Kerl beginnt mir langsam leid zu tun.

Ich schiebe den Rollstuhl an ihm vorüber, da hält er mich noch einmal auf.

»Hören Sie, da stimmt doch was nicht.« Er hat deutlich an Sicherheit gewonnen und sieht nun fast wütend aus. »Seien Sie so gut und heben Sie doch bitte einmal den Hut Ihrer Mutter an. Ich möchte ihr Gesicht sehen. Irgendwie kann ich nicht glauben, dass es ihr gut geht.«

»Wie bitte?« Mein Herz setzt einen Schlag aus.

»Gnä' Frau?« Er beugt sich zum Rollstuhl hinunter. »Gnä' Frau!«

Ich will ihn schon wegreißen, doch da –

»Ja bitte? Was ist denn?«

Der Wärter zuckt zusammen, als säße im Rollstuhl ein Zombie und nicht eine harmlose Frau. »Was haben Sie denn, junger Mann?«, fragt sie.

Der Mann bläst die Luft aus, fährt sich mit beiden Händen durchs Haar, lacht künstlich. »Es tut mir leid, ich ...« Er gestikuliert wild in der Luft herum.

»Moment mal«, rufe ich aus und stochere anklagend meinen Zeigefinger in seine Richtung. »Jetzt verstehe ich. Sie haben gedacht, dass sie tot ist. Sie haben gedacht, ich bin so ein Irrer, der seine tote Mutter nicht gehen lassen kann und ihre Leiche im Rollstuhl spazieren führt!«

»Nein!«

»Natürlich!«

»Bub, lass uns gehen. Dieser Hut kratzt so, aber ohne ihn ist die Sonne zu grell.« Sie zieht sich den Hut erneut tief in die Stirn. »Bitte, Friedrich, mach rasch.«

»Schon gut, Mutter.« Mit zusammengepressten Lippen und ohne den anderen eines weiteren Blickes zu würdigen, schiebe ich den Rollstuhl davon.

Nach etwa zwanzig Metern drehe ich mich um. Der Mann steht immer noch genau an derselben Stelle, starrt ins Leere und schüttelt den Kopf. Ich schaffe es kaum, ein Kichern zu unterdrücken.

»Friedrich? Alles in Ordnung?« Ihre Stimme ist nicht viel mehr als ein Flüstern.

»Alles in Ordnung, mein Schatz. Du warst fantastisch.« Jetzt kann ich das Lachen nicht mehr zurückhalten. Marianna im Rollstuhl stimmt leise mit ein. Ich schiebe sie dem Ausgang zu, schneller nun, denn langsam wird die Zeit knapp.

Das von mir bestellte Taxi, eigens mit einer Rampe für Rollstuhlfahrer ausgestattet, wartet bereits vor dem Ausgang. Ich helfe Marianna auf den Rücksitz und muss den Drang unterdrücken, sie inniger als nötig zu berühren. Wie stark ihre Zuneigung für mich doch sein muss, dass sie für eine gemeinsame Zukunft mit mir ihr Leben in Freiheit aufs Spiel setzt, indem sie meine kranke, betagte Mutter spielt, die in Wirklichkeit tot zu Hause in der Küche liegt, wo ich sie dreieinhalb Stunden zuvor versehentlich getötet habe.

Es war so ein dummes Missgeschick. Ganz typisch für mich. Ich stand in Mutters Küche und schnitt Obst für ihr Frühstück, als ich aus dem Wohnzimmer das Läuten meines Handys hörte. Ich drehte mich um, wollte die Küche verlassen, da tauchte plötzlich – wie aus dem Nichts – meine Mutter auf und rannte mir genau ins Messer. Ich wusste nicht, dass sie einen ihrer mittlerweile äußerst rar gewordenen guten Tage hatte, an denen sie den Rollstuhl verlassen konnte.

Ich fühlte mich wie gelähmt. Das Einzige, an das ich denken konnte, war, Marianna anzurufen. Die blieb ganz ruhig und begann mir erste Anweisungen durchs Telefon zu geben.

»Wickle das Messer in Küchentücher und überlass den Rest mir. Hat deine Kleidung Blut abbekommen?«

»I-ich weiß nicht«, stammelte ich.

»Hast du in der Wohnung deiner Mutter irgendwelche Anziehsachen von dir?«

»Anziehsachen?« Ich konnte keinen klaren Gedanken fassen, das Einzige, das ich langsam begriff, war, dass meine Mutter tot im Nebenzimmer lag und mich nie mehr piesacken konnte.

»Marianna, das viele Geld ...«, hörte ich mich sagen.

»Ich weiß. Du wirst der Hauptverdächtige sein. Wir müssen uns was einfallen lassen.«

»Ihr ganzes Vermögen. Wir werden reich sein, Marianna.«

»Friedrich, hör mir zu, das ist wichtig. Hast du Anziehsachen bei deiner Mutter?«

Ich sah an mir herab. Mein hellblaues Hemd und die Hose waren von Blut besudelt. Dem Blut meiner Mutter. Langsam wurde mir die Tragweite meiner Tat bewusst. »Ich werde ins Gefängnis kommen.«

»Das wirst du nicht!«

Marianna war so großartig. Innerhalb einer Stunde päppelte sie mich psychisch auf und verwandelte sich selbst mit geschickt aufgetragener Schminke und der Kleidung meiner Mutter in eine alte Frau, die nicht anders aussah wie zigtausende andere alte Frauen.

Mutter hatte kaum noch Haare gehabt und diesen Makel am liebsten unter Hüten versteckt. Der sonnige Tag war perfekt für ihren überdimensionierten Strohhut. Sie ist von dürrer, ausgemergelter Statur gewesen, doch unter einem von ihren großgeblümten, in Brauntönen gehaltenen Kleidern wirkte selbst Mariannas perfekt geformter, schlanker, sportlicher Körper ausgezehrt und zerbrechlich. Marianna ist in meinem Alter und hat ganz bezaubernde feine Linien auf der Stirn und um die Augen herum, die nun mit Hilfe einer dicken weißen Make-up-Schicht zu tiefen Falten wurden.

Sie drängte mich, in die Kleidung zu schlüpfen, die sie mir besorgt hatte. Während sie die Preisetiketten entfernte, trichterte sie mir noch einmal die wichtigsten Punkte ihres Plans ein.

»Wir dürfen keine Zeit verlieren. Wenn die Putzfrau deiner Mutter morgen Abend die Leiche entdeckt, wird die Polizei mit ein bisschen Glück den Tatzeitpunkt nicht mehr allzu genau bestimmen können. Plus/Minus ein paar Stunden.« Sie blickte auf die Uhr. »So. Du schiebst mich durch Schönbrunn, wo wir so viel Aufmerksamkeit erregen wie möglich. Wir brauchen Zeugen, die aussagen, dass deine Mutter quicklebendig war, als du mit ihr zusammen warst. Wir bestellen jetzt gleich zwei Taxis für hinterher, eines für mich, das mich als deine quietschfidele Mutter hierher bringt, und eines für dich, dass dich wie geplant zum Flughafen fährt. Du checkst sofort ein, auch wenn dein Flug erst einige Stunden später geht, verstehst du? Zur Sicherheit solltest du möglichst viel Aufmerksamkeit im Duty-free-Bereich erregen, ja?«

Ich schaute sie nur an, erstaunt darüber, dass sie Nerven wie Drahtseile zu haben schien, und noch viel mehr darüber, dass diese Ausnahmefrau mir nicht nur ihr Herz schenkte, sondern nun auch noch dieses Risiko für mich einging, ihre Freiheit aufs Spiel setzte. Doch plötzlich hatte ich Zweifel, ob man ihr trotz der Verkleidung das hohe Alter abnahm. Sie versprach, ihr Gesicht so gut es ging unter dem Hut zu verstecken und nur dann zu sprechen, wenn es unbedingt nötig war.

»Wo bewahrt deine Mutter ihr Bargeld auf?«, wollte sie wissen. »Wir müssen alles Geld aus der Wohnung schaffen, damit es nach Einbruch aussieht.«

»Müssen wir die Tür aufbrechen?«, fragte ich erschrocken.

»Auf gar keinen Fall! Die Gefahr ist viel zu groß, dass die Nachbarn zu früh Verdacht schöpfen. Nein, die Polizei muss glauben, dass deine Mutter ihren Mörder freiwillig hereingelassen hat. Du könntest beim Verhör erwähnen, dass sie sehr leichtfertig war, was das Öffnen ihrer Wohnungstür betrifft.«

»Genau. Der Mörder könnte ja so getan haben, als wäre er ein Bote. Da hätte sie mit Sicherheit keinen Verdacht geschöpft!«

Marianna nickte und ich fühlte mich regelrecht euphorisch, dass mir zur Abwechslung auch einmal etwas Sinnvolles eingefallen war.

Ich zeigte Marianna den großen Karton unter Mutters Bett, in dem sie die Hälfte ihres Vermögens verwahrte. »Sollten die Banken pleitegehen, kann man ja nie wissen«, erklärte ich.

»So viel Geld.« Marianna stieß Luft aus. »Weiß noch jemand davon?«

»Nein, bestimmt nicht. In diesen Dingen war sie sehr vorsichtig.«

»Wenn das Taxi mich zurückbringt und ich mich hier wieder in mich selbst verwandle, dann nehme ich den Karton mit, ja? Ich bewahre ihn für dich auf.«

»Ja.« Ich küsste sie, unendlich froh darüber, dass sie an alles gedacht hatte.

Alles läuft wie geplant. Ich fliege nach Frankfurt, verbringe dort eine Nacht und anschließend mehrere langweilige Arbeitssitzungen, bis ich einen Anruf von der Wiener Polizei erhalte, die mir die Nachricht überbringt, dass die Putzfrau meine Mutter tot aufgefunden habe. Man spricht mir das Beileid aus und gibt mir äußerst nachdrücklich zu verstehen, dass man mich sofort zu sehen wünsche, weil Mutter vermutlich einem Gewaltverbrechen zum Opfer gefallen sei.

Mit zittriger Stimme verspreche ich, mich um meine rasche Heimkehr zu kümmern.

Als ich am nächsten Vormittag in Begleitung zweier Kriminalbeamter die Wohnung meiner Mutter betrete, scheint noch alles im grünen Bereich zu sein. Die Leiche ist bereits weggeschafft worden. Die Beamten bitten mich nachzusehen, ob etwas aus der Wohnung verschwunden ist, ich erzähle von einer kleinen Schachtel mit etwas Geld, die sie unter dem Bett verwahrte, und schnell stellt sich heraus, dass kein geheimer Geldvorrat mehr existiert. Gut. Marianna war hier und hat alles wie abgesprochen erledigt.

»Wo ist meine Mutter jetzt? Kann ich sie sehen?«, frage ich die Polizisten und bemühe mich um einen kümmerlichen, hilflosen Ausdruck.

Der jüngere blickt zum älteren, der ältere sagt: »Das wird sich sicher machen lassen. Vorher brauchen wir allerdings ihre Angaben zum gestrigen und vorgestrigen Tag. Wann haben Sie Ihre Mutter zum letzten Mal gesehen.«

Natürlich merke ich, dass die Polizisten mich verdächtigen. Sie erkundigen sich ausgiebig nach den »ständigen Streitereien«, von denen ihnen anscheinend Mutters tratschwütiger Nachbar erzählt hat.

Ich sage ja, wir haben gestritten. Ja, wir waren oft nicht einer Meinung. Ja, sie war eine wohlhabende Frau und ich bin ihr Alleinerbe. Doch ich bin nicht ihr Mörder. Kann ich auch gar nicht sein, weil sie, als ich sie das letzte Mal sah, noch quicklebendig war. Das können sowohl ein Pfleger in Schönbrunn als auch der Fahrer des Taxis bestätigen.

Ich weiß gar nicht, wie oft ich dieselben Sätze immer und immer wiederkäute.

Als ich am Abend entlassen werde – nicht ohne die Aufforderung, mich für weitere Befragungen zur Verfügung zu halten –, fühle ich mich komplett ausgelaugt. Hätte dieses Verhör auch nur eine halbe Stunde länger gedauert, ich glaube, ich hätte alles gestanden. Mehr denn je sehne ich mich nach Marianna, doch darf ich sie nicht sehen. Erst wenn die Befragungen vorbei sind, so haben wir es ausgemacht. Auch die Telefonate sollten eher kurz ausfallen, so wie in der Zeit vor Mutters Tod, als wir uns zwar häufig sahen, das Telefonieren aber nur rein praktischen Gründen gedient hatte.

Es dauert noch über eine Woche, bis die Polizei das Interesse an mir verliert und endlich einem Treffen mit Marianna nichts mehr im Wege steht.

Wir vereinbaren, uns auf der Gloriette zu treffen, dort, wo unser erstes offizielles Rendezvous stattgefunden hat.

Ich bin noch viel nervöser als damals, habe Marianna zehn Tage lang nicht gesehen und verzehre mich nach ihr wie nie zuvor.

Ich warte. Blicke immer wieder auf die Uhr. Erst alle drei Minuten, dann jede Minute, schließlich ständig. Ich rufe sie an, aber das Handy ist ausgeschaltet. Ich warte den ganzen Nachmittag auf der Gloriette, doch sie kommt nicht.

Ich weiß nicht, welche Vorstellung schlimmer ist: dass ihr etwas passiert ist oder dass sie mich mit voller Absicht verlassen hat. Mit Mutters Geld. Mit meinem Herz. Einfach auf und davon.

Ich verbringe drei schlaflose Tage und Nächte, befinde mich in einer Art Trauerdelirium, ich kann nicht leben ohne sie, nie und nimmer. Ich habe ihre Nummer bestimmt eine Milliarde Mal gewählt, doch das Handy bleibt tot. Ich war nie bei ihr zu Hause, habe keine Adresse, finde unter ihrem Namen keine Auskünfte im Internet.

Ich muss sterben, das weiß ich jetzt.

Es klingelt an meiner Wohnungstür. Für einen kurzen Moment erwache ich aus meiner Ohnmacht, ein Funken Hoffnung treibt meine Beine an, mit einem Ruck reiße ich die Wohnungstür auf – doch vor mir steht nur meine unangenehme, alte Nachbarin, die mich missbilligend fixiert. »Geht's Ihnen nicht gut?«

Das kann man wohl sagen, du alte Schnepfe!, brüllt es in meinem Kopf, doch ich bleibe stumm.

»Ich meine ja nur«, geifert sie weiter. »Weil sich auf Ihrer Fußmatte schon die Zeitungen stapeln. Ich hab gedacht, dass Sie vielleicht verreist sind.« Wir blicken beide nach unten, auf den niedrigen Stapel zu unseren Füßen.

Ich wende mich ab und schmeiße die Tür zu.

Eine halbe Stunde später verlasse ich die Wohnung, die Zeitungen lasse ich auf der Fußmatte liegen. Ich habe einen Entschluss gefasst.

Die Polizisten, die mein Geständnis mit großem Interesse aufnehmen, bieten mir sogar einen Kaffee an, doch ich will keinen. Ich will nur noch leiden.

Ich erzähle ihnen, dass ich eine junge Schauspielerin angeheuert hätte, meine Mutter im Rollstuhl zu spielen, um mir auf diese Weise ein Alibi zu verschaffen. Ich werde Marianna nicht verraten, auf gar keinen Fall, ganz egal, wie groß ihr Verrat an mir gewesen ist. Die letzten drei Tage habe ich mit mir gerungen, wollte nichts anderes, als meinem Leben ein Ende setzen, aber die Wahrheit ist, dass ich zu feige dazu bin. Natürlich. Ich bin schließlich immer noch ich, der Unglücksrabe und Schwächling, auch wenn ich drei Monate lang der glücklichste Mensch der Welt gewesen bin und gedacht habe, ich könne Bäume ausreißen.

Nachdem ich das Geständnis unterschrieben habe, lassen mich die Polizisten allein im Verhörraum zurück. Einer ist so nett und legt die gestrige Zeitung vor mir auf den Tisch. Nach einer Weile fange ich zu blättern an. Mehr automatisch als interessiert.

Bis meine Finger auf einmal stocken und nervös zur vorigen Seite zurückblättern. Ein Schrei entfährt mir. Da ist ein Foto. Von meiner Marianna! In großen, reißerischen Buchstaben steht darunter:

Wer ist diese Frau?

Und während ich den kurzen Artikel zu dem Bild lese, hallt in meinem Kopf die Melodie *meines* Liedes wider.

Der Fall der etwa vierzigjährigen Frau, die am Mittwochnach-mittag im Tiergarten Schönbrunn von der beliebten Schönbrun-ner Panoramabahn erfasst und am Kopf schwer verletzt wurde, gibt immer mehr Rätsel auf. Wie die Behörden nun bekanntga-ben, wurde bei der Frau eine Reisetasche mit insgesamt 140.000 Euro gefunden. Mittlerweile hat die Wiener Jane Doe zwar ih-re Sprache wiedergefunden, doch scheint sie den Großteil ihres Gedächtnisses verloren zu haben. Sie spricht immer wieder von einem »Friedrich«, den sie ganz dringend finden müsse, weil er sich sicher schon große Sorgen um sie mache. Laut Personal der psychiatrischen Abteilung der Baumgartner Höhe hätte man das Gefühl, dass es für die Frau überlebenswichtig sei, »Friedrich« wiederzusehen. »Es zieht einem das Herz zusammen, wenn sie seinen Namen ausspricht. Wer auch immer dieser Friedrich ist, sie muss ihn sehr lieben«, so eine der betreuenden Kranken-schwestern.

Ich schlage die Zeitung zu und fange an zu singen: »Ana hat imma des Bummerl, ana muass imma verliern, i hab mei Lebn lang des Bummerl, weil i vom Glück a Stiefkind bin ...«

꘡ *Edwin Haberfellner* ꘡

Ruinös

Streit unter Eheleuten

»Urseeel! Ursula, wo bist du denn schon wieder? Komm zur Mami!«

Die blonde junge Frau zupfte nervös an den Zipfeln ihres Parkers herum und warf Heiner, der ein Stück abseits der Gruppe stand, einen hilflosen Blick zu. Als er nicht reagierte, bedeutete sie ihm unwirsch, zu ihr zu kommen. Er verzog das Gesicht, tat aber dann doch wie geheißen, wusste er doch nur zu gut, wie eingeschnappt Liesbeth sein konnte, wenn nicht umgehend geschah, was sie sich in den Kopf gesetzt hatte. Mit Heiners Laune stand es ohnehin nicht zum Besten. Das Geheimnis einer guten Ehe seien Kompromisse – ihre ewigen Predigten! Wien war aber kein Kompromiss gewesen. Er hatte gemeint, dass eine Fünfjährige weit mehr Spaß hätte, am Meer Sandburgen zu bauen anstatt im Hochsommer in einer glühend heißen Stadt Museen und Schlösser zu besichtigen. Aber Liesbeth hatte darauf bestanden. Kein Mensch hatte auch nur die Spur einer Chance, wenn sie sich etwas einbildete. Man müsse in Kindern so früh wie nur möglich die Liebe zur Kultur wecken. Mit fünf, so ein Quatsch, hatte Heiner gedacht, gesagt hatte er nichts.

»Heiner, komm bitte *sofort* her!«, rief Liesbeth.

»Was ist denn? Ich will nur schnell ein Foto von den Figuren des Brunnens machen. Das Licht ist gerade so schön.« Als er Liesbeths verzweifelten Gesichtsausdruck bemerkte, zuckte er mit den Schultern und trabte zu ihr hinüber.

»Was ist denn los? Du bist ja ganz blass. Ist dir schlecht? Zieh doch die Jacke aus, es ist schweineheiß hier.«

»Ursel ist weg.«

»Was?«

»Ja, eben war sie noch da. Hast du sie irgendwo gesehen?«

»Nein, aber weit kann sie ja nicht sein.« Heiner schaute sich um. Leute flanierten auf den Wegen zwischen den gepflegten Anlagen, im Hintergrund die imposante Silhouette des Schlosses Schönbrunn, Kinder liefen lärmend über den Kies, von Ursel aber keine Spur.

»Mein Gott! Wo ist das Kind denn schon wieder?!«, brummte Heiner. »Urseel! Ursel, wo bist du?!«

Die Leute der Gruppe drehten sich um und warfen ihm finstere Blicke zu.

Die Fremdenführerin unterbrach ihren Vortrag. »Noch irgendwelche Fragen?« »Ja, haben Sie unsere Tochter gesehen? Sie war eben noch hier … «, sagte Heiner lapidar. Liesbeth war den Tränen nahe.

Besorgte Gesichter. Die Teilnehmer der Tour, die fast alle wie Liesbeth und Heiner aus Deutschland kamen, begannen sofort Suchtrupps zu organisieren, die Stadtführerin, eine Studentin, tippte hektisch auf ihrem Handy herum.

»Na super, toll. Du läufst in der Gegend herum und währenddessen verschwindet unsere Tochter«, schimpfte Liesbeth.

»Ich glaube, ich spinne! Sie war doch die ganze Zeit bei dir, ‚bleib bei Mami, Papi hat sowieso keine Zeit für dich‘, deine ewige Stänkerei geht mir so was von ... Ach ich kann dir gar nicht sagen, wie du mich ankotzt.« Heiner knallte seinen Rucksack auf den Boden.

»Ich stänkere? Glaubst du, ich weiß nicht, dass du lieber mit deinen Kumpels herumhängst, als etwas mit deiner Familie zu unternehmen? Du bist nur mitgekommen, damit wir uns die ganze Woche lang dein griesgrämiges Gesicht ansehen müssen.«

»So ein Unsinn! Ich mache doch ohnehin immer gute Miene zum bösen Spiel. Und übrigens, eine Fünfjährige bei achtundzwanzig Grad Hitze auf eine Besichtigungstour mitzuschleppen ist verantwortungslos. «

»Entschuldigen Sie.«

Erst jetzt bemerkten die beiden, dass die junge Fremdenführerin neben ihnen stand.

»Ich habe die Polizei verständigt. Wo haben Sie denn ihre Tochter zum letzten Mal gesehen?«

»Na hier. Sie war die ganze Zeit bei mir, und plötzlich war sie weg«, rief Liesbeth. Dann lief sie, einer Eingebung folgend, zu dem riesigen Brunnen hinüber. Ein steinerner Gott, Neptun, wachte über das Wasser, seinen Dreizack in der Hand, unerbittlich. Eine Frauenstatue kniete, die Hände flehentlich zum Himmel erhoben, vor ihm. Aus einer kleinen Felseninsel spritzte eine Fontäne, die die grünliche Wasserfläche aufwühlte, sodass Liesbeth nicht auf den Grund des Beckens sehen konnte. Sie trippelte hilflos am Brunnenrand entlang und rief verzweifelt den Namen ihrer Tochter.

»Magst?« Der Mann hielt dem kleinen Mädchen ein Stück Waffel hin.

»Nein, danke.«

»Man hat dir wohl gesagt, dass du von Fremden nichts annehmen darfst?«

»Ja, das auch. Aber Mami meint, dass Süßigkeiten nicht gut für die Zähne sind. Wir essen auch kein Fleisch. Wir sind Vegaria.«

»Vegetarier, meinst du?«

»Ja, genau. Aber Papi gefällt das nicht so, der mag Fleisch und Süßigkeiten. Manchmal steckt er mir heimlich ein Bonbon oder Schokolade zu. Aber wenn Mami ihn dabei erwischt, dann streiten sie sich. Ich mag gar nicht, wenn die beiden streiten.«

»Streiten sie sich oft?«

»Ja, sehr oft. Manchmal höre ich sie auch, wenn ich schon im Bett liege, dann kann ich nicht schlafen.«

»Die sind schön deppert.«

»Was heißt ‚deppert'?«

»Entschuldige, du bist ja nicht von hier. Deppert sagt man eigentlich nicht. Ich meinte, dass man das nicht machen soll, sich streiten, und schon gar nicht vor den Kindern.«

»Hast du auch Kinder?«

»Ja, einen Buben, er heißt Thomas. Eben ist er acht geworden.«

»Ich kenne auch jemanden, der acht ist. Er wohnt im Haus neben uns, aber der ist blöd. Ich bin schon fünf.«

Der Mann nickte und starrte zu einer Baumgruppe hinüber, während sich das kleine Mädchen noch ein Stück Waffel aus der rosa Verpackung stibitzte, das neben dem Mann auf der Steineinfassung lag.

»Duu«, sie zupfte ihn am Hemdsärmel, »wie heißt du eigentlich?«

»Ich? – Ich bin der Franz. Und du?«

»Ich bin die Ursel.« Sie zog an ihrem gelben Kleidchen, das ein Stück über ihre blassen Beinchen hinaufgerutscht war, und machte ein sehr erwachsenes Gesicht.

»Du bist ein hübsches Mäderl«, sagte Franz und strich ihr über die Wange. Dann griff er in seine Hosentasche und holte ein Papiertaschentuch heraus.

»Dein Mund ist ja ganz mit Schokolade verschmiert. Warte, ich mach das weg.«

Bevor Ursel noch protestieren konnte, wischte er ihr vorsichtig über ihren kleinen rosa Mund. Sie drehte den Kopf weg.

»Halt still. Da ist noch was. Was würde deinen Mutter sagen, wenn sie das sähe?«

Widerwillig ließ ihn Ursel gewähren, streckte brav ihre kleine Zunge heraus und schleckte sogar ihre Lippen ab, als sie Franz dazu aufforderte.

»Bist du schon alt?«, fragte Ursel, als sie fertig waren.

»Wie man's nimmt. Achtunddreißig.«

»Das ist sehr alt, glaube ich.«

»Wo sind eigentlich deine Eltern?«, fragte Franz und schaute unruhig um sich.

»Die stehen irgendwo da drüben, bei dem großen Brunnen. Mir war langweilig und heiß, deshalb bin ich weggegangen. Aber hier, hinter diesem kaputten Haus, ist es schön schattig.«

»Das ist nicht kaputt. Das hat man absichtlich so gebaut.«

Ursel prustete los. »Wer baut denn so was?«

»Das war die Kaiserin Maria Theresia. Die wollte unbedingt auch so eine römische Ruine in ihrem Garten haben.«

»Wohnt die Kaiserin in dem großen Haus da unten?«

»Früher, ja. Aber sie ist schon seit über zweihundert Jahren tot. Schau, die zwei Figuren auf dem Felsen im Wasserbecken, der Mann und die Frau, die sollen die Flussgötter Moldau und Elbe darstellen.«

»Woher weißt du das?«

»Das habe ich auf der Uni gelernt. Ich hab mal Geschichte studiert.«

»Dann bist du also klug.« Franz senkte den Blick. »Nein, nicht sehr. Sonst würde ich jetzt nicht hier sitzen.«

Ursel sprang auf und warf ungeschickt den Kieselstein, mit dem sie die ganze Zeit gespielt hatte, in Richtung Wiesenhang. Dann strich sie ihr Kleidchen glatt und baute sich vor Franz auf.

»Bist du traurig? Du siehst traurig aus und hast noch gar nicht gelacht.«

Franz schaute sie verblüfft an. »Das hast du bemerkt? – Ja, ich bin sehr traurig. Du bist ein sehr kluges Mädchen.«

»Warum bist du denn traurig?«

»Mein Bub fehlt mir, der Thomas.«

»Wo ist er denn? Ist er bei seiner Mami?«

»Jetzt nicht, Gott sei Dank. Er verbringt die Ferien bei seinen Großeltern, den Eltern seiner Mutter.«

»Aber er kommt doch wieder nach Hause, oder?«

»Nicht zu mir, er wohnt nicht bei mir.« Franz seufzte.

»Warum nicht?«

»Weil seine Mutter das nicht will. Du musst wissen, seine Mutter und ich, wir sind geschieden. Seit der Trennung hab ich meinen Buben kaum mehr zu Gesicht bekommen«, sagte Franz mehr zu sich selbst als zu dem kleinen, blonden Mädchen mit den großen Augen.

»Und warum will sie das nicht?«

»Als wir noch verheiratet waren, haben wir uns oft gestritten. Ich sei gewalttätig, hat sie dem Scheidungsrichter gesagt. So ein Blödsinn. Sie war es doch, die mich bis aufs Blut gequält hat. Und einmal ist mir halt die Hand ausgerutscht. «

»Aber jetzt streitet ihr nicht mehr, oder?«

»Nein, jetzt nicht mehr.« Franz nahm Ursels kleine Hand. »Ist es nicht an der Zeit, zu deinen Eltern zurückzugehen? Sie suchen dich sicher schon.«

»Ich glaube nicht. Mami hört der Frau mit dem Stock und der Fahne zu und Papi fotografiert.«

Franz schüttelte den Kopf. »Es ist nicht gut, wenn du noch länger hier bei mir bleibst, glaub mir. Du musst jetzt zu deinen Eltern zurück.«

Ursel stampfte mit dem rechten Bein auf, dass ihr buntes Söckchen ein Stück weit über den Knöchel rutschte und kniff den Mund zusammen. »Ich will aber noch nicht. Erzähl mir etwas über diese Ruinen.«

»Also gut, aber dann musst du gehen, ja? Also, es gibt in Afrika eine Stadt, gleich überm Meer, wenn man in Italien ist. – Warst du schon einmal in Italien?«

Ursel schüttelte den Kopf »Weiß ich nicht. Erzähl weiter.«

»Diese Stadt hieß Karthago. Sie lag in der Nähe von Tunis, der Hauptstadt von Tunesien. Aber das kannst du noch nicht wissen. Die Römer hatten Streit mit den Karthagern. Cato, ein ganz wilder Streithansel, hat die römischen Senatoren dazu gebracht zuzustimmen, die Stadt anzugreifen. Die Karthager verloren den Krieg gegen das mächtige Römische Kaiserreich und wurden unterworfen. Das war vor mehr als tausendfünfhundert Jahren. Die späteren

Kaiser sahen dies als Zeichen für den Sieg der Monarchie. Auch Kaiserin Maria Theresia, die hier im Schloss wohnte, war unheimlich stolz darauf. Deshalb wollte sie auch so eine »Ruine von Karthago« in ihrem Garten stehen haben. Außerdem soll diese Ruine daran erinnern, dass man aus der Geschichte lernen kann und Vergangenes nicht vergessen soll. Die Steine da sind auch eine Warnung vor Sündenfall und Hochmut. Hochmut ist eine Sünde, musst du wissen. Für mich ist die Ruine aber mehr ein Symbol dafür, dass man, wenn der Feind nur hartnäckig genug ist, zumeist den Kürzeren zieht. Meine Ex jedenfalls hat es geschafft.« Franz vergrub sein Gesicht in den Händen.

»Du bist ja ganz schmutzig. Hast du dir wehgetan? – Du blutest ja am Finger. Du brauchst ein Pflaster.« Ursel zog an Franz' Handgelenk.

»Weinst du? Tut's so sehr weh? Dann musst du zum Doktor.«

»Nein, ich habe mich nicht verletzt. Das ist nicht mein Blut.«

»Bitte beruhigen Sie sich, Frau Schlömer.« Der großgewachsene Mann in Uniform hatte sich als Gruppeninspektor Lehner vorgestellt, aber das hatte die in Tränen aufgelöste Frau sicher bereits wieder vergessen. Seit einer Viertelstunde versuchte er »sachdienliche Hinweise« von der jungen Mutter zu bekommen. Er gab sich dabei größte

Mühe. Zwischen Weinkrämpfen und Wutanfällen, in denen sie ihren Mann beschuldigt hatte, nicht achtsam genug gewesen zu sein, und die österreichische Exekutive allesamt als unfähig bezeichnete, war es Lehner endlich gelungen, ein Foto der vermissten Ursula und eine Beschreibung der Sachen, die das Mädchen anhatte, zu bekommen. Mehrmals musste der Polizist das sich heftig streitende Paar zur Ordnung rufen.

»Man hat sie entführt, meine Kleine. Vermutlich hat man sie schon weggebracht, ich werde sie nie mehr wiedersehen.«

Der Gruppeninspektor versuchte die jungen Frau und ihren Mann, der hilflos hinter ihr stand, zu beruhigen und legte seine Hand auf ihre Schulter, sie aber schüttelte sie ab und funkelte ihn feindselig an.

»Ich glaube nicht, dass ihr etwas zugestoßen ist. Vermutlich hat sie sich nur verlaufen. Das Areal ist ziemlich groß. Ich habe schon Verstärkung angefordert. Die Männer werden jeden Moment hier sein«, sagte Lehner.

»Ja klar. Bei euch funktioniert ja alles so prächtig. Wenn ich nur an das arme Mädchen denke, dass jahrelang in einem Keller eingesperrt war. Wirklich toll, wie ihr das gemacht habt!«

Endlich trafen die Männer von der Suchmannschaft ein. Der Polizist war froh, dass er nun mit der aufgebrachten Frau und deren hilflosen Mann nicht mehr allein sein musste.

Er setzte die Kollegen ins Bild, stellte Heiner und Liesbeth eine Beamtin zur Seite, die sich um sie kümmern sollte, und teilte die Suchtrupps ein. Er war froh, als er endlich wieder im Freien war.

Ihr erstes Ziel war der Neptunbrunnen. Auf Lehners Anweisung war die Pumpenanlage für den Wasserfall abgestellt worden, sodass man nun auf den Grund des seichten Brunnens sehen konnte. Zentimeter für Zentimeter wurde der Boden abgesucht, ein Beamter balancierte am Rand des oberen Überlaufbeckens und hielt sich dabei am Bein der Statue eines scheuenden Pferdes fest, während die anderen durch die Anlage liefen und die Besucher befragten.

Lehner war zunächst ein paar Beamten den Zickzackweg zur Gloriette hinauf gefolgt, drehte aber kurze Zeit später wieder um und folgte einem schmäleren Pfad, der von hohen Laubbäumen gesäumt war. Vermutlich ist die Kleine nur weggelaufen, beruhigte sich Lehner, kein Wunder, wenn sich ihre Eltern immer so in den Haaren liegen. Andererseits gab es genug Verrückte, die sich an kleinen Kindern vergingen oder sie verschleppten. Lehner beschleunigte seine Schritte. Das Hemd unter seiner Uniformjacke war klatschnass. Die Wege kreuzten sich. Er entschied sich für den linken, der zurück zum Schloss führte. Nach ein paar Metern blieb er stehen, nahm seine Kappe ab und wischte sich den Schweiß von der Stirn. Dann rief er über Funk den Stand der Suche ab. Aber keiner der Trupps war fündig geworden. Irgendwo, hoch oben in den Bäumen, kreischte ein Vogel. Lehner kniff die Augen zusammen und starrte ins Dickicht. Da lag etwas unter den Bäumen. Zögernd ging er darauf zu.

Ursel schlüpfte unter der Absperrung hindurch und stand am Rande des Wasserbeckens vor der nachgebauten Ruine, das Papiertaschentuch in der Hand, mit dem ihr Franz den Mund abgewischt hatte. Sie bückte sich hinunter und streckte ihr kleines Ärmchen aus, doch das war zu kurz, um das Wasser zu erreichen. Also hockte sie sich hin und versuchte es neuerlich. Ein kleines Stückchen fehlte noch. Sie bückte sich nach vor, streckte sich. Ihre Knie zitterten. Plötzlich begann sie mit den Armen zu rudern, verlor das Gleichgewicht.

Franz riss sie zurück. »Sag mal, was machst du denn da?« Er hielt sie fest umklammert.

Er war ihr gefolgt, als sie hüpfend um die Ruine herumgegangen war, das Taschentuch wie eine Fahne in der Hand. Ein ungutes Gefühl hatte ihn beschlichen, er hatte gerade noch gesehen, wie sie durch die Absperrung geschlüpft und auf den Brunnenrand geklettert war, war zu ihr hingerannt und hatte sie gepackt und hochgerissen, gerade noch rechtzeitig, um sie davor zu bewahren, ins Wasser zu fallen.

»Nicht so fest drücken. Das tut weh. Lass mich runter!«, quengelte Ursel und strampelte mit den Beinen.

Aber Franz konnte sie nicht loslassen, er musste sie festhalten.

Wie er seinen Sohn hätte festhalten sollen, ihn nicht der Mutter überlassen, die ihn so gegen ihn aufgebracht hatte, dass er ihn nun nicht mehr sehen wollte. Aber so richtig schlecht war es erst geworden, als sie diesen neuen Freund angeschleppt hatte. Er hatte ihm gedroht, ihn windelweich zu schlagen, wenn er sich noch einmal bei seiner Exfrau blicken ließe oder versuchen würde, mit Thomas Kontakt aufzunehmen. Zur Bekräftigung hatte dieser Typ ihm seine Faust in den Magen gerammt. Sie war danebengestanden und hatte nur boshaft gegrinst. Das hatte mehr wehgetan als der Schlag.

Natürlich hatte er dennoch seinen Thomas wiedergesehen. Er hatte vor der Schule auf ihn gewartet, war mit ihm Eis essen gegangen oder hatte ihn auf einen Burger eingeladen. Aber irgendwann war Thomas nicht mehr mit ihm mitgegangen. Er hatte sich zunehmend seltsam verhalten, und als er ihn gefragt hatte, was los sei, hatte er gesagt, dass Mama ihm erzählt hätte, dass er, Franz, sie geschlagen habe, als sie noch zusammen waren. Thomas hatte ihm nicht geglaubt, als er beteuerte, dass ihm nur einmal, ein einziges Mal, die Hand ausgerutscht sei und es ihm unendlich leid tue, und war einfach weggelaufen.

Nach ein paar Monaten hatte es Franz dann nicht mehr ausgehalten. Er hatte seine Exfrau im Büro angerufen und sie um eine Aussprache gebeten, hatte gedroht, ihr Ärger zu machen, die Fürsorge einzuschalten, zu Gericht zu gehen. Er wusste nicht mehr, was er alles gesagt hat-te, um sie einzuschüchtern. Jedenfalls hatte sie schließlich eingewilligt. Ihre einzige Bedingung war gewesen, dass sie sich auf neutralem Boden trafen. Neutraler Boden, so ein Unsinn. Er hatte Schönbrunn vorgeschlagen, die Rö-mische Ruine, dort könnten sie ungestört reden.

Zum vereinbarten Zeitpunkt war er dann zur Ruine gekommen, hatte gewartet. Aber sie war nicht aufgetaucht. Plötzlich war ihr neuer Freund dagestanden. »Ich hab dir doch gesagt, dass du eine Abreibung bekommst, wenn du uns noch einmal belästigst«, hatte er gebrüllt. Dann hatte er ihn am Kragen gepackt und auf ihn eingeschlagen.

Franz hatte sich gewehrt, so gut es ging. Dass er dem Angreifer dabei das Nasenbein gebrochen hatte, war eher zufällig geschehen. Jetzt vollkommen außer Rand und Band, hatte dieser ein Messer hervorgeholt und »Jetzt bist du tot!« geschrien.

»Lass mich runter, du tust mir weh!«, schrie das kleine Mädchen in seinen Armen.

Franz sah das viele Blut, das dem Mann mit dem Mes-ser über das Gesicht lief, hörte die Frauenstimme, die im-mer wieder »aufhören, aufhören!« schrie und so klang wie die seiner Exfrau. Dann hatte er sich auf den Mann, der ihm verbieten wollte, sein Kind zu sehen, gestürzt, ihn geschlagen und getreten, ihm schließlich das Messer ent-rungen und zugestochen, immer wieder, bis er sich nicht mehr bewegte. Sie war einfach weggerannt. War sie die ganze Zeit über dagewesen? Hatte sie sich versteckt, um auszukosten, wie er verprügelt wurde? Sie hatte sich verrechnet.

Ein paar Minuten später war er zur Besinnung gekommen. Er hatte den Toten den Weg hinauf ins Unterholz geschleift. Dann war das kleine Mädchen aufgetaucht, gerade als er vor Moldau und Elbe kniete, um sich das Blut von Händen und Gesicht zu waschen. Ein kleines Mädchen. Thomas war auch einmal so klein und unschuldig gewesen, er hatte ihm Geschichten erzählt.

»Ich will zu meiner Mami!« Ursel weinte und schrie.

»Lassen Sie sofort das Kind los«, brüllte jemand hinter ihm.

Franz sah die Uniform, die Pistole, die auf ihn gerichtet war, und spürte, wie die kleinen Füße gegen seine Oberschenkel traten. Sein Thomas würde sich nie mehr mit ihm treffen wollen, jetzt würde er ihn hassen, jetzt hätte er ihn endgültig verloren.

»Du sollst das Kind runterlassen!«

Er setzte Ursel sanft ab und strich ihr über den Kopf. Dann ging er langsam auf die schiefen Mauern der Ruine zu, die den Anschein erweckten, als würden sie im Boden versinken. Davor stand der Polizist, mit der Waffe in der Hand.

»Bleib stehen! Du sollst stehen bleiben, sage ich.«

Ein lauter Knall zerriss die Luft. Der Beamte hatte einen Warnschuss abgegeben, aber Franz blieb nicht stehen. Sein Mund öffnete sich wie von selbst, er brüllte wie ein wundes Tier, dann rannte er los.

Das Projektil traf ihn in die Brust und riss ihn von den Beinen, er fühlte keinen Schmerz.

Ursel saß auf Liesbeths Schoß und bekleckerte ihr Kleidchen mit Himbeereis.

»Du darfst nie wieder weglaufen«, sagte Liesbeth unter Tränen.

Heiner nickte. »Auf keinen Fall, ist das klar?«

»Aber der Mann war doch nett. Er hat mir nichts getan. Er hat mir eine Geschichte erzählt. Von der Ruine und von einer Kaiserin.«

Heiner schüttelte den Kopf und ging hinüber zu Gruppeninspektor Lehner, der, käseweiß im Gesicht, bei einem Mann in dunklem Anzug stand.

»Sind Sie sicher, dass dieser Mann unserer Ursel nichts getan hat?«

»Ja, das bin ich. Ich glaube, ihre Tochter war nie in Gefahr.«

»Werden Sie ihn befragen?«

»Das geht nicht mehr, er ist noch an der Römischen Ruine gestorben.«

»Worum ging es denn überhaupt?«

»So viel wir wissen, um einen Streit zwischen ehemaligen Eheleuten. Um das Besuchsrecht für den gemeinsamen Sohn«, sagte der Mann im dunklen Anzug. »Es kam zu einer Auseinandersetzung, wobei der Kindesvater den

neuen Freund der Mutter getötet hat. Eine tragische Geschichte. Gescheiter, die Leute würden die Zeit, die sie mit
Streiten vertun, für ihre Kinder aufwenden.«

Heiner nickte und ging wieder zu Liesbeth und Ursel
zurück.

»Was hat er gesagt?«, fragte Liesbeth.

»Es war ein Streit unter Eheleuten«, antwortete Heiner
und legte ihr die Hand auf die Schulter. Liesbeth drückte
sie.

»Also, ich möchte in keinem Haus mit kaputten Mauern und ohne Dach wohnen«, sagte Ursel und lachte.

Pilzgeflecht

Tragödie in zwei Akten

Freunde, Hietzinger, Kameraden im Geiste! Wir sind hier, um unseren Gustav zu begraben. De mortui nihil nise bene, sagt der Lateiner. Aber mir geht es nicht darum, ihn zu loben, sondern ihm Gerechtigkeit widerfahren zu lassen.

Unsere Fehler bleiben uns ja über das Grab hinaus erhalten, aber unsere guten Seiten – die werden oft bald vergessen. So scheint es leider auch mit unserem Gustl zu sein. Noch nicht einmal unter der Erde, sagen schon manche, wie unser lieber Bruno zum Beispiel, dass der Gustl arrogant war. Sicher, der Bruno ist ein besonders Netter. Er konnte vielleicht mit Gustls Art nicht so gut umgehen. Aber seid doch ehrlich: Wenn in der Parteikasse Ebbe war, wer hat dann die Kohlen aus dem Feuer geholt? Der Gustl mit seiner Hofratswitwentour durch den Bezirk. Und war er damit nicht immer sehr erfolgreich? War das vielleicht arrogant? Stundenlang ist er bei den alten Frauen gesessen, hat staubige Keks gemampft und Blümchenkaffee getrunken und zugehört, wenn die Damen von ihren Nöten berichtet haben. Um ihnen dann zu versichern, dass wir die einzige Partei sind, die für Sicherheit und Ordnung im Bezirk sorgt und darauf schaut, dass die kriminellen

Elemente nicht hereinkommen. Dass das aber eben leider auch ein bisschen etwas kostet. Und schon sind die Sparbücher, die sonst dem Tiergarten zugutegekommen wären, in unsere Richtung gewandert. War das arrogant?

Also zu mir war er das nicht. Nein, er war mir ein treuer und verlässlicher Partner. Freilich ist das, was Bruno sagt, ernst zu nehmen, er ist schließlich ein wirklich feinsinniger und gebildeter Mann – einer unserer Besten. Aber auch auf unseren Gustl hat man sich verlassen können. Wenn einer von uns ein Problem hatte, ist Gustl sofort mit Rat und Tat zur Seite gestanden. Und hat auch von dem gesammelten Geld unbürokratisch etwas hergegeben, um jemandem unter die Arme zu greifen, der es verdient hat. Ich weiß, auch in dieser Angelegenheit findet Bruno, dass der Gustav arrogant war. Aber erinnert euch doch an die Vorstandssitzung, in der er gefragt wurde, ob er Bezirksparteiobmann werden wolle. Nein, hat er gesagt. Definitiv nein. Stattdessen hat er der Parteiführung sein Vertrauen ausgesprochen. War das arrogant? Ich weiß schon, was unser Bruno dazu sagen würde. Aber eigentlich sind wir hier, um uns an Gustav zu erinnern, und so hebe ich mein Glas, um mit euch auf ihn anzustoßen. Mit allen, auch mit dir, lieber Bruno ... ach, wo ist er denn?

Walter Absberger stand in der Garderobe vor dem Spiegel und richtete sich die Krawatte. Absolvierte die tägliche Pflichtübung, um sich auf den Tag einzustellen, Überraschungen schon morgens auszuschalten. Trotz seiner Vorkehrungen, dem Schicksal keine Chance zu lassen, ihn unvorbereitet zu treffen, nagten Sorgen an ihm, machten ihn klein und krumm, ließen ihn schlaflos im Zimmer auf und ab gehen. Das Sorgenmachen hatte sich seiner so bemächtigt, dass er sich manchen Tages statt in die Welt hinauszugehen, in seinen finsteren begehbaren Schrank setzte und dort blieb, bis sein Kopf leer war, eine trockene, hellbraune Sandwüste, ein glatter See, dessen Oberfläche nicht durch die kleinste Welle gekräuselt wurde.

Dabei machte er sich selten über sich selbst Sorgen. Es waren die anderen, deren Schicksale ihn bedrängten: seine Tochter, die den Falschen geheiratet hatte, seine Enkelin, die den Fehler der Mutter zu wiederholen schien, und die Partei. Immer und immer die Partei. Kaum hatten sich die Wogen einigermaßen geglättet, brodelte es an anderer Stelle, gleich einem Geysir, dessen Hitze sich in einer kochenden Fontäne entlud.

Wenn Walter eine Rede hielt, meinten viele, er extemporiere. Weil er nie einen Zettel benötigte, nicht einmal Stichwörter. Doch das stimmte nicht. Im Gegenteil. Kein einziges Wort war spontan dahingesagt. Walter schrieb jeden Satz zu Hause auf und las dann alles so lange durch, feilte und korrigierte, bis er sich sicher war, dass – zumindest formal – nichts dagegen einzuwenden war. Am Ende dieses langen Prozesses des Schreibens, Streichens, Neuformulierens konnte er die Rede auswendig. Früher hatte man Walters Rhetorik zu schätzen gewusst. Inzwischen sammelten sich in der Partei immer mehr Proleten statt aufrechter Kämpfer für die abendländischen Werte. Wenn er nur an die Kollegen in Favoriten dachte, wurde ihm schlecht. Aber auch die im Fünfzehnten waren nicht besser, inklusive seines über die Maßen dummen Schwiegersohns. Wo hatte Anna nur hingeschaut, als sie sich in diesen Stefan verliebte. Und musste sie den dann auch gleich heiraten und ein Balg in die Welt setzen? Lange hatte sich Walter gesträubt, Anna und das Kind überhaupt zu sehen. Ein Kind mit dem Namen Jessica! Das hatte sich sicher in Stefans Schwamm von Gehirn zusammengebraut. Ja, auch in Hietzing gab es inzwischen einige Cecelys und Emilys. Sie hatten auf dem Namenmarkt die Nadines und Nicoles verdrängt. Aber die Cecilys und Emilys konnte man wenigstens auch deutsch aussprechen und gegen eine Cäcilie hätte er nichts einzuwenden gehabt. Jessica hingegen – die gab es nur auf Englisch. Walter wechselte die Krawatte, wählte statt der grün-beige gestreiften eine dezent blaue, nahm den leichten Mantel und trabte hinaus, die Maxingstraße hinunter zum Hintereingang des Tiergartens. Beim Tirolerhof beschleunigte er. Da gab es nun auch so einen Bioladen, ein Geschäft, das zu horrend überteuerten Preisen Brot, Käse und Wurst verkaufte. Das war der Siegeszug der Grünen. An den Weltbolschewismus glaubte ja nun wirklich niemand mehr, aber die Umweltbewegten, die hatten es geschafft. Wie ein Myzel breitete sich ihre Ideologie über den ganzen Erdball aus, untergrub und durchsetzte alles andere. Mochten die Grünen in Österreich ein perspektivloser, lahmer Haufen sein, Bobos, wie man das heute so schrecklich nennt, die ihre Uniform der selbstgestrickten Pullover und Jeans oder violetten Schlabberhosen durch Anzug und Designerkostüm ersetzt hatten – weltweit waren es die Grünen, die den Ton angaben. Die die politische Korrektheit ins Spiel gebracht hatten. Und selbstverständlich hatten sie die Deutungshoheit darüber, was als korrekt zu gelten hatte. Mit dieser Punzierung hoben sie jedes Argument gegen Ausländer – und sei es noch so wahr und unwiderlegbar – aus den Angeln. In gewisser Weise kam sogar der Weltbolschewismus durch die grüne Hintertür wieder herein.

Walter zog ein Taschentuch heraus und wischte sich über die Stirn. Er musste sein Schäferstündchen mit der Philosophie beenden. Der unerquickliche Teil des Tages harrte seiner.

Als Walter die Tür zum Café auf der Gloriette aufdrückte, empfing ihn das bekannte babylonische Stimmengewirr. An manchen Tagen war kaum ein deutsches Wort zu hören. Aber diese Ausländer brachten dem Staat Devisen und verließen nach einer angemessenen Zeit das Land Richtung Heimat. Gut so.

Gustav saß an seinem üblichen Platz. Wie es ihm immer gelang, diesen Tisch zu ergattern, blieb rätselhaft. Walter vermutete Interaktionen mit der aschblonden Kellnerin. Hätte man seinen Stammplatz nicht gekannt, so hätte man nur schauen müssen, wo Kaffee mit Schlag und eine Mozarttorte standen. Auch heute hatte sich Gustav hinter seiner Jause verschanzt. Walter bestellte Apfelsaft und eine Buttersemmel, während Gustav bereits loslegte und seine ewige Litanei über die Plakate in den Schaukästen herunterleierte. Wie lieblos die aufgehängt würden, schief und faltig. Wenn überhaupt! Manche Bezirksräte schienen sich überhaupt nicht darum zu kümmern. Einige Schaukästen vermittelten den Passanten den Eindruck, dass noch Friedrich Peter Bundesparteiobmann wäre. Gustav hieb die Kuchengabel in die unschuldige Torte. Walter legte ihm die Hand auf den Unterarm, als sich die mittlere Tür öffnete und ein Mann in schwarzem Gewand und Sturmhaube hereinplatzte. Wie bei Dornröschen erstarrte plötzlich alles im Lokal, blieben die Kellner stehen, wo sie waren, die Wasser- und sonstigen Gläser vor den offenen Mündern in der Luft hängen. Der Mann kam an ihren Tisch, streckte den Arm aus, schrie: »Du Schwein!«, schoss.

Es war nicht der Anblick des Toten, den sah Walter gar nicht an. Es war die Kaffeetasse. Auf den sanften weißen Hügeln des Schlagobers schwammen Seen roten Blutes. Walter musste an Schneewittchen und die Spindel, mit der es sich in den Finger gestochen hatte, denken. Nie wieder! Nie wieder in seinem Leben würde er Kaffee mit Schlag trinken.

Die anderen waren inzwischen aus ihrem Dornröschenschlaf erwacht. Eine Frau am Nachbartisch schrie nach der Polizei, eine Kellnerin brüllte ins Telefon. Könnte bitte auch jemand die Heizung aufdrehen?

Augenblicke später füllten Sanitäter und Uniformierte den Raum. Zum Glück war Heinz auch dabei. Er nahm Walter am Arm, führte ihn nach draußen und begleitete ihn ein Stück. Offensichtlich nicht bis nach Hause, denn Walter erinnerte sich später, dass er allein war, als er nach dem Schlüssel kramte.

Zusammengekauert saß er auf dem Sofa. Er fürchtete sich vor Radio und Fernsehen. Vor jedem Laut und vor der Stille. Walter war weißer Jahrgang, hatte nie gedient. Was er immer bedauert hatte und jetzt erst recht. Vielleicht hätte ihn der Dienst mit der Waffe abgehärtet, unempfindlicher gemacht gegen die hässliche Fratze des Todes, die ihm nun aus allen Ecken und Enden entgegenstarrte. Eingehüllt in alle verfügbaren Decken wechselte er ins Schlafzimmer. Obwohl er in jedem Raum die Thermostate auf maximale Stufe gedreht hatte, blieb es kalt. Wahrscheinlich arbeiteten auch bei dieser Fernwärme nur mehr Ausländer, die anzurufen überhaupt keinen Sinn hatte, sie würden ihn ja doch nicht verstehen, irgendetwas daherreden von Übergangszeit und Mindesttemperatur. Als hätte man als alter Mann kein Recht auf eine warme Wohnung!

Abends kam Anna. Sie blieb aber nur kurz, musste rasch wieder nach Hause, um die liebeskranke Jessica zu trösten. Ihr Freund wurde abgeschoben. Gab es denn keine fleißigen, anständigen Burschen aus Österreich mehr?

Am übernächsten Tag stand Heinz mit einem jungen Kollegen vor der Tür. Er solle mit aufs Revier kommen. Walter musste seine Zeugenaussage machen. Warum hatten sie es so eilig? Walter hatte erwartet, dass Heinz Rücksicht auf seine Konstitution und die nervliche Zerrüttung nehmen würde. Passierte schließlich nicht jeden Tag, dass man direkt neben jemandem saß, der erschossen wurde.

Der Beamte, der das Protokoll aufnahm, war erwartungsgemäß nicht Heinz, sondern ein sportlicher Jungspund, der sich als Kommissar Mladen Radović vorstellte. Aha.

Er fragte ihn, ob er Klaus Stättermeyer kenne. »Ja«, sagte Walter, »das ist ein alter Freund von mir, warum fragen Sie mich das?«

»Haben Sie dieses E-Mail geschrieben?« Radović legte ein viertelseitig beschriftetes Blatt vor Walter auf den Tisch.

Walter warf einen Blick darauf. »Kann sein. Das ist meine E-Mail-Adresse. Ich verstehe das nicht. Ich dachte, ich bin hier, um meine Zeugenaussage zum Tod meines Parteifreundes ...«, Walter mühte sich, den Schleimknödel in seinem Hals in die Speiseröhre abzudrängen, » ... Gustav Kaiser zu tätigen.«

»Dazu kommen wir noch«, sagte Radović. »In diesem Mail geht es um Rezmije Morina und ihre Familie.«

»Der Name sagt mir jetzt nichts. Ich kann mich wahrlich nicht an jedes Mail erinnern, das ich jemals geschrieben habe.«

»Der Sohn von Rezmije ist Hamid Morina. Der ist Ihnen doch bekannt.«

»Wie, sagten Sie, heißt der? Hamid?«

»Jawohl, Hamid Morina.«

Walter spürte, wie seine Schultern nach vorn sanken, und richtete sich auf. »Ist dieser Hamid der, der Gustav ... getötet hat?«

»Nein«, sagte Radović. »Beantworten Sie meine Frage.«

»Die da wäre?«

»Ist Ihnen Hamid Morina bekannt?«

»Nein«, sagte Walter wahrheitsgemäß.

»Aber Sie wissen, wer er ist.«

Das Gespräch zog sich in die Länge. Er war so müde, und auch das Revier war nicht ordentlich geheizt.

»Das ist der Freund meiner Enkelin«, sagte er.

»Der gerade mit seiner Familie in den Kosovo abgeschoben wird.«

»Die hatten kein Aufenthaltsrecht«, sagte Walter.

»Man sagt, Sie sind nicht unumstritten als Bezirksparteiobmann«, sagte Radović und zog das E-Mail zu sich.

»Das ist niemand, der ein politisches Amt bekleidet«, antwortete Walter, verwirrt von dem plötzlichen Themenwechsel.

»Aber Sie werden nicht von den politischen Mitbewerbern kritisiert, sondern von Ihren eigenen Leuten.«

Walter hätte gern ausgespuckt. »Kennen Sie diesen Spruch nicht? Freund, Feind, Parteifreund?«

Radović legte den Kopf schief und zwinkerte. »Dann war Gustav Kaiser wohl einer dieser Parteifreunde? Es heißt, er wollte selbst den Parteivorsitz.«

»Ach, Gustav hatte nicht das Format für den Obmann, das wusste er – und alle anderen auch. Fragen Sie doch Bruno Wallner, was der von Gustav hielt. Bruno ist unser Kassier, hätte also allen Grund gehabt, Gustav zu mögen, immerhin war der ein eifriger Spendensammler. Leider hat er nicht nur das gesammelt, sondern auch ... Trophäen.«

»Wie meinen Sie das?«

Walter reckte das Kinn, kratzte sich am Hals. »Gustav war den Frauen besonders zugetan. Und sie ihm. Auch Brunos Frau mochte ihn sehr, wenn Sie verstehen ...«

»Sie meinen, Gustav Kaiser hatte ein Verhältnis mit Frau Wallner.«

»Hören Sie! Ich möchte das nicht besprechen. Gustav ist noch nicht einmal unter der Erde. Es gehört sich nicht, im Dreck zu wühlen. Das hat er nicht verdient. Wir machen alle Fehler.«

Radović lächelte. »Die Affäre mit Frau Wallner ist uns bekannt«, sagte er mit der Kälte, die die kriegsgeschüttelten Balkanvölker auszeichnet.

»So, das wissen Sie? Dann frage ich mich, warum ich hier auf diesem Stuhl sitze und wie ein Schwerverbrecher behandelt werde, und nicht Bruno.«

Radović beugte sich zu ihm: »Weil Sie es waren, der vor einigen Monaten im Gymnasium Dieffenbachgasse gewesen ist.«

»Ja, und? Dort geht meine Enkelin zur Schule. Wahr-scheinlich habe ich sie abgeholt.«

»Mag sein. Jedenfalls haben Sie an diesem Tag Selim Morina getroffen. Hamids jüngeren Bruder. Der ist näm-lich mit Jessica in der gleichen Klasse. Und Sie haben ihm gesagt, dass Gustav Kaiser die Abschiebung der gesamten Familie veranlasst hat. Obwohl Rezmije Morina gerade eine schwere Krebserkrankung überwunden hat und das jüngste Morina-Kind mit Downsyndrom geboren wurde, weshalb die Familie unter allen Umständen hierbleiben will, weil es im Kosovo keine Infrastruktur für Behinder-te gibt.«

Walter zog die Hemdsärmel weiter herunter.

»Und vor ein paar Wochen waren Sie wieder an der Schule: um Selim zu sagen, dass die Dienstleistung sei-ner Mutter, die sie für den unersättlichen Herrn Kaiser er-brachte, leider nicht reichte und sie trotzdem abgeschoben werden.«

»Ja«, sagte Gustav und schlug mit der Faust auf den grauen Bürotisch, dass der Computer wackelte, »wenn Sie alles wissen, dann sage ich es Ihnen: Ja, ich habe ihn getroffen und ihm gesagt, dass Gustav genug von seiner ausländischen Geliebten hat und sie abschieben lässt. Ich habe ihm aber auch versprochen, dass ich mit Gustav re-den werde. Das war doch der Sinn unseres Treffens in der Gloriette.« Klug! Das war klug pariert.

Radović hauchte seine Brille an und setzte sie wieder auf. »Das war nicht der Grund für das Treffen!« Er schleuderte das E-Mail über den Tisch. »Sie haben die Familie ja selbst bei Ihrem Freund Stättermeyer von der Fremdenpolizei denunziert. Sie waren vorgestern auf der Gloriette, um Ihrem Parteifreund Gustav Kaiser den Judaskuss zu geben!«

Walter sank schwer atmend zurück. Das grüne Myzel war aus dem Untergrund hervorgekrochen, hatte ihn überwuchert und erstickte ihn langsam und gnadenlos.

☙ *Günter Neuwirth* ☙

Der Dachschaden

Die Höhenflüge des Herrn Spengler

Solange das Wetter verrückt spielte, dachte Antonia Kniepeiss, durfte man von den Menschen auch nichts anderes erwarten. Und verrückt gespielt hatten sie, die lieben Kollegen, die sie um halb sechs Uhr in der Früh aus dem Bett gejagt hatten, anders konnte sie sich die unzusammenhängend gestammelten Sätze am Telefon nicht erklären.

Vorgestern hatte der April Temperaturen erreicht, die einem ein kühles Glas Weißwein in einem schattigen Gastgarten mehr als nahegelegt hatten, gestern waren Regenfälle über Wien niedergegangen, die auch dem alten Noah ein klein wenig Nervenflattern verursacht hätten, und heute Morgen schien sich die alte Stadt in ein Nebelkleid hüllen zu wollen, welches zu hektischer Betriebsamkeit der Lebensmüden am Alberner Hafen führen würde. Scheiß Klimawandel, da musste man ja durchdrehen, dachte Antonia und bog von der Schönbrunner Schlossstraße auf das Areal des ehrwürdigen Schlosses.

Ein Wachmann hielt sie an, Antonia Kniepeiss versenkte das Fenster nur einen Spalt und knurrte ein düsteres »I bin de Kieberei«. Der Mann winkte sie schnell durch.

Frau Chefinspektor Kniepeiss schälte sich mühsam aus ihrem Wagen. Sie hatte bei der Anschaffung des Autos auf eine hohe Sitzposition Wert gelegt, sie war nicht mehr die Jüngste, und selbst wenn sie gewohnt war, mit einhundert Kilogramm durch das Leben zu gehen, aus einem tiefgelegten *Tschapperlauto,* wie sie manche Fahrzeuge gerne nannte, würde sie nur mithilfe einer Seilwinde aussteigen können.

Ihr Adjutant Werner Muhr kämpfte sich durch die Nebelschwaden auf sie zu.

»Guten Morgen, Chefin.«

Nach drei Jahren bei der Kriminalpolizei war Muhr immer noch der Meinung, mit guter Laune, gesundem Frühstück und regelmäßigem Stuhlgang könne dem Verbrechen im Land auf den Pelz gerückt werden. Antonia sah zwei Möglichkeiten für den weiteren Verlauf des Lebens und der Karriere ihres jungen Mitarbeiters, entweder würde er der frohsinnigste Polizeipräsident aller Zeiten werden oder nach drei weiteren Jahren als Kriminalpolizist mit einem bombastischen Burn-out im Sanatorium stranden.

»Also, Muhrli, was liegt an?«

Muhr hob sein Notizbuch vor seine Augen und berichtete gewissenhaft.

»Die männliche Leiche wurde von einem Nachtwärter um vier Uhr zweiunddreißig gefunden. Er hat gleich Alarm geschlagen. Sehr gewissenhafter Mann, wenn ich sagen darf. Als wir eingetroffen sind, war er kaum alkoholisiert, nur sein Hosentürl war ...«

»Keine Nebensachen, wenn ich bitten darf.«

»Ja, also, das Opfer heißt Stanislaus Spengler. Der Mann war einundsechzig Jahre alt und Inhaber mehrerer Firmen.«

»Das weißt du schon?«

»Hab seinen Führerschein gesehen und gleich in der Datenbank gegraben.«

»Wo liegt die Leiche?«

»Im Dach. Eigentlich im Dachstuhl. Genauer auf einem Dachbalken im Dachstuhl.«

Antonia zog ihre Augenbrauen hoch.

»Auf einem Dachbalken von Schloss Schönbrunn? Wie zum Teufel kommt er da hin?«

»Na ja, von oben. Sehen Sie das Loch im Dach?«

»Bei dem Nebel seh ich gar nix.«

»Alles Gute kommt von oben.«

»Muhrli, spar dir deine Witze, ich lache um die Zeit grundsätzlich und zu deinen Witzen schon gar nicht. Er ist also aus den Wolken gefallen, durch das Dach gebrochen und hat sich um einen Balken gewickelt. Korrekt?«

»Korrekt.«

»Will ich sehen.«

Muhr räusperte sich verlegen.

»Was ist jetzt?«, knurrte Antonia.

»Äh, Chefin, in den Dachstuhl kommt man nur, wenn man über eine freistehende Leiter fünf Meter hochsteigt.«

»Und? Wo ist das Problem?«

Muhr warf einen verschämten Blick auf Antonias kolossale Hüften.

»Na jaaa ...«

»Muhrli, wenn ich dir nicht auf der Stelle das Schlüsselbein brechen soll, dann steigst du mit mir in den Dachstuhl, und zwar pronto. Aber du gehst voraus, damit du mir nicht unter den Rock schaust. Spanner!«

Antonia schaffte es nur unter unsäglichen Mühen, ihre angeborene Höhenangst zu überwinden und die Leiter hochzusteigen. Die Holzsprossen knarrten zwar unter ihrem Gewicht, hielten aber stand. Das Team der Spurensicherung war schon rege an der Arbeit. Antonia und Muhr standen auf dem Dachboden und schauten knapp drei Meter in die Höhe zu einem massigen Querbalken der Dachkonstruktion. Wenn man bedachte, dass der Balken irgendwann im siebzehnten Jahrhundert aus einem Wald geschlagen und in den Dachstuhl gesetzt worden war und seitdem in aller Ruhe die Jahrhunderte an sich vorbeiziehen hatte lassen, dann war so ein letaler Bauchfleck eines freifallenden Mannes mittlerer Größe und mittleren Gewichts ein wirklich unvorhersehbares Ereignis. Antonia blickte um sich und sah die Trümmer des durchgeschlagenen Daches und eine Blutlacke. Dann schaute sie nach oben zum Loch.

Navratil, der Chef der Spurensicherung, trat in seiner Arbeitskleidung neben Antonia.

»Morgen, Toni.«

»Morgen, Stefan.«

»Mal was anderes.«

»Man lernt nie aus.«

»Den hat's ordentlich zerlegt. Also ich meine, er ist äußerlich ganz geblieben, wie du siehst, aber innerlich, frage nicht.«

»Wie schnell muss einer sein, um so einzuschlagen?«

»Hundert. Vielleicht hundertzwanzig.«

»Schade, jetzt können wir nicht einmal ein Strafmandat wegen Geschwindigkeitsübertretung im Stadtgebiet ausstellen«, warf Muhr mit gewagtem Lächeln ein.

Antonia und Navratil warfen dem jungen Polizisten vernichtende Blicke zu. Dieser verzog den Mund und hob entschuldigend die Hände.

»Das heißt, er hat eine gewisse Höhe beim Absprung oder Abwurf gehabt.«

»Auf jeden Fall. Ich werde das noch genauer ausrechnen und dir dann Bescheid geben.«

Antonia schaute noch einmal zum Loch im Dach und dann zu den herumliegenden Trümmern.

»Er ist nicht seitwärts eingeschlagen, sondern senkrecht. Also kein Düsenjet.«

»Düsenjets kann man während des Fluges normalerweise gar nicht öffnen. Eher ein Hubschrauber oder ein Heißluftballon, was aber nachts unwahrscheinlich ist.«

Antonia wandte sich an Muhr.

»So, Muhrli, damit du heute noch etwas Sinnvolles arbeitest. Du kontaktierst die Flugsicherung und lässt dir

alle Starts und Landungen von Hubschraubern und Klein-
flugzeugen in der letzten Nacht geben.«

»Ist klar, Chefin. Bin schon unterwegs.«

»Will ich auch hoffen.«

Muhr eilte los und kletterte die Leiter hinab.

»Eines ist gut«, sagte Antonia zu Navratil.

»Und zwar?«

»Dass er den alten Balken nicht durchbrochen hat.
Stell dir vor, das halbe Dach stürzt ein. Schloss Schön-
brunn mit Dachschaden. Eine touristische Katastrophe.
Krieg ich hier irgendwo ein vernünftiges Frühstück?«

Frau Chefinspektor Kniepeiss saß an ihrem Schreibtisch,
hatte eine Serviette über die Tastatur ausgebreitet und
rieb sich die Hände. Meine Güte, der Magen spielte schon
verrückt. Es war zehn Uhr vormittags, und erst jetzt fand
sie Zeit für ein Frühstück. Das war der Nachteil ihres Be-
rufes, genaue Bürozeiten waren ein Fremdwort, und essen
musste man, wenn man Zeit dazu fand. Jetzt zum Beispiel.
Der Kaffee dampfte in der Kanne, die Topfenkolatsche,
das Salzstangerl mit Gouda, Gurkerl und Mayonnaise, die
Schnitzelsemmel und die zwei Krapfen warteten begierig
darauf, von ihr verschlungen zu werden. Womit beginnen? Sie wiegte in seliger Erwartung den Kopf.

Es klopfte an der Tür. Antonia verzog den Mund. So
dynamisch klopfte nur einer.

»Besetzt!«, brüllte Antonia durch die geschlossene
Tür.

Woraufhin diese aufschwang und den wie immer unter detektivischem Strom stehenden Jungpolizisten Werner Muhr eintreten ließ.

»Chefin, ich habe jetzt die komplette Liste mit den Flügen der letzten Nacht.«

Muhr beamte sich von der Tür auf den Stuhl vor ihrem Schreibtisch und gaffte sie mit großen Augen an. Antonia sagte nichts, sie starrte ihn nur mit kalten Knopfaugen an. Plötzlich rutschte Muhr auf dem Stuhl hin und her.

»Äh, was habe ich jetzt wieder falsch gemacht?«, fragte er verlegen.

»Alles.«

»Was, alles?«

»Na, alles. Du bist geboren worden. Du bist Polizist geworden. Du bist an meinem Büro nicht vorbeigegangen. Du hast angeklopft. Du bist hereingekommen. Du hast dich vor mich hingesetzt. Du atmest dieselbe Luft wie ich. Das sind genug Fehler für die nächsten drei Wochen.«

Muhr lachte auf.

»Jetzt, wo Sie es sagen, Chefin, fällt es mir wieder ein. Kann ich in drei Wochen Urlaub haben?«

»Wie lange?«

»Eine Woche.«

»Nur so kurz? Wie wäre es mit fünfzehn Jahren glänzender Abwesenheit?«

»Eine Woche sollte reichen. Die Jenny und ich wollen heiraten.«

Antonia biss herzhaft in das Salzstangerl.

»Die Arme. Also!«

Muhr riss sich aus den pikanten Antizipationen seiner baldigen Hochzeitsnacht.

»Äh, also, ja. Was haben wir da? Genau. Fünfmal ist ein Rettungshubschrauber gestartet. Die haben aber unterwegs keine Leute verloren. Ein Privatflugzeug aus Genua ist um zwei Uhr siebzehn in den Luftraum von Wien eingeflogen. An Bord waren ein italienischer Unternehmer, dessen PR-Manager und der Pilot. Alle drei putzmunter. Um drei Uhr achtundvierzig ist vom Flughafen Schwechat ein Hubschrauber mit drei russischen Sprengstoffexperten in Richtung Kiew losgeflogen. Keiner von denen ist abgängig. Jetzt kommt's. Um ein Uhr sechsunddreißig ist ein Hubschrauber eines Flugtaxiunternehmens von einem privaten Grundstück in der Nähe vom Lainzer Tiergarten aus hochgestiegen. Weder Pilot, noch Mieter des Hubschraubers waren bisher telefonisch zu erreichen.«

Antonia nickte bedeutungsschwer.

»Das klingt nach einer Spur.«

»Knöpfen wir uns die zwei vor?«, fragte Muhr voll freudiger Erwartung künftiger polizeilicher Heldentaten.

»Nein. Wir warnen Sie vor der Polizei und schauen zu, wie sie sich nach Südamerika absetzen. Dann geben wir einen internationalen Haftbefehl aus und warten auf die nächste Gehaltserhöhung.«

Muhr machte ein enttäuschtes Gesicht. Antonia rollte mit den Augen.

»Du kriegst keine Gehaltserhöhung, Muhrli. Dein Gehalt wird im Gegenteil wegen chronischer Schmähfreiheit drastisch gekürzt.«

Auf den Schlag lächelte Muhr souverän.

»Ich habe eh gewusst, dass Sie einen Schmäh machen, Chefin. Jetzt hab ich Sie aber fesch reingelegt.«

Antonia nickte Muhr anerkennend zu und griff zum Taschenmesser und zur Topfenkolatsche. Sie schnitt eine Ecke davon ab und reichte sie Muhr. Der das winzige Stück enttäuscht beäugte.

»Greif zu, Muhrli, sonst ist es mit meiner Großzügigkeit gleich wieder vorbei.«

Also nahmen die beiden ihr gutes Frühstück.

Die Sekretärin musterte die zwei seltsamen Gestalten, die eben ihr Büro betraten, von Kopf bis Fuß und präsentierte eine von Geringschätzung, Blasiertheit und Abscheu geprägte Miene. Traten doch tatsächlich eine Frau in der Form eines Öltanks und ein junger Mann mit dem Teint eines in die Höhe geschossenen Klassenprimus in ihr Blickfeld. Wie unpässlich. Antonia kannte diese Art von Menschen, denen die Natur mit einem gefälligen Äußeren unter die Arme gegriffen, bei der Ausstattung mit Hirn- und Charaktersubstanz aber strikt auf Einsparungspotenziale geachtet hatte. Leute, die Antonia normalerweise noch vor dem Frühstück verputzte. Dick und Doof sind gekommen, das las man in der Miene der Sekretärin. Antonia hob grußlos ihre Handtasche auf den

Schreibtisch und packte umständlich aus: ein Achseldeo in der praktischen Sprühflasche ohne Treibgas, eine halbe Schnitzelsemmel, eine halbgefüllte Packung mit Munition neun Millimeter Parabellum, ein Sudokubuch, ein Notizbuch und zwei ungebrauchte Kondome, eines verpackt, eines nicht. Die Sekretärin wurde ganz bleich um die Nase.

»So, jetzt hab ich die Dienstmarke. Immer ganz unten, das Drecksding. Also. Kriminalpolizei. Ich will zu deinem Chef, Pupperl. Pronto.«

Die Sekretärin hob indigniert die Hände, um sich ja nicht mit dem Zeug aus der Handtasche die makellos manikürten Finger schmutzig zu machen.

»Der Chef telefoniert gerade und darf nicht gestört werden.«

Antonia war froh, sich zuvor in der engen Aufzugkabine zurückgehalten zu haben, wahrscheinlich wäre ihr schnuckeliger Begleiter Muhr in die Knie gegangen, jetzt aber sah sie keinen Grund zur Zurückhaltung. Sie furzte. Und angesichts ihres respekteinflößenden Klangvolumens auch weithin vernehmbar. Na ja, das Frühstück eben. Und gestern Abend die Linguini mit dem Bohnensugo. Das Aroma verbreitete sich in alle Winkel des Zimmers. Die Sekretärin drohte zu kollabieren.

»Wenn du jetzt nicht sofort deinen Chef informierst, garantiere ich für nichts.«

Erfreulich, wie schnell manche Menschen von guten Absichten zu überzeugen waren. Die Sekretärin griff zum

Hörer des Tischtelefons. Vinzenz Pechstein hob nicht ab.
Unter lebhafter Aufmunterung durch Antonia erhob sich
die junge Frau und klopfte an die Tür. Keine Reaktion. Die
Sekretärin zeigte ein durch das Make-up klar erkennbar
verdutztes Gesicht.

»So, jetzt gehst zur Seite, Pupperl. Das ist eine Amts-
handlung.«

Damit schob Antonia die Frau unwirsch zur Seite, öff-
nete die Tür und machte drei Schritte in das geräumige
Büro im vierzigsten Stockwerk eines dieser in den letzten
Jahren aus dem Boden gestampften, in den Himmel wachsenden Hochhäuser am Donauufer. Muhr trat neben sie.
Antonia stemmte ihre Hände in die Hüften und ließ den
Blick kreisen. Ein ausladender Schreibtisch mit Alubeinen
und Arbeitsplatte aus beheiztem Marmor dominierte den
Raum. Antonia hatte vor kurzem in einer Schickimicki-
Illustrierten das Inserat eines Schweizer Designbüros entdeckt und wusste Bescheid. Marmorplatten waren der ab-
solute Trend unter den geltungsbewussten Topmanagern,
und damit sich die Helden der Arbeitswelt keine Schleim-
beutelentzündungen in den Ellbogen holten, musste der
zu emotionaler Kälte neigende Marmor elektrisch beheizt
werden. Das Ding kostete mindestens das Jahresgehalt einer ehrlichen Chefinspektorin aus dem einfachen Volk.
An der Wand hingen die Scheußlichkeiten der derzeit ge-
raden hippen Maler der Stadt, und der spiegelglatt polierte
Parkettboden ließ ahnen, dass nur die besten Edelhölzer
eines zur Sandwüste verwandelten ehemaligen javani-

schen Regenwäldchens verarbeitet worden waren. Kostenpunkt: uninteressant.

»Jetzt schau dir das Schlamassel an, Muhrli. Der Architekt hat ein Millionenhonorar eingestreift, dass er den Wolkenkratzer mit einer Klimaanlage ausrüstet, und trotzdem haben die Pfuscher am Bau ein Fenster eingebaut, dass man öffnen kann. Mist.«

Muhr kratzte sich nervös am Hals.

»Was machen wir jetzt, Chefin?«

Antonia blickte über ihre Schulter zur hyperventilierenden Sekretärin.

»Zuerst schmeißt du mal das Mädel raus. Hab keine Interesse an einer Mund-zu-Mund-Beatmung. Da kriegt man ja Lippenstiftvergiftung.«

Muhr schob die junge Frau aus dem Chefbüro und schloss die Tür.

»Sollen wir die Feuerwehr rufen?«, fragte er.

Antonia wiegte den Kopf.

»Wird sich fast nicht vermeiden lassen. Und während du telefonierst, werde ich mal ein kleines Plauscherl halten. Stell mir da einen Sessel zum Fenster, damit ich draufsteigen kann. Aber einen soliden, verflixt noch mal!«

»Ist klar, Chefin.«

Während Muhr losflitzte, trat Antonia an das offenstehende Fenster und beugte ihren Kopf hinaus. Der Wind war lebhaft, aber nicht sehr stark. Zum Glück. Bei starken Böen hätte es wohl den auf dem schmalen Fenstersims stehenden Inhaber einer todschicken Veranstaltungsagentur schon in die Tiefe geweht. Vierzig Stockwerke. Antonia wagte nur einen kurzen Blick in die Tiefe. Schlagartig wurde ihr schwindelig. Ihre Wohnung lag im zweiten Stock eines Gemeindebaus aus der Zwischenkriegszeit. Das war hoch genug für ihren Geschmack.

»Guten Tag, Herr Pechstein. Na, alles leiwand bei Ihnen?«

Vinzenz Pechstein stand am Ende des Fenstersimses und presste sich mit dem Rücken an die Glasscheibe. Er bewegte sich nicht, seine Miene zeigte nackte Panik, Flecken an der Innenseite der Hosenbeine des hellgrauen Businessanzuges ließen ahnen, dass der einverleibte Vormittagskaffee schon einen Weg ins Freie gefunden hatte. Der Mann reagierte auf die Frage nicht.

»Tschuldigen schon, der Herr, war nur eine rhetorische Frage.«

Muhr kam angelaufen und stellte einen stabilen Holzstuhl an das Fenster. Antonia stützte sich auf die Schulter ihres in Fitnessfragen stets kompetenten Mitarbeiters und hievte sich auf den Stuhl. Sie zwinkerte ihm anerkennend zu und lehnte ihren von Gott mit Fülle gesegneten Busen zum Fenster hinaus. Vierzigster Stock!

»Na, so ein wunderbares Wetter. In der Früh hat der Nebel alles zugedeckt, aber jetzt scheint pipifein die Sonne. Und mild ist es geworden. Sehr schön.«

»Ich ... ich habe ...«

Antonia zog hoffnungsfroh die Augenbrauen hoch. Die Kontaktaufnahme hatte also geklappt.

»Was haben Sie, Herr Pechstein?«

»Eine Sonnenallergie.«

Antonia winkte ab.

»Wurscht, wir sind ja jetzt eh im Schatten.«

Ein kurzer Blick über die Schulter ließ sie wissen, dass Muhr sein Programm abspülte, er beendete eben ein Telefonat und zeigte ihr den emporgestreckten Daumen. Die Feuerwehr und Verstärkung aller Art waren also unterwegs. Braver Bursche, wenn es eng wurde, war er fix. Antonia beschloss, ihn heute noch in den Eissalon auf einen Erdbeerbecher mit extra viel Schlagobers einzuladen.

»Also, Herr Pechstein, bevor da alles schiefgeht, erzählen Sie mir einmal, warum Sie just da draußen einen auf intensives Naturerlebnis machen.«

»Wer sind Sie überhaupt?«

»Chefinspektor Kniepeiss mit Verlaub.«

»Können Sie sich ausweisen?«

»Aber ja. Kommen Sie, hüpfen Sie wieder durch das Fenster rein, dann zeige ich Ihnen meine Dienstmarke. Und auch sonst alles, was Sie wollen. Ich bin ja nicht so spröde, wie mein Beruf vermuten lässt.«

Antonia biss sich auf die Lippen. Nur keine Andeutungen von Hüpfen, Springen und Segeln.

»Ich habe den Stani nicht töten wollen.«

»Das habe ich mir schon gedacht. Also, was ist vorgefallen?«

»Ich kenne den Stani ja noch aus der Volksschule. Und im Gymnasium waren wir auch in der gleichen Klasse. Nach dem Nachmittagsturnen haben wir gemeinsam beim Kellerfenster in die Mädchendusche gespechtelt. Er hat immer so gute Ideen gehabt. Also früher, meine ich, in den letzten Jahren nicht mehr so.«

»Hören Sie, Herr Pechstein, ich brenne darauf, alle schmutzigen Geschichten aus Ihrem und Herrn Spenglers Leben zu erfahren, weil die sauberen Geschichten eignen sich vielleicht für das Vorabendprogramm, aber alte Walrösser wie mich kitzelt das gar nicht. Weil ehrlich gesagt weiß ich nicht, warum ich nicht schon längst mein Frühstück vierzig Stockwerke in die Tiefe gespieben haben. Bin nicht schwindelfrei.«

Sie biss sich wieder auf die Lippen. Vinzenz Pechstein wankte ein wenig in seiner prekären Lage. Antonia flossen Bäche von Schweiß über die wohlgerundete Rückenlinie.

»Seine Ideen sind immer verrückter geworden. Zuletzt wollte er, dass ich ihm für sein neues Projekt Geld vorschieße. Er war völlig pleite. Sein ganzes Vermögen hat er mit seinen verrückten Ideen verpulvert.«

»Na, was war das denn für ein Projekt?«

»Der irre Kerl wollte den Park von Schloss Schönbrunn kaufen und auf dem Gloriettehügel eine Skisprungschanze bauen. Im Winter hätten dort Weltmeisterschaften stattfinden sollen. Er hat gerechnet, dass ein Sprungwettbewerb in den Neptunbrunnen hunderttausende Wiener anlocken würde. Sie wissen schon, die Wiener schauen immer gern zu, wenn sich andere die Knochen brechen. Und im Sommer sollte die Sprungschanze für Skateboardfahrer geöffnet werden. Er wollte mir den Park von Schönbrunn unbedingt bei Nacht aus der Luft zeigen. Nur so könne ich seine Idee verstehen, hat er gesagt. Also habe ich das Hubschraubertaxi angerufen.«

»Verstehe. Und beim Rundflug sind Sie so ein bisschen mit dem Stani zusammengekracht.«

»Na ja, wir haben halt ein wenig getrunken, also eigentlich wie deppert gesoffen, und der Alkohol hat den Stani immer ein bisschen lebhaft gemacht. Als ich ihm gesagt habe, dass ich das Projekt für einen ausgesprochenen Schmarren halte, und ihm überschlägig vorgerechnet habe, was der Bau an Schmiergeldern an die Stadtregierung und das Bundesdenkmalamt kosten würde, ist er ausgerastet und hat herumgeschrien. Was ich für ein Hundianer sei, der alte Haberer im Stich lasse, der keinen unternehmerischen Weitblick habe.«

»Und im Streit kam's dann zu Handgreiflichkeiten.«

»Der Spinner hat mich geboxt und wollte mich mit bloßen Händen erwürgen. Da habe ich ihn weggestoßen. Blöd ist es halt hergegangen, sehr blöd. Er hat die Seitentür nicht ordentlich zugemacht. So war der Stani, immer voller Ideen, aber schusselig bis zum Gehtnichtmehr. Just in dem Moment hat der Pilot eine Kurve gedreht. Da ist der Stani rausgefallen.«

Antonia bemerkte mit steigendem Unwohlsein, wie der Mann weiche Knie bekam und langsam in sich zusammensackte. Sie blickte hinter sich. Muhr stand da und raufte sich die Haare.

»Muhrli«, fauchte Antonia gepresst, »lass sofort dein Haupthaar in Ruh, das wird dir schon noch früh genug ausfallen, und reich mir unverzüglich den Regenschirm dort drüben.«

Muhr flitzte los und holte einen dieser extra schick geformten Regenschirme aus leichten und doch strapazierfähigen Alustäben, unverwüstlicher Perlonbespannung und dem Emblem einer internationalen Luxusmarke. Antonia lehnte sich wieder aus dem Fenster und hielt den Regenschirm parat.

»Ich habe das nicht gewollt. Ich habe doch den Stani gern gehabt. Stimmt schon, er war ein verrücktes Hendl, aber gern hab ich ihn trotzdem gehabt. Mein alter Freund.«

Der Mann brach in Tränen aus.

»So, Herr Pechstein, jetzt ist langsam Schluss mit lustig, ich kriege Kopfschmerzen, wenn die Leute zu heulen beginnen.«

»Ich will nicht mehr leben.«

»Bleiben Sie ganz ruhig, sonst werde ich wirklich grantig.«

»Das Leben hat keinen Sinn mehr.«

»Ach, Blödsinn, das Leben hat noch nie einen Sinn gehabt. Aber eines tät mich doch noch interessieren.«

Vinzenz Pechsteins Schwerpunkt rutschte immer weiter in Richtung Kante.

»Was denn, Frau Inspektor?«

»Wie haben Sie es geschafft, dass der Pilot dichthält.«

»Na, wie man das halt so macht. Mit Geld. Mit viel Geld. All das liebe Geld. Für nichts und wieder nichts habe ich mich mein Leben lang abgeschuftet. Und in die private Pensionsvorsorge habe ich Unmengen eingezahlt. Und jetzt habe ich nichts davon. Adieu, du schöne Welt, ich verlasse dich jetzt!«

Damit sprang der Mann.

»Du Fetzenschädel!«, brüllte Antonia und holte mit dem Regenschirm aus.

Eines musste man Frau Chefinspektor Antonia Kniepeiss bei aller Schwerfälligkeit zugutehalten, beim Ringkampf im polizeilichen Sportstudio, beim Wettschießen mit der Pistole und beim Zuschlagen mit der Handtasche, in diesem Fall mit dem Regenschirm, war sie eine Klasse für sich. Ein heißer Tipp für eine Goldmedaille bei der nächsten Polizeiolympiade, die sie aber gewiss in ihrem Lieblingsgasthaus sitzend verpassen würde. Der Griff des Regenschirms hakte sich mit höchster Präzision in den Kragen des aus hochwertigem und absolut reißfestem Tuch geschneiderten Maßanzugs.

»Muhrli! Halt meine Haxen, sonst zieht mich der Vollkoffer aus dem Fenster.«

Werner Muhr sprang und klammerte sich an die Unterschenkel seiner Chefin. Wenngleich von Alter, Abstammung und Lebensführung nicht mit respektablem Gewicht ausgestattet, ermöglichte er doch eine physikalisch höchst austarierte Masseverteilung der drei Körper, wodurch Antonia mit einer beherzten Kraftanwendung den

am Regenschirm baumelnden Mann zum Fenster hoch-
zog, ihn über den Rahmen hievte und in den Raum gleiten
ließ.

Vinzenz Pechstein lag wie ein Käfer auf dem Rücken
und strampelte mit seinen Extremitäten. Seinem Gesicht
fehlte jede Lebensfarbe, doch das Leben war dank Antonia noch in ihm.

»Muhrli, jetzt lass meine Wadeln wieder los. Der Vogel
ist ja schon gelandet. Solche Intimitäten dürfen nicht zur
Angewohnheit werden.«

»Entschuldigen Sie, Frau Chefin.«

Muhr half mit schlotternden Knien seiner Chefin vom
Stuhl. Sie stieß ihn harsch zur Seite.

»So, jetzt zu dir, du Krautwachter.«

Antonia hob den völlig weggetretenen Geschäftsmann
Vinzenz Pechstein auf die Beine, packte mit der Linken
seinen Kragen und ließ die Rechte beherzt links, rechts
über die Wangen des Mannes streichen. Muhr trat von einem Bein auf das andere.

»Äh, Frau Chefin, ich glaub, das geht jetzt doch ten-
denziell in Richtung unverhältnismäßiger Gewaltanwen-
dung.«

»Stör nicht, Muhrli! Das ist eine lebensrettende Sofort-
maßnahme in einer Akutsituation.«

Muhr zuckte mit den Achseln.

»Na dann.«

Tatsächlich kehrte schnell die Lebensfarbe in das
Gesicht des Mannes zurück. Und der Dachschaden von

Schloss Schönbrunn war auch geklärt. Feuerwehr und Rettung kamen viel zu spät, die Wiener Polizei hatte alles längst im Griff.

☙ *Petra Hartlieb* ❧

Wer einmal lügt ...

Wiedersehen in Schönbrunn

Peter Holzer hat dir eine Freundschaftsanfrage geschickt.

Doris starrte lange auf das kleine Dialogfenster, und als ihr Mann Bernd ins Zimmer kam, klickte sie es schnell weg.

»Bist du schon wieder auf Facebook? Ich versteh nicht, wie du mit diesem Mist so viel Zeit verbringen kannst.«

Sie liebte dieses Fenster zur Welt, kommunizierte mit ihren Freundinnen, stellte originelle Fotos auf die Plattform und überprüfte regelmäßig ihre Likes. Und nun dieses Lebenszeichen aus der Vergangenheit. Peter Holzer.

Blutjung war sie damals gewesen, als sie im Rahmen ihres Kunstgeschichtestudiums zwei Semester nach Wien gehen durfte. Sie, die kühle blonde Norddeutsche, hatte sich in der pompösen Stadt immer ein wenig fremd gefühlt. Bis sie Peter Holzer kennenlernte, bei einem gemeinsamen Seminar in Schönbrunn. Mehrere Stunden wanderte die kleine Studentengruppe von Raum zu Raum, besichtigte das Interieur und der Professor hielt einen ausufernden Vortrag über die sogenannten Bergl-Fresken im Kronprinzenzimmer. Und dann war da plötzlich die-

ser gutaussehende junge Mann neben ihr, suchte ihre Nähe, blickte sie unverwandt an. Irgendwann nahm er sie an
der Hand und später waren sie gemeinsam nach Hause
gegangen. Einfach so. Ein paar Wochen später verloren sie
sich wieder aus den Augen. Auch einfach so.

Die Idee reifte langsam in ihr. Zuerst war es ein kleiner
Gedanke, den sie ganz nach hinten in ihr Hirn verbannte.
Seit Wochen nun schrieben sie sich kleine Nachrichten auf
Facebook, erzählten sich ihre jeweilige Lebensgeschich-
te, wurden immer vertrauter. Doris wurde ein bisschen
süchtig nach den einsamen Nachtstunden, in denen sie
mit Peter via Internet ihre Gedanken austauschte. Und
plötzlich stand er da, der Satz. *Komm doch nach Wien. Ich
will noch einmal mit dir nach Schönbrunn gehen.*

Doris hatte alles perfekt organisiert. Ihrem Mann
Bernd erzählte sie von einer alten Studienkollegin, die sie
unbedingt wiedersehen wollte, und der sechsjährigen Kai
freute sich, dass er ein paar Tage bei seinem besten Freund
Jan bleiben durfte. Das Ticket Hamburg–Wien war gebucht. Bernd unterstützte sie in ihren Reiseplänen. »Gut,
dass du auch mal rauskommst ... du wirst sehen, das ist
toll, an den Ort deiner Jugend zurückzukehren.«

Ort deiner Jugend – wie wahr. Damals war sie cool
und sah toll aus und hatte das Gefühl, die Welt läge ihr
zu Füßen. Nun fühlte sie sich alt, hatte zehn Kilo zu viel,
nach der Geburt von Kai fand sie nicht mehr zurück ins
Berufsleben. Und Bernd? Tja, Bernd. Der war die meiste

Zeit unterwegs, und wenn er zu Hause war, war er müde. Gut, er ermöglichte ihr ein komfortables Leben, aber manchmal war ihr das einfach zu wenig.

»Jan hat Windpocken. Kai kann leider nicht zu uns kommen.« Der Anruf erreichte sie beim Friseur, zwei Tage vor dem Abflug. Doris brach in Tränen aus. Zu Hause winkte Bernd ab: »Bei mir kann er nicht bleiben, ich muss morgen für drei Tage nach Düsseldorf. Aber warum nimmst du ihn nicht einfach mit? Wien wird ihm gefallen. Komm, wir buchen noch schnell ein Ticket und ihr macht euch ein paar schöne Tage.«

Sie trafen sich bereits um neun Uhr im Park des Schlosses. Einerseits, weil es ein sehr heißer Sommertag werden würde, aber auch, weil Kai immer noch ein schrecklicher Frühaufsteher war. Seit sechs Uhr morgens saß er neben Doris aufrecht in der zweiten Hälfte des Doppelbettes, quatschte unaufhörlich auf sie ein, switchte sich durch alle Fernsehkanäle, die das Hotel zu bieten hatte, und wollte UNO oder Autoquartett spielen.

Peter holte sie bei der U-Bahn-Station Schönbrunn ab. Er stand am Bahnsteig und sie erkannte ihn sofort. Sie küssten sich vorsichtig auf die Wangen, Doris hatte weiche Knie und ein flaues Gefühl im Magen. Kai sah den fremden Mann unsicher an, Doris hatte ihm erklärt, sie träfen einen alten Freund und würden viel Spaß haben. Wenn er brav sei, könnten sie vielleicht später noch in den Zoo gehen.

Sie gingen einmal durch das Schloss, Kai quengelte bereits am großen Platz davor, der Weg von der U-Bahn war ihm viel zu lang gewesen. Schließlich war er seit mehr als drei Stunden wach, seine Mutter war irgendwie komisch und der Mann an ihrer Seite hatte anscheinend überhaupt keine Lust, sich mit ihm zu unterhalten. Es war drückend heiß und langweilig und dieses doofe Schloss interessierte den Sechsjährigen so überhaupt nicht.

Erst glaubte er, er hatte sich getäuscht. Hatte dieser fremde Mann die Hand seiner Mama genommen? Er sah noch mal genauer hin, doch da war nichts.

»Komm Kai, wir gehen da nach hinten, vielleicht ist da ein Spielplatz. Und nachher machen wir ein Picknick.« Seine Mama hatte eine seltsame Stimme, so als wäre sie sehr aufgeregt, obwohl doch alles ruhig und langweilig war.

Da war kein Spielplatz und wenn einer da gewesen wäre, hätte Kai nicht hingewollt. Er wollte zu seinen Freunden, auf den Abenteuerspielplatz nach Hamburg und nicht in dieser komischen Stadt sein, mit alten Häusern und riesigen Schlössern und blöden Männern, die seine Mama heimlich anfassten. Sie gingen auf den breiten Kieswegen weg vom Schloss.

»Mir ist so heiß. Ich mag nicht mehr laufen.« Kai quengelte vor sich hin, schlurfte hinter der Mama und dem fremden Mann her.

»Komm, wir gehen da auf die Seite in den Schatten.« Die Mutter nahm ihn bei der Hand und sie bogen vom

Hauptweg ab. Die Erwachsenen setzten sich auf eine Bank, es war ein wenig kühler hier, schattig, die Wege wurden schmaler, waren eingerahmt von hohen Hecken.

»Schau, da hinten ist ein großer Brunnen, da sind noch andere Kinder, magst nicht ein bisschen mit ihnen spielen?« Dieser Peter sprach plötzlich ganz freundlich mit ihm, obwohl Kai genau wusste, dass er ihn nicht ausstehen konnte.

Kai schlüpfte durch zwei, drei hohe Hecken, aber da waren keine Kinder. Er setzte sich auf den Boden, holte seine zwei Playmobilfiguren aus der Hosentasche und spielte ein wenig. Doch heute sprachen nicht mal die mit ihm, heute war ein blöder Tag, einfach nur langweilig.

Er war ein Indianer, ein starker und geschickter Krieger, der sich so leise anschleichen konnte, dass ihn niemand hörte. Meter für Meter schlich er zurück zu seiner Mama und dem Mann, er versuchte ganz leise zu sein, passte auf, dass er auf keinen Ast trat, und kam immer näher. Kurz bevor er aus dem Gebüsch springen und sie erschrecken wollte, sah er, dass der fremde Mann den Arm um seine Mama gelegt hatte. Und jetzt küsste er sie. Nicht so, wie die Oma ihn küsste, nein, auf den Mund, ganz lange. Kai wusste, dass das nicht richtig war, so durfte doch eigentlich nur der Papa die Mama küssen, obwohl er das auch schon lange nicht mehr so gesehen hatte.

»Ihr habt euch geküsst.« Er stand ganz dicht hinter ihnen, sie hatten ihn nicht bemerkt, schließlich war er ein starker und geschickter Indianer.

»Das erzähle ich dem Papa, dass ihr euch geküsst habt, und du bist doof.« Kai wusste gar nicht genau warum, aber plötzlich kamen ihm die Tränen, er wollte nicht hier sein, nicht hier, in dieser blöden Stadt, bei diesem hässlichen Schloss, bei diesem dummen Peter, der ihn nicht ausstehen konnte und der Schuld daran war, dass seine Mama so komisch war.

»Kai, ich hab dir schon so oft gesagt, du sollst dir keine Geschichten ausdenken!«

Seine Mama hatte diese Ärgerfalte zwischen den Augen, die kannte er schon, die hatte sie immer, wenn er ihr Geschichten erzählte. Keine ausgedachten, sondern Geschichten, die er wirklich erlebte. Zum Beispiel, dass sein Stoffeisbär in der Nacht mit ihm redete oder dass er mit seinem Freund Jan im Wald ein UFO gesehen hatte.

»Du bist zu alt, um die ganze Zeit Lügen zu erzählen. Peter und ich haben uns unterhalten, ich hatte eine Fliege im Auge und er hat sie mir weggewischt.«

»Du lügst. Ich will nach Hause zu meinem Papa, du bist gemein.« Kai spürte erneut die Tränen in sich aufsteigen, er versuchte sie hinunterzuschlucken, schließlich war er ein starker und geschickter Indianer.

»Jetzt verzieh dich doch und lass uns mal in Ruhe ein wenig reden. Und weiß du denn nicht, dass dir eine lange Nase wächst, wenn du lügst?« Peter versuchte Kai an der Nase zu fassen, doch er wich ihm aus und rannte fort.

Kai lief über die Wiese, blickte kurz zurück, und als er sah, dass die beiden auf der Parkbank sich überhaupt nicht für ihn interessierten, beschloss er, ein wenig weiter weg zu gehen.

Vor ihm saß ein Eichkätzchen und blickte ihn an, lief ein paar Schritte, hockte sich wieder hin und schaute zu ihm, als würde es ihn zum Mitkommen auffordern. Der Park war ganz schön verwachsen hier, Mama und den Mann konnte man nicht mehr hören.

Kai musste dringend aufs Klo, aber er war ja schon groß, fast ein Schulkind, das konnte er auch ohne Mama. Er wusste genau, wie das geht, schließlich war er schon ein paar Mal mit seinem Papa allein im Wald gewesen. Er stellte sich hinter einen Baum, und als er seine Hose schon halb runtergelassen hatte, hörte er plötzlich Stimmen. Jemand schien zu streiten, eine tiefe Stimme schimpfte laut vor sich hin und eine hohe Frauenstimme wimmerte und weinte ein bisschen. Kai zog schnell die Hose wieder rauf und versteckte sich hinter dem Baum. Wie gut, dass er sich so gut anschleichen konnte, die beiden hatten ihn nicht bemerkt. Der Mann war groß, hatte eine schwarze Lederjacke, Jeans und seltsame spitze Stiefeletten an. Bei der Hitze! Die Frau hatte dafür ganz wenig an, ein sehr kurzes, schwarzes Kleid aus Spitze, hohe Schuhe, mit denen sie am Grasboden unsicher herumwackelte. Sie sah aus wie ein Gespenst, von ihren Augen liefen schwarze Tränen über die Wangen, ihre roten Lippen waren total verschmiert. Kai gruselte sich, musste aber trotzdem die ganze Zeit hinschauen. Da schrie die Frau plötzlich den Mann an, Kai konnte nichts verstehen, die sprachen gar nicht richtig Deutsch da in Wien. Der Mann packte die Frau an den langen blonden Haaren und sie spuckte ihm ins Gesicht und trat mit ihrem Stöckelschuh gegen sein Schienbein. Und dann hielt Kai die Luft an, denn der Mann mit der schwarzen Lederjacke hatte plötzlich ein Messer in der Hand. Kein sehr großes, aber Kai konnte es ganz genau in der Sonne aufblitzen sehen. Das Messer war nun am Hals der Frau, die hatte zu schimpfen aufgehört, wimmerte nur noch leise vor sich hin. Kai hielt sich die Augen zu, wollte nichts mehr sehen und spürte nur, wie seine Hose nass wurde. Mein Gott, da würde die Mama wieder schimpfen.

Kai wusste nicht mehr, wie lange er da hockte, mit geschlossenen Augen und nasser Hose. Als er kein Geräusch mehr hörte, blinzelte er durch die Augenlider und sah, dass der schwarze Mann verschwunden war. Die Frau lag auf dem Boden, das kurze Kleid war hochgerutscht, Kai konnte ihre rote Unterhose sehen. Er hatte keine Lust, die Frau genauer anzuschauen, und schlich sich ganz langsam nach hinten raus aus dem Gebüsch. Da hörte er schon seine Mama rufen, zuerst leise und nur einmal, dann immer lauter, sie klang ganz aufgebracht.

Er fand den Weg rasch zurück, brauchte nur durch ein paar Hecken zu schlüpfen und schon stand er vor ihnen. Seine Mama lief vor der Bank auf und ab und hatte wieder diese Ärgerfalte zwischen den Augen. Ihr Blick wanderte sofort auf den nassen Fleck zwischen seinen Beinen. »Kai! Was hast du gemacht? Bist du ein Baby oder was? Und du willst bald in die Schule gehen?«

»Mama, Mama, da liegt eine Frau! Sie bewegt sich nicht mehr. Und da war ein schwarzer Mann mit einem Messer, der hat der Frau wehgetan.«

Doris seufzte und nahm ihren kleinen Sohn in die Arme. »Mein lieber Junge. Du musst aufhören mit diesen Geschichten. Du kannst dir nicht immer so Sachen ausdenken! Weißt du, du kannst das im Spiel machen, mit deinen Playmobilfiguren, aber nicht wirklich. Es gibt keinen schwarzen Mann.«

Peter saß breitbeinig auf der Parkbank, grinste Kai an und tippte sich auf die Nase, ohne ein Wort zu sagen. Kai spürte schon wieder die Tränen in seinen Augen und wandte sich ab.

»Habt ihr Lust auf ein kleines Picknick?« Peter war aufgestanden und nahm Doris und Kai bei der Hand. Der Junge entzog sich seinem Griff.

»Schau, ich hab etwas zu trinken dabei und einen Kuchen.«

Sie gingen ein Stück, Peter lotste sie durch eine Hecke und auf einer kleinen Wiese zog er eine Decke aus seinem Rucksack. »Na, ob unser kleiner Freund mit seiner nassen Hose da drauf sitzen darf?«

»Ich will gar nicht auf deiner blöden Decke sitzen und der Kuchen schmeckt mir auch nicht.«

Kai setzte sich ein paar Meter neben die Decke, drehte den Erwachsenen den Rücken zu und starrte ins dichte Grün, da hin, wo die Frau lag.

Doris fühlte sich, als wäre sie wieder zwanzig. Sie lag auf einer Decke mitten im Park von Schönbrunn und neben ihr ein gutaussehender Mann, der nur Augen für sie hatte. Er fütterte sie mit kleinen Stückchen Marillenkuchen, hatte in einer Thermoskanne eiskalten Tee mit. Wenn nur dieses Kind nicht wäre, dieser anstrengende Junge, der gar nicht hier sein sollte und mit Argusaugen jede ihrer Bewegungen verfolgte. Sie dachte an Bernd und daran, dass sie sich kaum erinnern konnte, wann er sie das letzte Mal berührt hatte, ein zärtliches Wort zu ihr gesagt hatte. Sie legte den Kopf auf Peters Bauch, schloss die Augen, er strich ihr verstohlen die Haare aus der Stirn. Er tippte sie leicht an, sie blickte auf. »Schau mal, dein Junior. Er ist eingeschlafen.« Doris hatte kaum Gelegenheit, zu ihrem Sohn zu schauen, da beugte sich Peter schon über sie und küsste sie lange und intensiv. Seine Hände wanderten unter ihr T-Shirt, Doris hätte alles gegeben, um eine Stunde mit ihm allein sein zu können.

Kai räkelte sich und wimmerte ein bisschen. Doris schob Peter von sich und sah zu ihrem Sohn. Er lag direkt in der Sonne, sein Gesichtchen war ein wenig rot, sein Haar verschwitzt. Doris spürte das schlechte Gewissen in sich aufsteigen, sie weckte ihn sanft. Er schreckte aus dem Schlaf und blickte verwirrt um sich. »Hey Kai, wollten wir nicht in den Zoo gehen? Komm, wach auf.«

»Kommt der auch mit?« Kai blickte finster zu Peter.

»Ja, der kommt auch mit. Der will auch unbedingt den Babyelefanten sehen.«

Peter war gerade dabei, die Flasche und den Rest des Kuchens wegzupacken, und schüttelte die Picknickdecke aus. Kai sah, wie ihm etwas aus der Hosentasche rutschte und auf die Wiese fiel. Er schaute schnell weg – er würde sicher nichts sagen zu dem doofen Mann, der sich auch noch über seine nasse Hose lustig gemacht hatte.

»Möchtest du ein Eis?« Peter hatte einen Zehn-Euro-Schein aus seiner Hosentasche gezogen und hielt ihn Kai vor die Nase. Der zuckte nur mit den Schultern.

»Au ja, und ich hätte gerne einen Kaffee.« Die Mama war jetzt wieder freundlicher, hängte sich bei Peter ein, strubbelte Kai durch die Haare.

Sie gingen wieder auf den Hauptweg, die Sonne stach unbarmherzig vom Himmel. Kai blickte sehnsüchtig zu dem riesigen Brunnen, wie gerne würde er da jetzt reinspringen.

»Ich hol Eis und Kaffee, ihr wartet hier, okay?«

Kai saß neben seiner Mama auf der Parkbank und blinzelte schläfrig in die Sonne. »Du, Mama?«

»Ja, mein Lieber?«

»Du, diese Frau, die lag da wirklich. Der Mann war böse und hat ihr wehgetan.«

Doris streckte ihre Beine in die Sonne. »Ach Kai, warum sollte hier ein böser Mann sein? Schau doch mal, wie schön es hier ist, die Sonne scheint und in diesem Park, da ist die Kaiserin Sisi immer spazieren gegangen. Denk dir doch mal eine Geschichte über die Kaiserin aus! Oder über ihre Kinder?«

Sie hörten das Martinshorn gleichzeitig. Kai sprang auf die Bank, um das Polizeiauto zu sehen, immer schon war er fasziniert von jeglicher Art von Einsatzfahrzeugen. Es parkte mitten auf dem Weg, genau vor jener Hecke, hinter der sie vorhin ihr kleines Picknick veranstaltet hatten, zwei Polizisten stiegen aus und verschwanden im Gebüsch. Doris stand nun ebenfalls auf und wurde ein bisschen nervös. »Komm Kai, wir gehen mal ein Stückchen weg. Da ist irgendwas passiert.«

Sie sahen, wie die Stelle mit rot-weiß-rotem Plastikband abgesperrt wurde, und da kam auch schon ein Mann auf sie zu.

»Bist du ein echter Polizist?« Kai riss sich von seiner Mutter los und stellte sich vor den uniformierten Mann. Der lachte ihn freundlich an. »Ja freilich bin ich ein echter Polizist. Sag, hast den Mann da schon irgendwo einmal gsehn?«

Auf dem kleinen Bild, das auf der Plastikkarte war, konnte man Peter sofort erkennen, auch wenn er ein wenig anders aussah. Der Polizist hockte sich vor ihn hin und blickte ihm direkt in die Augen. »Und? Kennst den?« Kai schüttelte den Kopf und sah auf. Da bemerkte er Peter, der mit einem kleinen Tablett mit zwei Bechern Kaffee und einem Eis über den Kiesweg auf sie zukam. Ein Twinni, das war ja wohl klar, dass der genau das Eis mitbrachte, das Kai nicht ausstehen konnte.

»Was ist hier los?« Peter stellte das Tablett auf die Parkbank und wandte sich dem Polizisten zu. Der stutzte kurz,
sah Peter ins Gesicht, blickte auf den Ausweis in seiner
Hand und dann ging alles sehr schnell. Peter lag plötzlich
am Boden, der Polizist saß auf seinem Rücken und drehte
seinen Arm nach hinten. Kai sah fasziniert zu. Das wurde ja doch noch ein richtig cooler Ausflug! Wenn er das
zu Hause im Kindergarten erzählte, glaubte ihm wahrscheinlich wieder keiner. Jetzt zog der Polizist Peter wieder hoch und führte ihn zum Polizeiauto, wo immer noch
das Blaulicht an war. Kai hätte alles gegeben, einmal da
drinsitzen zu dürfen, aber noch bevor er einen Schritt
in Richtung des Wagens machen konnte, rief seine Mama. »Kai, komm sofort her! Was ist denn hier los?!« Doris'
Stimme klang schrill.

»Entschuldigen S', gnä' Frau. Kennen S' den Herrn?«
Doris schaute auf Peter, der von einem Beamten gerade
auf den Rücksitz des Autos bugsiert wurde und irgendetwas in ihre Richtung rief.

»Warum? Was ist mit ihm?«

»Da hinten is a Verbrechen passiert. Und die Briefta-
sche von dem Herrn da is neben der Tatwaffe gelegen. Also haben wir den dringenden Verdacht, dass der etwas mit
dem Mord an der Prostituierten zu tun hat.«

Doris Herz begann wie wild zu klopfen. Sie dachte an
Bernd und an ihr schönes Reihenhäuschen am Stadtrand
von Hamburg. Sie dachte an ihre Schwiegereltern und die
schönen Urlaube in Griechenland und am Arlberg. Das

alles würde sie verlieren, wenn Bernd von ihrem kleinen Ausflug in die Vergangenheit erfahren würde.

»Kennen S' den Herrn da? Haben S' ihn vielleicht schon irgendwo gesehen?« Der Polizist sah sie forschend an und deutete mit der Hand auf das Polizeiauto.

Doris schüttelte den Kopf. »Ich kenne den Mann nicht. Ich habe ihn noch nie gesehen.« Kai blickte seine Mutter an und verstand sofort. »Wir sind gerade erst hierhergekommen, Herr Polizist. Wissen Sie, meine Mama und ich, wir wollten in den Zoo gehen.«

»Ich würd gern noch Ihre Personalien aufnehmen, falls wir noch Fragen haben. Wie lange sind S' denn schon in Wien? Sie sind doch ned von hier, oder?«

»Nein, mein Sohn und ich kommen aus Düsseldorf. Wie sind übers Wochenende auf Besuch hier. Leider hab ich meinen Ausweis im Hotel vergessen. Mein Name ist Susanne Gehricke.«

Kai sah seine Mutter mit offenem Mund an. Susanne? Düsseldorf? So ganz genau verstand er nicht, warum seine Mama diese Geschichten erzählte, aber irgendwie spürte er, dass es besser war, jetzt den Mund zu halten.

»Gut, das wär's dann, vielen Dank. Sie können jetzt gehen. Und dir noch viel Spaß im Zoo, junger Mann.« Der Polizist zwinkerte ihm zu.

Das Eis war inzwischen geschmolzen, das machte Kai aber nichts aus, die Sorte mochte er ohnedies nicht. Seine Mama nahm ihn bei der Hand, sie gingen den kurzen Fußweg zum Seiteneingang des Tierparks, ohne sich auch nur einmal umzudrehen.

Als sich seine Mama an der Kassa anstellte, fasste sich Kai schnell an die Nase und versuchte einen Blick in die Fensterscheibe des kleinen Häuschens zu werfen. Im Spiegelbild stellte er beruhigt fest, dass seine Nase um keinen Millimeter gewachsen war. Die der Mama zum Glück auch nicht.

☞ *Raoul Biltgen* ☜

Friedbert und der Feuerpott

Die magische Welt
des Schönbrunner Irrgartens

Selbst ein Zauberer kann unter Geschmacksverirrung leiden. Oder vielleicht besonders ein Zauberer. Vielleicht ist das ja der Geschmack von Zauberern, exzentrisch, wie sie nun mal sind. Auf jeden Fall war die karierte Weste, die dieser kleine, dicke Zauberer über seinem gelben Hemd trug, eindeutig zu klein und zu orange. Und das Sakko zu groß und zu grün. Und zu aus den Achtzigern. Aus den durchaus unmagischen Achtzigern der Welt der Nicht-Zauberer, zumindest wenn man von den übergroßen Schulterpolstern ausging. Und von der unmöglichen Farbe natürlich. Die Brille hingegen, die auf seiner Nase prangte, war zwar auch alt, aber schon wieder schick, weil retro, weil Kassengestell aus den Siebzigern. In diesem Fall allerdings aller Wahrscheinlichkeit nach original und seither nicht mehr abgelegt und auch nicht geputzt und deswegen irgendwie doch vor allem eins: alt. Da muss man sich schon die eine oder andere Frage stellen, wenn man immer wieder Zauberer sieht, die genau so durch die Gegend stolzieren, denn Zauberer könnten doch mit einem kurzen Schnipp auch hipp aussehen, ohne sich be-

sonders viel Mühe geben zu müssen. Aber der Film hat
es vorgemacht, und die Menschen machen es nach, und
nicht umsonst sind Geeks Geeks und nicht einfach nur
Fans, wie das früher einmal war, und wenn schon einen
auf Zauberer machen, dann ordentlich. Bis auf das Handy,
das dieser hier hielt, das war nun alles andere als einem
der Harry-Potter-Filme oder -Bücher zuzuordnen. Fand
überhaupt auch nur ein einziges Mal ein Handy in einem
der Bücher Erwähnung? Zauberer und Zauberschüler haben wohl andere Mittel der Kommunikation, als sich auf
unzuverlässiges Elektronikspielzeug verlassen zu müssen,
möchte man annehmen. Aber Friedbert wusste das nicht.
Friedbert war überdies vor allem etwas verwirrt, weil er
sich erwartet hätte, mehr auf Buch- denn auf Filmfans zu
treffen. Die ihn umgebenden Zauberer waren aber irgendwie eine Mischung aus allem, was bunt und schrill war
und in welcher Art und Weise auch immer an Harry Potter und seine magische Welt erinnerte. Es gab die offensichtlich aus Mamas Mottenkiste bekleidete und für den
Pflichtunterricht dann doch leicht zu alte Möchtegern-
Hogwarts-Schülerin mit aus Pappe gebasteltem Hexen-
hut mit Glitzersternchen. Es gab den nicht ganz zu defi-
nierenden Ork-Troll-Riesen-Hagrid-Dementoren-Magier,
der statt eines Zauberstabs eine Streitaxt aus Schaumstoff
auf dem Rücken mit sich führte. Es gab den bis ins letzte Detail als Zauberschüler aus Bulgarien ausstaffierten
Hühnen mit finsterem Blick. Es gab den gelb-orange-grün
angezogenen und wohl am ehesten als ein wenig zu groß

geratener Zwergenprofessor zu bezeichnenden Leiter der heutigen Expedition. Und es gab Friedbert. Ja, er hatte sich Mühe gegeben, so nah wie möglich an dem zu sein, was die Bücher ihm vorgaben, um einem Hogwarts-Schüler zu entsprechen. Aber da er bekennender Buchfan war und die Filme zwar auch alle in- und auswendig kannte, aber dann doch vor allem als nettes, wenn auch nicht ganz dem Original entsprechendes Nebenprodukt zum Zwecke der Gewinnmaximierung ansah, welche er nur deswegen nicht von vornherein als unnütz abtat, weil die Harry-Potter-Erfinderin J. K. Rowling an deren Produktion beteiligt war, hatte er den großen Vorteil, den Supergeeks, die am liebsten den ganzen Tag nichts anderes taten, als an den Kostümen der anderen herumzukritisieren, schnell mal Konter geben zu können, indem er sagte, dass Ron im Film vielleicht einen recht verfilzt ausschauenden Pullover trug, er im ersten Buch aber einen neu gestrickten von seiner Mutter geschenkt bekommen hatte, den er, weil er ihn ja nicht besonders mochte, selten trug, weshalb er wohl nach wie vor eher neu aussehen müsste als alt und schäbig. Zack, friss Schnecken.

Vor allem aber war es ihm meistens ganz einfach zu viel, wenn die ganzen selbsternannten Experten nur mehr verbissen waren und das Eigentliche an dieser wunderbaren Welt verloren hatten, nämlich den Spaß. Und der war ihm wichtig. Und deswegen fand er diese Typen um ihn herum auch grundsympathisch, weil auch sie augenscheinlich vor allem Spaß haben wollten. Und ein Abenteuer erleben. Selbst der Bulgarenhühne. Weshalb sie überhaupt erst da waren, mitten in der Nacht im Park von Schönbrunn in Wien.

Niemand hatte ihm gesagt, wo sie hingehen würden, das war streng geheim. Und Reiz des Spiels. Gefunden hatte er die Seite eher zufällig im Netz, als er sich in den üblichen Foren nur angepisst gefühlt hatte, weil er die Sache mal wieder nicht mit dem gebührenden Ernst angegangen war, haha, danke. Und er war von Anfang an begeistert. Eine kleine Gruppe von Fans organisierte ein paar Mal im Jahr eine sogenannte Expedition, bei der eines der Abenteuer von Harry Potter nachgespielt wurde. Er hatte sich gleich beworben. Kostete achtzig Euro. War okay. Das Datum stand fest. Eine Woche später flatterte ein E-Mail mit leicht an Hogwarts erinnerndem Logo ins Postfach: Er war zugelassen. Hurra. Drei Tage bevor es losging, wurde die Stadt bekanntgegeben, dieses Mal Wien, mit einem Link zu einer Jugendherberge.

Die Frau mit dem Papphut hatte er ebendort recht schnell an ihrer Reisetasche als Expeditionskollegin erkannt, denn es war eine mit einem riesigen Hermine-Aufdruck, Film zwei. Auch für sie war es das erste Mal, dass sie bei so etwas mitmachte. Und auch sie hatte keine Ahnung, was auf sie zukommen würde, wo sie heute welches Abenteuer nachspielen würden. Bei der Anmeldung in der Jugendherberge hatten sie einen Umschlag bekommen, darin stand nur »Stephansplatz, vor dem Hauptportal, 22 Uhr 22«. Mysteriös. Spannend. Magisch. Schade, dass der Brief nicht gesprochen und sich dann in Rauch aufgelöst hatte. Zumindest war er rundherum leicht angebrannt und, wie es schien, mit einer Feder geschrieben. Oder die Tintenflecke wurden nachträglich dazugegeben, um es echter aussehen zu lassen.

Im Kostüm, wenn auch ohne seine Zaubermütze aufzusetzen, mit der U-Bahn zu fahren, hatte Friedbert, ehrlich gesagt, recht peinlich gefunden, aber die Papphutfrau war sehr bezaubernd, wie er ihr sagte, als er sie in ihrem zusammengestückelten Etwas gesehen hatte, was ihn im ersten Moment an eine Mischung aus Hippie und Gruftie erinnerte. Und ihr Lächeln fand er auch sehr süß. Und ihren Hut trug sie mit Stolz.

Vor dem Dom war es nicht schwer, die anderen Mitglieder der Gruppe zu erkennen, der Bulgare und der Goblinfreak standen schon in voller Montur da, auch wenn sie nicht miteinander redeten. Kaum waren Friedbert und die Süße, die sich Marion nannte, englisch ausgesprochen, Rollennamensgebung war Pflicht, er nannte sich Friedbert, bei einem solchen Vornamen konnten seine Mitspieler nur annehmen, dass es ein erfundener war, danke, Mama und Papa, tauchte der Achtziger-Typ auf und stellte sich als Professor Clocktick vor, der Organisator, der sie zum Ort des Geschehens begleiten würde.

Sie stellten sich im Kreis auf, Clocktick zückte eine Taschenuhr und zuckte mit dem linken Auge, was wohl Teil der Rolle und Erklärung für seinen Namen war, hielt einen alten Turnschuh in die Mitte, alle anderen hielten ihre

Hände darüber, und auf ein Nicken Clockticks fassten sie den Schuh an.

Und es passierte nichts.

Dann sagte Clocktick: »Der Portschlüssel transportiert uns in einem Wirbelwind zur U-Bahn, folgt mir. Ich hoffe, ihr habt Tickets gezogen.«

Ebenso profan ging es weiter, bis sie schließlich bei der U4-Station Hietzing ausgestiegen waren. Von dort aus führte Clocktick seine kleine Gruppe aufstrebender Magier hier entlang und da entlang, Friedbert wusste längst nicht mehr, wo sie waren, bis sie schließlich an einem abgelegenen Gitter zu stehen kamen, an dem eine Leiter auf beiden Seiten angelehnt war. Und so gelangten sie in den Park. Marion flüsterte Friedbert »Schönbrunn« zu, und er nickte. Es war sehr finster und er versuchte, nicht zu stolpern.

»Ich glaube, ich weiß schon, was es wird«, flüsterte Marion kurz darauf und klatschte dabei tatsächlich in die Hände. Und als sie über eine etwa zwei Meter hohe Hecke steigen mussten, sagte sie »jajaja«.

Friedbert fragte: »Ist das legal?«

Marion sagte: »Ist doch egal.«

Der bulgarische Hühne rümpfte die Nase über die beiden und blickte noch finsterer. Allerdings glaubte Friedbert in seinem linken Mundwinkel so was wie ein überhebliches Grinsen zu bemerken. Der Troll trollte etwas hinter der Gruppe hinterher und wurde von Clocktick ermahnt, den Anschluss nicht zu verlieren.

Und so waren sie vor dem Eingang des Irrgartens gelandet, wie in der Zwischenzeit auch Friedbert an diversen Tafeln hatte ablesen können. Und legal war das, was sie da gerade taten, ganz sicher nicht. Aber er gab Marion recht, es war ihm egal, es machte Spaß, irgendwie machte es Spaß, er spürte ein unerklärliches Kribbeln in den Händen, er war nervös.

Clocktick stellte sich zu einer Art Nachttopf, kramte aus seiner Tasche ein Feuerzeug, betätigte es und sofort züngelten ein paar Flammen aus der Schüssel. Das sollte wohl den berühmten Feuerkelch aus Band vier der Potter-Saga darstellen. Dann sagte Clocktick eher flüsternd als mit einer magisch verstärkten Stimme: »Willkommen beim Trimagischen Turnier, die Prüfung lautet: ›Der verzauberte Irrgarten‹. Meine Kollegen und ich haben uns besonders viel Mühe gegeben, auf den verschlungenen Pfaden so manche Überraschung für euch vorzubereiten. Ich sage nur: Nehmt euch in acht vor dem doppelschwänzigen Wassermolch. In der Mitte des Irrgartens gibt es eine Aussichtsplattform, auf dieser steht der begehrte Trimagische Pokal.« Er deutete mit einer Hand in Richtung des Irrgartens, doch zu sehen gab es nichts. »Wer ihn als Erster erreicht, gewinnt. Und nun: Viel Glück euch allen, kämpft fair und mit allen magischen Mitteln, die euch gegeben sind. Nur bitte nicht zu laut, damit wir nicht auf uns aufmerksam machen. Los geht's«, Clocktick blies leise in eine Pfeife. Schade, die Kanone aus dem Film wär lustiger gewesen. Aber im Buch war es auch nur eine Pfeife, also ging das in Ordnung.

Friedbert schaute sich noch um, als er schon den Hühnen und den Troll im Irrgarten verschwinden sah. Der Hühne stapfte nach links, der Troll nach rechts. Jetzt verstand er auch, warum eine derart große Geheimniskrämerei veranstaltet worden war: Den Plan zum Irrgarten hätte sich ja sonst jeder locker aus dem Netz ziehen können. Friedbert schaltete die Leuchtspitze seines Zauberstabs ein.

»Lumos«, flüsterte Marion, die nach wie vor neben ihm stand.

»Was?«, fragte Friedbert.

»Lumos«, sagte sie und nickte zu seinem leuchtenden Zauberstab.

Ach so, ja, er hatte den Spruch nicht gesagt. Er stellte die Lampe wieder ab, sagte bedeutungsvoll »Lumos« und schaltete sie wieder ein. Sie lächelte. Er lächelte zurück.

Sie sagte: »Magie.« Und hüpfte von ihm davon in den Irrgarten hinein.

Dann machte auch er sich auf den Weg.

Und auf einen Schlag kam er sich tatsächlich vor wie Harry Potter höchstselbst. Die Hecken ragten zu beiden Seiten etwa zweieinhalb Meter in die Höhe, und darüber war kein Stern zu sehen, denn der Himmel war wolkenverhangen. Bis auf seine kleine Zauberstabfunzel war es stockfinster um ihn herum. Nach nur wenigen Schritten blieb er stehen und lauschte. Irgendwo hörte er Schritte im kiesigen Untergrund, unsichere Schritte, sonst nichts. Ihm war unheimlich zumute.

Aber was sollte schon sein, es war ein Spiel, er musste nur den Weg finden, es konnte nichts passieren.

Friedbert atmete einmal tief durch und schritt voran. Bis zur ersten Kreuzung. Rechts oder links? Keine Ahnung. Jetzt hätte ein bedeutsamer Windhauch gehen müssen, um ihn vor dem einen Weg zu warnen und in die andere Richtung zu schicken. Aber es blieb windstill. Harry Potter hatte einen Kompasszauber beherrscht. Er beherrschte den nicht. Sein Handy beherrschte ihn. Aber das hatte er nicht dabei. Also egal. Also links. Also Sackgasse. Na gut, das war nur ein kurzer Verrenner, umdrehen, nach rechts gehen, weiter, immer weiter. Dann hörte er einen spitzen Schrei.

Marion?

Es konnte nur Marion gewesen sein, aber wo war der Schrei hergekommen?

Sie war wohl einfach nur gegen eine Hecke gerannt oder von einem aus seiner wohlverdienten Nachtruhe aufgeschreckten Eichhörnchen erschreckt worden oder über etwas drübergestolpert, über eine Wurzel, über Efeuranken, die sich blitzschnell um ihre Waden schlossen und sie in die Hecke zogen, um sie dort lebendig zu verdauen.

Nein, das war es ganz sicher nicht. Erstens: Das hier war ja nicht echt. Zweitens: Den karnivoren Efeu gab's nur im Film. Drittens: Nicht einmal im Film wurde irgendwer lebendig verdaut.

Dann bemerkte er den Nebel zu seinen Füßen. Den gab es im Buch. Er blieb augenblicklich stehen und wartete darauf, dass sich die Welt um ihn herum auf den Kopf stellte, doch das passierte nicht.

Wie auch, Herrgott, er war in Schönbrunn und nicht am Quidditch-Feld in Hogwarts.

Okay, das musste er diesem Clocktick und seinen Kumpanen lassen, sie verstanden es, Stimmung zu erzeugen, das war irgendwie mehr, als er erwartet hatte, selbst wenn der Nebel nur durch herkömmliches Trockeneis erzeugt wurde.

»Halt«, wurde er von der Seite angeschrien.

»Stupor«, schoss es aus seinem Mund. Wo war denn das jetzt hergekommen? Er schaute sich um und sah im Schein einer banalen Minitaschenlampe den Troll, der stock und steif dastand und ihn mit großen Augen ansah. »Ups, entschuldige«, sagte Friedbert.

Der Troll sagte nichts.

»Nicht schlecht, oder?«, fragte Friedbert.

Der Troll rührte sich nicht.

»Was ist?«, fragte Friedbert jetzt.

Da sah sich der Troll um und flüsterte: »Du hast mich verzaubert, nein?, Stupor?« Und schon verfiel er wieder in seine Starre.

»Oh, ja, stimmt, Stupor, ja, ist mir so rausgerutscht.«

Der Troll ging nicht darauf ein. Er spielte mit. Er spielte gut. Und Friedbert nickte ihm zu und ging weiter. Wie lang wirkte eigentlich so ein Starre-Zauber? Keine Ahnung. Ewig wohl nicht. Also nichts wie weg, denn wenn der das so ernst nahm, dann würde er das Gleiche von

ihm erwarten, wenn er ihm einen Fluch ins Genick schießen würde.

Das Problem war, dass Friedbert tatsächlich längst alle Orientierung verloren hatte und nur mehr unkoordi-
niert rumlief und hoffte, nicht allzu oft die gleichen Wege
abzuschreiten, sondern sich nach und nach in die Mitte zu
kämpfen. Und jeder wusste, dass es immer der Weg war,
der am unwahrscheinlichsten schien, der am Ende doch
über Umwege zum Ziel führen würde.

Außer dass er jetzt schon wieder anstand. Auf dem
Boden am Ende der Sackgasse brannte ein elektrisches
Grablicht, auf einem Stein mit einem seltsamen Symbol
lag eine Tupperdose, die Friedbert öffnete. Darin fand er
einen Zettel mit den Worten: »Hinter dir, ein Dementor!«

Friedbert drehte sich augenblicklich um und sah ...
nichts.

Ach so, Spiel, Spiel. Er erhob wagemutig den Zauberstab und rief: »Expecto Patronum«. Dann wackelte er mit
der Hand, so, als käme aus der Spitze seines Stabes eine
riesige, bläulich schimmernde Schlange herausgeschos-
sen, das war sein Patronus, sein helfender Geist, den er gerade beschworen hatte, um ihn vor dem schlimmen Atem
des bösen Dementors zu retten, der es auf ihn und seine
guten Gedanken abgesehen hatte.

Wie blöd, es war gar kein Dementor. Dass er darauf
reingefallen war. Wahrscheinlich lachte jetzt irgendwo
ein dicker Clocktick, dass die Knöpfe seiner Weste zu
platzen drohten.

»Riddikulus«, war der angebrachte Spruch, das war ja klar, denn es musste sich, wie aus Buch und Film erwiesen, um einen Irrwicht handeln, der nur vorgab, ein Dementor zu sein, und den galt es ins Lächerliche zu ziehen, na nochmal Glück gehabt.

Und dann dachte Friedbert doch kurz, wie lächerlich er doch für einen vollkommen Unbeteiligten aussehen musste, ganz allein mitten in der Nacht seltsam gewandet im Irrgarten in Schönbrunn für ein Kinderbuch erfundene Zaubersprüche in den Nachthimmel zu schreien, und das in seinem Alter.

Von irgendwoher hörte er ein dumpfes »Flipendo«. Das ging ja nunmal gar nicht, das hatte nichts mit Buch und Film zu tun, mit diesem Spruch wurden in den Videospielen Blöcke, die den Weg versperrten, weggeschubst, das war's.

Andererseits ... mit allen magischen Mitteln, die euch zur Verfügung stehen, hatte es doch geheißen, oder nicht? So ähnlich auf jeden Fall. Na schön.

Versöhnt mit welchem seiner Gegner auch immer und entschlossen, nicht selber zu verbissen zu werden, sondern diesen skurrilen Moment zu genießen, trat er um die nächste Ecke und sah vor sich zwei mannshohe Steine aufragen, von unten unheimlich mit Grabkerzen beleuchtet. Und nur ein paar Schritte weiter eine Metalltreppe. Und die führte auf die Plattform, auf der ein golden schimmernder Pokal stand, rundherum leuchtete eine Lichterkette in Rot und Blau. Er hatte es geschafft, er war angekommen. Er war der Erste. Er hatte gewonnen, das Trimagische Turnier, er war der Sieger, er musste nur noch diese wenigen Schritte machen und zupacken und ...

Und der Pokal war ein Portschlüssel und würde ihn direkt in die Fänge des dunklen Lords Voldemort transportieren und ihn um sein Leben kämpfen lassen müssen.

Ja, klar, es war ein Portschlüssel, so wie es der Turnschuh gewesen war, haha, also, nichts wie gewinnen.

Doch ein markerschütternder Schrei von hinten stoppte ihn: »Impedimenta.«

Friedbert drehte sich um und sah den Bulgarenhühnen, der weiterhin den Zauberstab auf ihn richtete und nun »Imobilius« schrie.

»Komm schon«, sagte Friedbert.

Doch der Hühne erhob seinen Zauberstab hoch über den Kopf und rief: »Petrificus Totalus.«

»Ist ja gut«, versuchte Friedbert ihn zu beschwichtigen.

»Du bist verflucht, Zauberer, ich habe dich verflucht.« Der Hühne war so knapp an ihn herangetreten, dass Friedbert seine Spucke im Gesicht spürte.

»Na gut, bitte, dann geh halt vorbei.«

»Crucio.«

»Wie bitte?«

»Crucio. Crucio.« Der Hühne piekste Friedbert mit seinem Zauberstab in die Brust. »Na los, Crucio, du musst schreien vor Schmerz, na los.«

»Aua«, sagte Friedbert und verdrehte die Augen.

»Schreien, unermessliche Schmerzen, die dich verrückt machen.«

»Ja, ist ja gut, aua, aua, das tut weh.« Friedbert wusste, dass das nicht gerade überzeugend war, was er an Vorstellung bot, aber jeder wusste, dass Crucio einer der unverzeihlichen Flüche war, die man als ehrbarer Magier niemals aussprechen durfte, darauf stand lebenslänglich in Askaban.

»Schmerz hab ich gesagt«, schrie der Hühne und schlug Friedbert die Faust ins Gesicht.

»Au«, schrie nun Friedbert, und das war nicht gespielt.

»Was ist da los?«, hörte er von weiter weg eine Stimme.

Seine blutende Nase haltend drehte er sich um und sah einen Mann in einem grünen Overall mit einer Taschenlampe in der einen und einer Leine, an deren Ende ein Hund war, irgendeine Promenadenmischung, in der anderen Hand. Wer war denn das jetzt wieder? Er versuchte es mit einem »Expelliarmus«, doch es lag wohl nicht nur daran, dass er aufgrund der offensichtlich gebrochenen Nase kaum sprechen konnte, dass der Mann nicht angemessen darauf reagierte und die Lampe in hohem Bogen von sich warf. Und überhaupt: Waren Hunde nicht verboten in Schönbrunn? Hatte er irgendwo mal gelesen oder gehört, damit die Touristen nicht in die Hundescheiße treten. Aber zumindest kein dreiköpfiger Fluffy.

Der Hühne schaute Friedbert mit großen Augen an, dann zu dem Mann, dann zu Friedbert, dann sagte er »Mist, erwischt« und rannte los.

Der Mann kam zu Friedbert, der die Lage noch nicht ganz gecheckt hatte, und packte ihn am Kragen. »Und du kommst mit.« Wenigstens biss der Hund nicht noch in sein Bein.

»Ist ja gut«, versuchte Friedbert es nun bei diesem Muggel, der wohl so was wie den Hausmeister von Schönbrunn darstellte und nichts mit dem Spiel zu tun hatte. Doch der Satz hatte genauso wenig Wirkung wie vorhin beim Bulgaren. Und die ganzen tollen Zaubersprüche und Flüche konnte er sich gleich mal schenken. Also setzte er ein »Ich komm ja mit« nach. Was sonst sollte er auch tun?

Da erstarrte der Muggel plötzlich und schaute ihn erschrocken an. Doch Teil des Spiels? Nicht der Schönbrunner Hausmeister, sondern der von Hogwarts? Gab es doch einen Spruch, der ihn aufhalten konnte? Und woher kam nun der dünne rote Streifen, der von seinem Haarsansatz über die Stirn und Nase kroch? Und warum sackte er zusammen und fiel auf den Boden? Und warum hielt Marion, die hinter dem Mann stand, einen Stein über ihrem Kopf?

Sie lächelte und sagte: »So ein Squib.«

»Was hast du getan?«, fragte Friedbert, obwohl er es gar nicht wissen wollte und es eh vollkommen klar war.

»Wenn's nicht mit einem Zauber geht, dann reicht auch hin und wieder ein vollkommen unmagischer Stein.«

Abermals lächelte sie, nein, sie grinste, warf den Stein neben den leblosen Körper des Hausmeisters, an dessen Stirn der Hund das Blut ableckte, sprang über Hund und Herrchen hinweg und stürmte über die Treppe auf die Aussichtsplattform. Als sie etwa in der Mitte angekommen war, blieb sie stehen und drehte sich um. »Weißt du was?«, flüsterte sie, so dass Friedbert sie gerade noch verstehen konnte, »wenn du magst ...«

»Was mag ich?«

»Dann machen wir's wie Harry und Cedric, ja? Wir gewinnen gemeinsam. Wär das nicht romantisch?« Marion hielt Friedbert ihre offene Hand hin.

»Cedric hat es nicht überlebt«, antwortete Friedbert tonlos.

»Stimmt«, sagte sie, »cleveres Kerlchen. Dann gewinne ich.« Und damit ging sie langsamen Schrittes weiter nach oben, hob den Pokal und streckte ihn gen Himmel. Dabei fiel ihr der Papphut vom Kopf.

Friedbert glaubte, auf dem Deckel des Pokals einen Fußballspieler zu erkennen, war sich aber nicht ganz sicher.

Dann murmelte er »Nox« und schaltete seinen Zauberstab aus.

Jacqueline Gillespie

Ein Mann von Ehre ...

... vielleicht denn auch mit Würde

Als Rittmeister Györy am zehnten September 1898 Leutnant Novotny spätabends zum Duell forderte, verwunderte das niemanden. Denn man hielt Györy ganz allgemein und zweifellos für einen Mann von Ehre.

In der Nacht zuvor war das Wetter umgeschlagen. Zarte Nebel umhüllten am frühen Morgen die Baumkronen der Finsteren Allee von Schönbrunn, Blätter klebten auf dem nassen Boden, und am Gitter des Hietzinger Tors hingen drei geschwätzige Saatkrähen, die Györy in ihrer Beharrlichkeit an das Geschrei der wilden Gänse in seiner Heimat erinnerten. Womöglich hatten sie ihn geweckt. Vielleicht war es aber auch das Angelusläuten der Hietzinger Pfarrkirche vis-à-vis gewesen, er hatte die Fenster bedauerlicherweise offen stehen lassen, als er mitten in der Nacht nach Hause gekommen war. Nun roch es feucht nach Herbst. Im ersten Stock des Gebäudes hatte er ein Quartier bezogen mit spärlichem Ameublement und schmutzig weißen Vorhängen, doch allzu lange würde er nicht mehr in Wien weilen, die Kaisermanöver in den Dolomiten standen an. Mit Schnee wollte man mit den Truppen noch ein wenig in Berührung kommen. An diesem

Tag jedoch hatte er frei, keinen Dienst in der Reitbahn, und mit dem Regimentskorps hatte um drei Uhr in der Früh ein anderer zu einer Übung in den Prater ausrücken müssen. Umso ärgerlicher, dass er nicht länger hatte schlafen können. Es war tatsächlich äußerst spät geworden.

Um fünf Uhr in der Früh war Michal wie an jedem anderen Tag im Stall in Schönbrunn gewesen und hatte die Pferde einzeln begrüßt. Auf reichlich Stroh stand jedes für sich in einer Pferdebox, ein Bretterverschlag gut einen Meter hoch, das Obergitter einen weiteren. So reihte sich unter hohem Gewölbe eine Box an die andere, davor der breite Gang aus Holzstöckelpflaster. Die Stallgasse. Michal mochte den Geruch der Ledersachen und der Pferde, deren anheimelndes Schnauben, vor allem aber die mollige Wärme der Tierkörper. Allzu oft hatte er in seinem kurzen Leben bitter frieren müssen. Schon beim Gedanken daran zog er die mageren Schultern hoch. Nun wartete er auf den Onkel mit dem Kaffee, wovon Michal in seinem böhmischen Dorf nur hatte träumen können. Er liebte Schönbrunn und die Stallungen, jene gelb verputzten Bauten mit den grün gestrichenen Stalltoren und Fenstern, die sich links und rechts vor dem Schloss hinstreckten. Nur dem Kaiser wollte er nicht begegnen, und auch der Onkel sah es gar nicht gerne, wenn Michal sich draußen auf den Wegen blicken ließ.

»Du schaust ja nix gleich, Mischa!«, pflegte der Onkel zu sagen und ihm den rothaarigen Kopf zu tätscheln.

Womit er tatsächlich Recht hatte. Michal war zart und kleingewachsen, zwölf Jahre gab ihm wohl niemand, und zu Beginn hatte man befürchten können, dass man dem Onkel untersagen würde, ihn weiter bei sich wohnen zu lassen. Einen Jungen, der zu nichts taugte, hätte man in den Stallungen in Schönbrunn nicht halten wollen.

Der Hatschate und das Grischpindel[1] , dachte der Onkel oft im Stillen.

An manchen Tagen hinkte der ältere Mann nach einem Kutschenunfall geradezu erbärmlich. Michal jedoch war verlässlich und flink, und kräftiger, als man dachte. Nie zuvor waren die Trensen und Kandaren so blank gerieben, das Sattelzeug und die Kutschenleinen mit Sattelseife und Lederfett so gepflegt gewesen. Wenn Michal beim Ausmisten und Stroheinstreuen in den Boxen zwischen den Beinen der Pferde herumkroch, schienen diese auf das rothaarige Wesen achtzugeben. Und wenn er auf einem Stuhl stand, um Kopf, Hals und Rücken zu striegeln, standen sie still und wichen nicht einen einzigen Schritt zur Seite. Nur eines mochte Michal nicht. Ratten.

»Das sind kluge Tiere, Mischa«, sagte der Onkel oft, »wo es Ratten gibt, geht es uns gut. Ratten bleiben nur dort, wo es was zu fressen gibt.«

Wenn aber das Herumhuschen und das Rascheln kein Ende mehr fand und es sogar dem Onkel zu viel wurde,

---

[1] ein Hinkender und ein magerer, junger Mensch

stand in der Sattelkammer auf dem Kasten mit den Pferdedecken eine große Blechdose.

»Gift, Mischa! Arsen!«, hatte der Onkel gleich zu Beginn erklärt, »das streuen wir rund um die Haferkiste, sonst aber nirgends hin! Sonst fressen das noch die anderen Viecherln, weil es süß schmecken tut, und das, das wollen wir nicht.«

Denn der Onkel mochte Hunde und Katzen.

Rittmeister Györy hatte also Durst und einen ungewöhnlich schweren Kopf. Vorsichtig reckte er sich, wandte das Gesicht zur Tür. Er hatte ein Kratzen vernommen.

»Wo bleibt der Kaffee, zum Teufel?«, rief er gereizt, als der Bursche durch den offenen Türspalt blickte.

Langsam setzte Györy sich auf, fuhr sich mit den Fingern durch das zerraufte Haar. Lustig waren der Abend und die Nacht gewesen. Das sollte einem das bissel Kopfweh wert sein.

Er hatte am Nachmittag in Schönbrunn eine Droschke bestiegen, sich in die Innere Stadt kutschieren lassen. An der Sirk-Ecke bei der Oper hatte Oberleutnant Pokorny schon auf ihn gewartet, dort, wo Gott und die Welt in Wien zusammenkam. Nur Seletzky und Klenk waren noch nicht erschienen, aber bei dem Gedränge war es Györy kommoder erschienen, den Ringstraßenkorso bis zum Schwarzenbergplatz und wieder retour zu promenieren. An der Sirk-Ecke waren die beiden wieder stehen geblieben. Mild war die Luft gewesen und es hatte anachronistisch nach warmem Trottoir gerochen. Junge Mädchen und Frauen waren an ihnen vorübergeschlendert, Liebes- und Ehepaare, so mancher rangniedrigere Offizier hatte stramm salutiert und Rittmeister Györy war durchaus ermunternden Blicken begegnet. Der funkelnde Waffenrock und die Kappe, die nach neuester Offiziersmode erheblich höher war, hatten wohl dazu beigetragen. Insgeheim hatte er sich zu der Anschaffung neuer Beinkleider gratuliert, leicht war es ihm nicht gefallen, sogar seine Kaffeehausbesuche hatte er in den letzten Wochen stark einschränken müssen. Aber die alten Beinkleider hatten am Knie bereits zu glänzen begonnen. Ein neues Portepee, das schwebte ihm noch vor.

So ein Duft liegt in der Luft, als ob was blühen möcht, Frühling sollt es halt werden und nicht gleich Winter, da könnt man zum Blumenkorso in den Prater, dachte Györy. Da tauchten die säumigen Kameraden auf.

»Also, bei der Potenz-Ecken hier will ich nicht länger herumstehen«, monierte Oberleutnant Pokorny gelangweilt. Einen feschen Abend wolle man sich doch machen. In der Oper, schlug er ohne rechten Animo noch vor.

Doch Rittmeister Györy war nicht aus einer Garnisonstadt in Galizien in die Wiener Stadt gekommen, um Gustav Mahler dirigieren zu hören. Wer dann den Girardi ins Spiel gebracht, wusste man im Nachhinein nicht zu sagen, aber ins Theater an der Wien war man schließlich gegangen und hatte Girardi in seiner Paraderolle im *Verschwender* zugejubelt geradezu. Dunkel erinnerte sich

Györy, dass er Arm in Arm mit Pokorny zu später Nachtstunde das Hobellied aus Raimunds Stück am Trottoir gesungen hatte. Nur, wo das gewesen, wusste er nicht mehr.

Nun saß er vornübergebeugt am Bettrand und starrte seine Füße an.

»Passen Sie doch auf, Sie Rindvieh!«, alterierte er sich, als sein Bursche das Frühstück auf einem Tablett ins Zimmer balancierte, die Türe mit einem lauten Knall ins Schloss fallen ließ.

Im Stall hatten der Onkel und Michal zu Ende gefrühstückt. Seit der Bub bei ihm lebte und ihm zur Hand ging, fiel dem Onkel das Leben leichter. Vor zwei Jahren hatte die Nachbarin seiner jüngeren Schwester ihm durch einen Schreiber deren Tod mitteilen lassen, ihn an den verwaisten Buben erinnert. Der Vater, ein Ziegelschläger, der auch Frau und Kind geschlagen, war nur knapp zuvor im Branntweinrausch in einen böhmischen Gänseteich gefallen und dort ersoffen. Drei Tage hatten die Gemeindevorstände beraten. Von Haus zu Haus hätte der Bub wandern sollen, jeden Tag bei einem anderen Bauern Kost und Logis finden. Doch die Bauern hatten ihn nicht gewollt. Nicht den Sohn des Ziegelschlägers. Damals hatte der Onkel nicht geahnt, dass Michal ihm eines Tages so sehr ans Herz wachsen würde.

Widerwillig hatte er den Buben nach Wien kommen lassen. Die Reiseplanung war durchaus nicht einfach gewesen, er selbst hatte seinen Posten in den Stallungen im Schloss Schönbrunn nicht verlassen können. Zart, rothaarig und barfuß war Michal dann nach langen Tagen vor ihm gestanden. Da war der Onkel wütend geworden, wütend auf die Nachbarin, die ihn angelogen und in dem Schreiben behaupten hatte lassen, das Kind wäre zehn Jahre alt. Der Kleine sah aus wie fünf, so etwas konnte er hier im Stall nicht brauchen. Einen unnützen Esser.

»Du bist zehn, hat die Alte aus deinem Dorf schreiben lassen«, hatte der Onkel gebrummt, den Buben von Kopf bis Fuß gemustert, auf den Stallboden gespuckt. Für Kautabak hatte er eine Schwäche.

»Ich werd noch wachsen«, hatte Michal damals vor zwei Jahren auf Tschechisch gesagt und sein kleines Bündel neben die nackten, schmutzigen Füße gestellt.

Gewachsen war er tatsächlich, wenngleich nur wenig, aber zäh, das war er, der kleine Bursche.

»Den Fuchs vom Rittmeister Györy, den rührst mir nicht an, Mischa«, sagte der Onkel, »den striegle ich lieber selber. Und Schuh zieh dir heut an, so heiß ist es nimmer und ich will nicht, dass du wie ein Armenhäusler daherkommst. Das Zaumzeug und den Sattel vom Rittmeister, das kannst putzen.«

Den Kaffee hatte Rittmeister Györy seinem Burschen fast ins Gesicht geschüttet, er hatte einen stärkeren haben wollen. Wieso diese Burschen nie einen anständigen kochen konnten, war ihm schleierhaft. Der Kaffee in der Garnisonstadt wenigstens war gut gewesen und auch der Schnaps, der neunziggrädige, den der Jude in seiner kleinen Schenke am Rande der Stadt ausgeschenkt hatte. Dennoch war er froh gewesen, als man ihn nach Wien zurückbeorderte, für seinen Geschmack waren im Offizierscorps mehr getaufte Juden als anderswo.

Sein Abschied aus der Garnisonstadt war durchaus ehrenvoll gewesen. Keine Spielschulden, nicht wie so mancher Kamerad in den letzten Jahren, der nach Ablauf der vierundzwanzig Stunden Frist zum Revolver hatte greifen oder seinen Abschied nehmen müssen. Rittmeister Györy konnte Versuchungen widerstehen, bei ihm war keine Gefahr in Décadence zu geraten, ein Offizier musste schließlich stets wissen, bis wohin er gehen durfte. Davon war er überzeugt. Und wenn das Bordell auch ganz anständig gewesen war, so hatte er eine diskrete Affäre mit der Frau des Apothekers vorgezogen, Weiber durften einen nichts kosten. So hatte er es immer gehalten. Der Frau des Hauptmanns Michalek, die mit einigen Kameraden etwas gehabt hatte, wie man so allgemein gemunkelt, war er aus dem Weg gegangen, auch mit dem Michalek selbst keinen Umgang gepflegt. Er hatte sich dennoch nicht lumpen lassen, beim Abschied ein Bukett herrlich dunkler Rosen überreicht. In Ehren. Tränenreich hatte die Frau des Apothekers Abschied von ihm genommen, Briefe des jeweilig anderen hatte man sich überreicht. An das kleine, frische Küchenmädel, das er kurz vor seiner Abreise verführt hatte, dachte er schon gar nicht mehr.

Kaum jemals fiel ihm die Garnisonstadt ein, nur so manches Mal der junge Hofer, dem im Bordell regelmäßig übel wurde, wenn er die Stufen zu den Zimmern hinaufsteigen sollte.

Der fangt nichts an mit der Weiblichkeit, hatte damals der freche Leutnant Fiedler im Entree gebrüllt und laut gelacht.

Jeder hatte es hören können. Vielleicht hatte sich der junge Hofer deswegen im Morgengrauen am Parcoursplatz eine Kugel in den Kopf gejagt.

Im Waffenrock und mit umgeschnalltem Säbel, die Kappe noch unter dem Arm, beschloss Rittmeister Györy ins Dampfbad zu gehen, letzte Nebel aus dem Kopf vertreiben. Offizierssteeplechase in der Freudenau war angesagt. Marod konnte man dort nicht erscheinen. Es nieselte, und das war übel genug. Im Stall würde er noch vorbeischauen, seinen Fuchsen sollte einer der Burschen an der Hand spazieren führen, vom Stall zum Meidlinger Tor, und dort ein bissel longieren. Er selbst kam an diesem Tag nicht mehr zum Reiten, auch wenn ein Ausritt in die Hauptallee des Praters verlockend gewesen wäre.

Michal hatte sich wie ein kleines Tier im Stroh verkrochen, als Rittmeister Györy im Stall auftauchte. Die herrische Stimme erinnerte an derbe Schläge des Vaters, Demütigungen der Dorfbewohner, und der devote Ton, in dem der Onkel antwortete, war Michal ekelhaft. Der Rittmeister erteilte Befehle, gab Order, was mit seinem Pferd zu geschehen habe, schließlich handele es sich nicht um irgendeinen Loschek[2], wie er betonte. Die Kavallerie war in der Tat ein teurer Spaß. Als Tante Eulalia letztes Jahr auf ihrem Gut verstorben war, war es mit der regelmäßigen Sustentation aus gewesen. In Gedanken daran klatschte Györy mit seinen Handschuhen in die linke Hand. Da fiel sein Blick auf die Kaffeekanne, die noch auf der Putzzeugkiste stand. Eilig besorgte der Onkel eine frische Tasse, wärmte den Kaffee in einem Töpfchen auf dem Spirituskocher in der Sattelkammer.

»Einen starken Kaffee kochen, das kann Er«, sagte Rittmeister Györy, stellte die Tasse ab, streifte die Handschuhe über. »Aber flotter muss Er werden, bei Ihm dauert mit dem Gehatsche ja alles eine Ewigkeit. Sogar das bissel Kaffee.«

Das Dampfbad hatte gutgetan. Rittmeister Györy winkte vor der Badeanstalt einem Fiaker, dem gerade ein Herr entstiegen war. Der Kutscher saß mit rundem Rücken auf dem Bock, die Pferde dampften, es hatte erst vor kurzem zu nieseln aufgehört. Györy lehnte sich in die Ecke, noch waren nicht viele Menschen unterwegs, doch als der Wagen in die Praterstraße einbog, am Tegethoff-Denkmal vorüberkam, konnte man die Sonnenstrahlen bereits erahnen. In der dunklen, breiten Hauptallee roch es noch

---

[2] Versager, Tölpel (in Bedeutung für schlechtes Pferd)

nach feuchter Erde, aber beim Lusthaus lag auf den Wiesen schon ein zarter Hauch im Sonnenschein.

Der Boden auf der Rennbahn hatte nicht gelitten, es hatte zu wenig geregnet. Bedauerlich, wenn man das Rennen denn hätte absagen müssen, nur weil der Boden für eine anständige Galoppade zu tief geworden war. Rittmeister Györy gab dem Kutscher ein Trinkgeld, nicht zu viel und nicht zu wenig.

Er kam gerne in die Freudenau. Die Rennen hier waren ihm lieber als die berüchtigten Steeplechase in Pardubice mit den zahlreichen Stürzen. Jedes Jahr mussten ein oder zwei Pferde erschossen werden und die Tiere waren seine Leidenschaft. Doch auch hier in der Freudenau konnten die Gräben und die Hecken sich sehen lassen.

»Dort hat er die Zähne ausgespuckt im letzten Jahr, der Mirovic«, sagte Györy zu Pokorny und wies auf einen breiten, tiefen Graben. »Der Regimentsarzt hat ihm neue Zähne verpasst, so schöne hat der vorher gar nicht gehabt!«

Rittmeister Györy blickte sich um. Man hatte auf der Tribüne schon Platz genommen, manche promenierten noch zum Sattelraum. Auf ein Pferd zu setzen war ihm dieses Mal nicht möglich. Ein Kaffeehausbesuch musste am Abend noch drinnen sein, an ein Nachtmahl war auch noch zu denken. Es war vielleicht das erste Mal, seit er Galizien verlassen hatte, dass ihm die Enge seiner Verhältnisse schmerzlich zu Bewusstsein kam. Er hätte auf seinen Vater hören sollen, der ihm zu Beginn seiner Karriere angeraten, zu den Infanteristen zu gehen, leider hatte er es besser gewusst, auf Tante Eulalia gesetzt. Es war anders gekommen.

Die Kapelle bei der Tribüne begann zu konzertieren. Bis zum Start des ersten Rennens fehlte nicht mehr viel. Rittmeister Györy schlug die Hacken mit klirrenden Sporen zusammen, legte die Hand an die Kappe. Der Oberst, den er aus der Maria-Theresien-Kaserne kannte, im Dienst ein unangenehmer Mensch, sagte gar Servus, unterhielt sich zwar kurz, jedoch aufs Freundlichste mit ihm. Und als ein Erzherzog ganz leutselig und so ganz ohne Umstände mit allen den Kameraden auf Du und Du war, konnte man Györys Stimmung durchaus wieder günstig nennen.

Die Kameraden hatten auf Pferde gesetzt und einiges verloren, einer ein wenig gewonnen. Darum ging es Rittmeister Györy jedoch nicht, bloß um die Bettelei um jeden Kreuzer, und dies schon zu Lebzeiten der Tante Eulalia. Vielleicht sollte er doch ans Heiraten denken. Die eine oder andere warf ihm auch hier begehrliche Blicke zu, kokettierte unverhohlen.

Bist und bleibst ein Feschak, dachte Györy, hob flüchtig die Hand zur Kappe, beugte leicht den Oberkörper. Eine, die das Geld für die Kaution in die Ehe mitbringt, das wär vielleicht das Richtige. Auf dem ungarischen Gut der Tante Eulalia Pferde züchten als Herr Baron, das war tschari. Aber vielleicht hatte er das gar nie ernsthaft in Betracht ziehen wollen.

Gut ist es gangen, nix ist gschehn, rief da Oberleutnant Pokorny und ans Nachtmahlen dachte man ganz allgemein. Kosten für den Fiaker fielen dieses Mal nicht an, der Erzherzog lud in seine Equipage. Beim Sacher hinter der Oper war die Fahrt zu Ende.

Ein Souper! Famoses Essen, großartige Zigarren, Champagner – und dann erst die Chambres séparées!, rief man laut. Dann war man im Sacher verschwunden. Nur Rittmeister Györy und Oberleutnant Pokorny standen noch am Trottoir.

»Geh, sei fesch«, sagte Pokorny gedehnt und ein wenig gelangweilt, »gehen wir mit. Das wird ein Mulatschak.«

Mit Rittmeister Györy war jedoch nicht zu diskurrieren. Wobei vielleicht zu bemerken war, dass es Pokorny wie so oft in seinem Leben an wahrhaftem Bemühen mangeln ließ. Nur zu gerne wäre Györy allen ins Sacher gefolgt, aber eine ordnungsgemäße Einladung war nicht erfolgt. Nichts, was der Rittmeister darunter verstanden hätte, bloß ein lässig dahin geworfenes *Kommts mit.* Und das, so sah er es, hatte er nicht nötig. Denn Rittmeister Györy war ein Mann von Ehre. Als vermögender Mann hätte er es vielleicht milder gesehen, er war aber nicht vermögend, und daher gedachte er nicht, sich der Entourage des Erzherzogs parasitär anzuschließen.

»Parasitieren fallt mir nicht ein, Pokorny«, sagte er und zog die Augenbrauen hoch. Dennoch ließ er sich Zeit, die Handschuhe lächelnd überzustreifen, ein Staubkorn nachlässig von seinem Beinkleid zu schnippen. Vielleicht bemerkte der Erzherzog drinnen im Sacher die Abwesenheit der beiden Kameraden und ließ nach ihnen schicken. Dergleichen passierte nicht.

Es war fast sieben Uhr am Abend, als Györy und Pokorny das Casino Dommayer in Hietzing betraten. Die Stimmung des Rittmeisters war nicht die beste, das mochte am staubigen Schuhwerk liegen. Vielleicht lag es aber auch daran, dass man beide ignorierte. Man stand in Grüppchen, debattierte laut, paffte aufgeregt Zigaretten und Zigarren, gestikulierte und schüttelte den Kopf. Wogende Rauchschwaden waren zum Plafond gestiegen, umhüllten die Glaslampen der Luster. Auch der zuvorkommende Ober Franz stand hinten bei den beiden Säulen und lauschte den Stammgästen. Rittmeister Györy fühlte sich gekränkt.

Da drehte der Klenk sich um, winkte frenetisch mit der rechten Hand:

»Habt Ihr es schon gehört? Da hat einer in Genf heute Nachmittag die Kaiserin erstochen!«, rief er und zog aufgeregt an seiner Trabucco.

Den Schrecken spürte Györy tief unten im Magen. Der Mord bekümmerte ihn nicht so sehr wie die späte Kenntnis des Ereignisses. Alle Welt hatte es gewusst, nur er, Györy, war ahnungslos in Wien quasi herumgestolpert. Grässlich. Als hätte ein Krieg einfach ohne ihn begonnen. Auf sich gestellt hätte er Informiertheit heucheln, sein Gesicht in wissende Falten legen können. Mit Pokorny im Schlepptau gelang es nicht.

»Geh!«, sagte dieser gedehnt, ein wenig gelangweilt nahezu, »wast nicht sagst!«, stempelte sie unbesonnen zu Unwissenden. Ein Hochziehen der Augenbrauen, ein gemächliches Abstreifen der Handschuhe nützten Györy nur wenig. Zu Klenk gesellten sich nun andere, schwätzten auf sie ein, und so mancher, der es sonst nicht gewagt hätte, ihn anzusprechen, ließ sich fast zu Vertraulichkeiten hinreißen.

»Die Kaiserin war doch eh dauernd unterwegs«, sagte da plötzlich Leutnant Novotny.

»Ich muss bitten, die Reisen aus dem Spiel zu lassen«, sagte da Rittmeister Györy und hob den Kopf. Das musste man ihm lassen, das war gelungen. Dieser Satz alleine schien ihm wie eine Rehabilitierung auch seiner Person. Wenn er denn als Letzter in diesem Kreis von der Geschichte erfahren hatte, so hatte er doch jetzt als Erster die Ehre seiner Kaiserin hochgehalten. Und von Ehre verstand er schließlich etwas. Doch Leutnant Novotny machte ihm ein noch größeres Geschenk.

»Wem soll sie jetzt abgehen, es kennt sie doch eh keiner mehr«, fügte er hinzu.

Rittmeister Györy schlug die Hacken zusammen, hob das Kinn:

»Stehe zur Verfügung«, sagte er knapp.

Dieses Mal musste er sich nicht erst, wie sonst bei einer Frotzelei, erkundigen, ob der Kontrahent satisfaktionsfähig war, die Aufforderung zum Duell durch Sekundanten konnte in diesem Fall unterbleiben.

»Du wirst dich mit ihm schießen?«, fragte Pokorny ein
wenig munterer als sonst.

Am nächsten Morgen, um sechs Uhr dreißig, gleich-
zeitiger Kugelwechsel, dreißig Schritt Entfernung. Das
legte Rittmeister Györy fest.

»Hinter dem Taubenhaus von Schönbrunn, in der
Obeliskenallee.« Um diese Zeit war dort niemand anzu-
treffen, eine Fahrt hinunter in den Prater wäre nicht so
kommod.

Kühl stimmte Leutnant Novotny zu, schlug die Hacken zusammen, packte mannhaft seinen Säbelgriff und
verließ den Dommayer mit festen Schritten, begleitet von
einem Kameraden, der sich als Sekundant angeboten hatte. Nur ein unerbittlicher Kritiker hätte an Novotny eine
leichte Blässe konstatieren können.

Da bestellte Rittmeister Györy ein Fiakergulasch, denn
essen müsse der Mensch, fügte er noch hinzu. Kaltes Blut
attestierte man ihm ganz allgemein, ein Mann von Ehre,
sagte ein Zivilist, der zwei Tische weiter saß, und Pokorny
legte ihm doch tatsächlich die Hand auf die Schulter.

Zu vorgerückter Stunde goss Rittmeister Györy maha-
gonifarbenen Cognac in ein geschliffenes Glas, schlug ein
Bein über das andere, blies behaglich blaue Rauchkrin-
gel zu den Kaffeehauslampen. Der zuvorkommende Ober
hatte die Flasche am Tische stehen lassen. In sein Quartier
wollte er später noch hinübergehen, zum Hietzinger Tor
vis-à-vis, Papiere ordnen, ein wenig ausruhen, den Bart
abschaben. Und der Bursche musste den Rock und das

Beinkleid ausbürsten, das Schuhwerk zum Glänzen bringen. Aber vorerst hielt Györy einem jungen Blödisten noch einen Vortrag. Dass man dem rechten Offizier am Gesicht und auch am Gang nicht ankennen dürfe, ob es denn ein Rendezvous, auf Posten oder eine Schlacht wäre, in die er gehe.

Schleierverhangen dämmerte der Morgen. Auf einer einsamen Wiese bei der Obeliskenallee, gleich hinter dem Taubenhaus und unter dem rauen Gekrächze der Saatkrähen, fielen zwei Schüsse. Kurz hatte Rittmeister Györy sich Zeit lassen, bis Novotnys Kugel vorbei am Kopf ihm pfiff, dann selbst in die Luft geschossen. Leutnant Novotny wankte leicht, als wäre er getroffen, doch dies mochte an einer Unebenheit des Bodens gelegen haben. Es war erledigt.

Auf einen Ausritt mit seinem Fuchsen freute sich Rittmeister Györy, als er mit lebhaften Schritten in den Stall kam. Michal lief mit leisen Füßen zur nächsten Pferdebox, verkroch sich im Stroh.

So ein Duell, das hatte schon was. Da wusste man doch, wozu man am Leben war, ein Gefühl, wie wenn Seine Hoheit die Front abritt und der Oberste eine Ansprache hielt, einem das Herz höher schlug, und man weiß was drum geben würd, wenn plötzlich Ernst wär.

Das ging Györy durch den Kopf, in Gedanken saß er bei einem Manöver am Pferd. Das mochte der Grund sein,

wieso er den Onkel übersah, der in der Sattelkammer einen Sattel auf den Bock zurückhängte. An manchen Tagen
hinkte der ältere Mann nach einem Unfall mit einer Kut-
sche geradezu erbärmlich, war beim Ausweichen langsam, verlor leicht das Gleichgewicht. Er stürzte schwer,
schlug hart mit dem Kopf auf dem Boden auf.

»Hoppala«, sagte Rittmeister Györy, »wenn Er dann
wieder steht, einen Kaffee, einen starken. Aber vorher
meinen Fuchsen fertig machen, ich warte draußen bei
der Stalltüre. Ich setz mich auf ihn drauf und geh vor dem
Stall Schritt, das wird ja noch eine Weile dauern, wie es
ausschaut, bis ich das bissel Kaffee bekomm.«

Den Onkel fand Michal unter den hängenden Sätteln.
Das Pferd des Rittmeisters war schon blank gestriegelt,
nur noch zu satteln. Auf einem Stuhl stehend zog Michal
dem Fuchsen das Zaumzeug über, wuchtete den Sattel auf
den Pferderücken, zog den Sattelgurt an. Dann öffnete er
die Boxentür, stubste mit seinen Fingern dem Pferd in die
Flanke. Langsam setzte der Fuchs sich zur Stalltür in Bewegung.

»Ist das jetzt die neue Mode, dass wir die Pferde
alleine die Stallgasse entlanglaufen lassen«, rief Györy in
den Stall, fasste die Zügel in der Linken kurz, fuhr mit
dem linken Fuß in den Steigbügel, schwang sich in den
Sattel.

In der Sattelkammer wärmte Michal den restlichen
Morgenkaffee im Töpfchen auf dem Spirituskocher, goss
ihn in die Kaffeetasse. Mit geschlossenen Augen drückte

der Onkel ein Tuch an seinen Kopf, Blut tropfte durch die Finger auf sein Hemd. Es war gut, seinen Mischa herum-rumoren und herumschieben zu hören, dem Rittmeister hätte er selbst nicht zu Diensten sein können.

»Gesindel, hier im Stall in Schönbrunn?«, fragte Rittmeis-ter Györy barsch, als der barfüßige Michal ihm die Kaf-feetasse reichte.

»Kannst nicht einmal Deutsch? Um dich kümmere ich mich, wenn ich zurück bin«, sagte er, führte die Tasse zum Mund.

»Auf den Kaffee heute braucht sich auch keiner was einbilden«, fügte er hinzu, die Tasse warf er Michal zu.

Mit Bauchkrämpfen hatte es wohl angefangen. Gute zwei Stunden waren vergangen, als man schließlich auf das herrenlose Pferd aufmerksam wurde, das vor dem Irrgar-ten in Schönbrunn friedlich graste. Im Labyrinth selbst lag komatös der Rittmeister Györy, kalt bereits die Haut und feucht.

Mit militärischen Ehren trug man ihn zu Grabe, hinter dem Sarg tänzelte der Fuchs an der Hand des Burschen, mit verkehrt in die Steigbügel gesteckten Stiefeln, zwan-zig Salven feuerte die Kompanie an seinem Grab.

 »Ein Mann von Ehre«, sagte am Abend beim Dommayer Oberleutnant Pokorny zu den Kameraden.

Das war Rittmeister Györy zweifellos gewesen, ob er allerdings viel von Würde gehalten hatte, weiß man nicht zu sagen.

Ratte, dachte Mischa aber so manches Mal, wenn der Onkel wieder seinen Kopfschmerz bekam.

Autorenbiografien

Die Herausgeberin

Edith Kneifl, Dr. phil., lebt und arbeitet als Psychoanalytikerin und freie Schriftstellerin in Wien. Als erster Frau wurde ihr 1992 der Friedrich-Glauser-Preis für den besten deutschsprachigen Kriminalroman des Jahres zuerkannt. Ihre Romane wurden in mehrere Sprachen übersetzt, zuletzt: »Mattinata Triestina«, edition Aracne, Rom 2011.

Die Verfilmung ihres Romans »Ende der Vorstellung« (Filmtitel: »Taxi für eine Leiche«, Regie: Wolfgang Murnberger) wurde als bester Fernsehfilm des Jahres mit der ROMY 2003 ausgezeichnet. Hörbuch: »Der Tod ist eine Wienerin«, gelesen von Monika Bleibtreu, HörbuchHamburg, 2007.

Veröffentlichungen: 20 Kriminalromane und ca. 60 Kurzgeschichten; Herausgeberin der Anthologien »Tatort Kaffeehaus« und »Tatort Beisl« (2011), »Tatort Prater« und »Tatort Friedhof« (2012), »Tatort Würstelstand« und »Tatort Rathaus« (2013), »Tatort Heuriger« und »Tatort Schönbrunn« (2014), alle erschienen im Falter Verlag, Wien.

Jüngste Romane: »Stadt der Schmerzen« (2011), »Der Tod fährt Riesenrad« sowie »Blutiger Sand« (2012), »Die Tote von Schönbrunn« (2013), zusammen mit Stefan M. Gergely, »Satansbraut« (2014), »Endstation Donau« (2014), alle erschienen im Haymon Verlag, Innsbruck.

Die Autorinnen und Autoren

Raoul Biltgen, geboren 1974 in Esch/Alzette, Luxemburg. Schauspielstudium am Konservatorium der Stadt Wien, dann Ensemblemitglied am Vorarlberger Landestheater Bregenz, anschließend Dramaturg am Theater der Jugend in Wien. Seit 2003 lebt und arbeitet Raoul Biltgen als freier Schriftsteller, Schauspieler und Theatermacher in Wien. Er ist Autor einer wöchentlichen Kolumne (www.adam-spricht.com), zahlreicher Theaterstücke und mehrerer Bücher und Kurzkrimis. Sein Kurzkrimi »Zwang heilt die Natur«, erschienen in der Anthologie »Berner Blut«, war für den Friedrich-Glauser-Preis 2014 in der Sparte »Kurz-krimi« nominiert. Raoul Biltgen absolviert derzeit die Aus-bildung zum Psychotherapeuten. *www.raoulbiltgen.com*

Andreas Gruber, geboren 1968 in Wien, studierte an der dortigen Wirtschaftsuniversität und lebt als freier Au-tor mit seiner Familie und vier Katzen in Grillenberg in Niederösterreich. Mittlerweile erschienen seine Kurz-geschichten in über hundert Anthologien, wurden als Theaterstück adaptiert oder liegen als Hörspiel vor. Sei-ne Romane erschienen als Übersetzung in Japan, Korea, Frankreich und Brasilien. Dreifacher Gewinner des Deut-schen Phantastik Preises.

Zuletzt erschienen die Thriller »Rachesommer«, »To-desfrist« und »Herzgrab« im Goldmann Verlag, München. Weitere Infos unter: *www.agruber.com*

Anni Bürkl, Mag.[a], ist (Krimi-)Autorin, Lektorin und Schreibtrainerin. Ihr jüngstes Buch trägt den Titel »Göttinnensturz. Ein Salzkammergut-Krimi« und ist der vierte Teil der Krimireihe rund um Berenike Roither und ihren Teesalon im Ausseerland; erschienen ist es 2013 im Gmeiner Verlag, Meßkirch.
www.annibuerkl.at

Jacqueline Gillespie, Mag.[a], Dr. phil., wurde als Tochter eines britischen Besatzungsoffiziers und einer Wienerin im Jahr 1958 in Wien geboren. Nach dem Besuch des Lycée français de Vienne studierte sie an der Universität Wien Romanistik (Französisch, Italienisch). Während dieser Zeit absolvierte sie die Ausbildung zum Reittrainer an der Wiener Neustädter Militärakademie und bestritt als Leistungssportlerin internationale Springreitturniere. Nach dem Studium war Gillespie in der Wirtschaft tätig, ehe sie sich 2001 dazu entschloss, sich der Schriftstellerei zu widmen. Kurzgeschichten u. a. für die Tatort-Anthologien des Falter Verlags. Sachbuch: »Das Leben hält sich nicht an Rendezvous. Die Geschichte meiner Krebserkrankung«, Orac-Verlag, Wien 2009. Kriminalromane: »Schade um die Lebenden. Ein Schneeberg-Krimi« (2013) und »Schindeln am Dach. Ein Schneeberg-Krimi« (2014), beide im Haymon Verlag, Innsbruck, erschienen.
Mitglied des Österr. P.E.N.-Clubs.

Edwin Haberfellner, Jahrgang 1957, hat als Krankenpfleger und in der Krankenhausprosektur des AKH Linz gearbeitet und studierte berufsbegleitend Jura. Seit den Achtzigerjahren hat er verschiedene Leitungsfunktionen inne, unter anderem im städtischen Rechtsbereich, in der IT-Entwicklung und im Sozialbereich der Stadt Linz. Edwin Haberfellner lebt unweit von Linz. Er schreibt Kriminalromane, Thriller und Kurzgeschichten, ist Mitglied im Syndikat und in der Vereinigung österreichischer Krimiautoren. Wie 2011 ist er auch 2015 wieder Mitglied der Jury für den Friedrich-Glauser-Preis des Syndikats in der Sparte »Roman« und 1. Preisträger und Juror des Ersten deutschsprachigen Hörbuchpreises »Totenschmaus«. *www.edwin-haberfellner.com*

Petra Hartlieb wurde 1967 in München geboren und ist in Oberösterreich aufgewachsen. Sie studierte in Wien Psychologie und Geschichte und arbeitete danach als Pressefrau und Literaturkritikerin in Wien und Hamburg. Seit 2004 betreibt sie in Wien mit ihrem Mann die Buchhandlung »Hartliebs Bücher« *(www.hartliebs.at)*. Zusammen mit einem Berliner Journalisten schreibt sie Krimis (Diogenes Verlag). Im Herbst 2014 erschien der Roman »Meine wundervolle Buchhandlung« im Dumont Verlag, Köln.

Beatrix Kramlovsky, 1954 in Österreich geboren, vehemente Europäerin im Weinviertel, Schriftstellerin und bildende Künstlerin mit den Lebensthemen Aus- und Abgrenzungen, Gewaltsamer Tod. Als Literaturvermittlerin in vielen Ländern tätig. Mehrere Literaturpreise und Kunststipendien. Zahlreiche (Krimi-)Kurzgeschichten, viele davon in mehrere Sprachen übersetzt, zwei Kriminalromane, Erzählungen und Belletristik, die sich mit dem Begriff der Heimat und dem Wesen des Bösen beschäftigt. Eine Krimiserie erscheint ab Herbst in englischer Sprache in den USA.

Zuletzt erschien der Roman »Der vergessene Name. Eine verspätete Liebesgeschichte« (2014), Kitab-Verlag, Klagenfurt, im Oktober 2014 »Invasion der Wünsche«. Mehr zum Werk der Autorin unter: *www.kramlovsky.at*

Nora Miedler, geboren 1977 in Wien, studierte Schauspiel am Konservatorium Wien und war auf zahlreichen Bühnen in Österreich und der Schweiz zu sehen, bis sie ihre zweite Leidenschaft, das Schreiben, zu ihrer Hauptbeschäftigung machte. Auf ein bestimmtes Genre lässt sich die Autorin nicht festlegen. Sie schreibt Kriminalromane, Frauenromane und Jugendthriller. Ihr Krimidebüt »Warten auf Poirot« wurde erfolgreich fürs Fernsehen produziert und im ORF und ZDF ausgestrahlt.

Günter Neuwirth, geboren 1966, wuchs in Wien auf. Nach dem Studium der Philosophie und Germanistik zog es ihn nach Graz. Heute wohnt und arbeitet der Autor am Waldrand der steirischen Koralpe. Nach Liebeleien mit der Jazzmusik und dem Kabarett lebt er nun für die Literatur, seine Familie und den Gemüsegarten.

2014 erschien der Roman »Der blinde Spiegel« sowie der Krimi »Moorhammers Fest«, beide im Styria Verlag, Wien. *www.guenterneuwirth.at*

Clementine Skorpil, Studium der Sinologie und Geschichte an der Universität Wien, Journalistin und Lektorin bei der österreichischen Tageszeitung *Die Presse.* Sie publiziert Kurzgeschichten, Kurzkrimis (unter anderem in den Krimianthologien »Tatort Beisl« und »Tatort Friedhof« des Falter Verlags) und historische Kriminalromane, die in China spielen. Zuletzt: »Gefallene Blüten«, Ariadne Verlag, Hamburg.

Preise: Gewinnerin des Vöslauer/Die Presse-Kurzprosawettbewerbs zum Thema »Sommerfrische«, 2011; erster und dritter Preis beim Zeilen.lauf-Kurzgeschichtenwettbewerb, 2012 und 2013.

Peter Wehle, 1967 in Wien geboren, ist der Sohn des 1986 verstorbenen Komponisten, Autors und Kabarettisten Peter Wehle. Der Musikwissenschaftler und Psychologe stand von seinem fünften Lebensjahr an auf verschiedenen Konzertbühnen. Daneben zahlreiche Radio- und Fernsehaufnahmen sowie mehrere Veröffentlichungen als Autor.

2014 erschien »Kommt Zeit, kommt Mord. Ein Wien-Krimi« im Haymon Verlag, Innsbruck.

www.wehle.info

Franz Zeller wurde 1966 in Kirchdorf an der Krems/Oberösterreich geboren. Nach einem Studium in Salzburg und einem Oxford-Stipendium begann er 1988 als Literatur- und Wissenschaftsjournalist für den ORF zu arbeiten. 2002 verließ er die Stadt Salzburg und übersiedelte nach Wien, wo er zuerst bei der »Zeit im Bild« tätig war und seit 2004 in der Wissenschaftsredaktion von Ö1 u. a. die Sendungen »Matrix« und »Digital.Leben« leitet bzw. moderiert. 2009 erschien sein erster Salzburg-Krimi »Herzlos«, 2011 folgte »Blutsbande«, beide mit dem Ermittlerteam Moll und Oberhollenzer. Der dritte Franco-Moll-Krimi »Sieben letzte Worte« erschien 2014 bei Droemer Knaur, München. Für die in der Falter-Anthologie »Tatort Rathaus« publizierte Geschichte »Karottinger« wurde Franz Zeller 2014 für den Friedrich-Glauser-Preis in der Sparte »Kurzkrimi« nominiert.

www.franzzeller.at

Falter[s] KRIMI

Edith Kneifl (Hg.)

TATORT KAFFEEHAUS

13 Kriminalgeschichten aus Wien

Mit krimineller Energie und schrägem Humor machen
13 bekannte österreichische Krimiautorinnen und -autoren
mörderische Streifzüge durch die Wiener Kaffeehäuser.
So mancher Kellner entpuppt sich als spitzfindiger Ermittler,
begnadeter Psychologe oder gar als raffinierter Mörder,
mancher Stammgast als gefährlicher Spinner
oder nicht ganz so unschuldiges Opfer.

272 Seiten, € 22,90

Bestellen unter: service@falter.at, faltershop.at, ++43/1/536 60-928
oder in Ihrer Buchhandlung

Edith Kneifl (Hg.)
TATORT BEISL
13 Kriminalgeschichten aus Wien

Es muss nicht immer Mord sein!
Das Wiener Beisl ist ein Ort, an dem die vielfältigsten
Verbrechen geplant werden und auch stattfinden:
politische Verschwörungen, Spionage, Waffenhandel,
Wirtschaftskriminalität, Korruption, Betrug,
Auseinandersetzungen zwischen Mafiabanden,
Drogendelikte, Mädchenhandel, Prostitution etc. …

280 Seiten, € 22,90

Falter Verlag
Die besten Seiten Österreichs

Falterˢ KRIMI

Edith Kneifl (Hg.)

TATORT PRATER

13 Kriminalgeschichten aus Wien

Mit einem Feuerwerk an kriminellen Geschichten
machen 13 bekannte österreichische Krimiautorinnen
und -autoren den weltberühmten Wiener Prater zu
einem äußerst heißen Pflaster, zum Schauplatz für üble
Machenschaften, für Mord, Totschlag und andere Verbrechen.

272 Seiten, € 22,90

Bestellen unter: service@falter.at, faltershop.at, ++43/1/536 60-928
oder in Ihrer Buchhandlung

Edith Kneifl (Hg.)
TATORT WÜRSTELSTAND
13 Kriminalgeschichten aus Wien

Schräge Gestalten und bunte Vögel scharen sich vor allem des Nachts um die Wiener Würstelstände. Hier treffen alle Gesellschaftsschichten aufeinander – vom Hofrat bis zum Obdachlosen. Doch nicht alle wollen den schnellen Genuss, manch einer hat mörderische Gelüste oder dürstet nach Rache. Auch vor dem Tatort Würstelstand macht das Verbrechen nicht Halt!

256 Seiten, € 22,90

Falter Verlag
Die besten Seiten Österreichs

Falterˢ KRIMI

Edith Kneifl (Hg.)
TATORT FRIEDHOF
13 Kriminalgeschichten aus Wien

Der letzte Wille gilt als heilig. Unheilig aber gehen so manche Wiener Krimiautorinnen und -autoren mit den Toten um. Kein Wunder, ist doch fast keiner dieser Verstorbenen auf natürliche Weise ums Leben gekommen. Die meisten hätten gern noch länger gelebt. Der Tod kommt immer zu früh.

264 Seiten, € 22,90

Bestellen unter: service@falter.at, faltershop.at, ++43/1/536 60-928 oder in Ihrer Buchhandlung

Edith Kneifl (Hg.)
TATORT RATHAUS
13 Kriminalgeschichten aus Wien

Intrige, Kleinkriminalität, ja sogar Mord und Totschlag lauern
rund ums Wiener Rathaus. Ob auf dem Rathausplatz oder im
Rathauspark, beim Eistraum, am Life Ball, bei einer eleganten
Gala und in den Magistratsabteilungen der Stadt, das Verbrechen
ist weit verbreitet in den ehrwürdigen Hallen des Hauses.

266 Seiten, € 22,90

Falter^s KRIMI

Edith Kneifl (Hg.)
TATORT HEURIGER
13 Kriminalgeschichten aus Wien

In Buschenschanken, Heurigenlokalen und Kellergassen
passieren allerlei üble Machenschaften. Denn nicht nur
launige Glückseligkeit verspricht der lockende Rebensaft,
auch das Verbrechen lauert im Dunstkreis seiner idyllischen
Heimstätten.

272 Seiten, € 22,90

Falter Verlag
Die besten Seiten Österreichs

Bestellen unter: service@falter.at,
faltershop.at, ++43/1/536 60-928
oder in Ihrer Buchhandlung